Bertha von Suttner

Die Waffen nieder!

Bertha von Suttner

Die Waffen nieder!

ISBN/EAN: 9783741184512

Hergestellt in Europa, USA, Kanada, Australien, Japan

Cover: Foto ©Andreas Hilbeck / pixelio.de

Manufactured and distributed by brebook publishing software
(www.brebook.com)

Bertha von Suttner

Die Waffen nieder!

Die Waffen nieder!

E. Pierson's Verlag in Dresden und Leipzig.

Schach der Qual!
Ein Phantasiestück
von
Bertha von Suttner.
Dritte Auflage.
Preis 2 Mark, gebunden 3 Mark.

— — Ich habe das Buch, mit Vernachlässigung dringendster Pflichten durchgelesen — nicht durchgeblättert! wirklich mit Aufmerksamkeit und Genuß gelesen. Es zeigt wieder der Verfasserin glänzende schriftstellerische Eigenschaften, vollblütiges, überschäumendes Temperament, den hohen Adel des Herzens. Ich bin nicht eingebildet genug, um die geschlechtsprotzige Redensart zu gebrauchen: „Das Buch atmet männlichen Geist"; ich möchte nur sagen, daß seine Gedankenwelt, sie sei weiblich oder männlich, jedenfalls reich, sonnenklar, erfrischend, frei von jedem mystischen Qualm ist. Ausdrücke wie der vom „Stande der kosmischen Gnade" (S. 86), Bilder wie das vom veränderten Stande der Sonne (S. 149) bereichern dauernd den geistigen Besitz des Lesers.

Paris.   **Dr. Max Nordau.**

— — — Ich habe das Buch mit Genuß und Nutzen durchgelesen; es ist ein sehr suggestives Buch und enthält eine Fülle schöner Gedanken.

Krasnaja Poliana.   **Leon Tolstoy.**

Ferd. Groß schließt eine zwei Spalten lange Besprechung mit den Worten: „Es hat noch wenige Denker und Schriftsteller gegeben, die in solchem Ausmaße, wie diese Frau, gegen den Egoismus Feuer und Flamme predigen."

Wiener Fremdenblatt.

. . . . Diese auszugsweisen Mitteilungen aus „Schach der Qual" dürften genügen, um unsern Lesern zu zeigen, welche von edelster humaner Gesinnung und Gesittung erfüllten Plaidovers für wahres Glück und echten Fortschritt das neueste Buch der Baronin Bertha von Suttner umschließt.

J. V. Widmann am Schlusse eines durch 5 Nummern des Berner „Bund" gehenden Feuilletons.

Die Bilder, die sie uns entwirft, zeigen mehr Kunst und Kraft, und vor allem mehr Hochsinn und Idealität, als man sonst im Lande der Dichter und Denker und Chinesenbrüder auf dem Gebiete des freigeistigen Feuilletons in ganzen Zeitungsjahrgängen zu finden gewohnt ist. Und ihre Beschlagenheit in allem Problematischen ist erstaunlich. Ihr „Schach der Qual" ist eine Rundreise durch alle zeitgenössischen Erbärmlichkeiten der Kultureuropäer, hoch und niedrig. Aber so hochgemutet ist ihre Kritik, so flammenrein und feuermächtig, daß man nicht in der Empörung verharren kann, daß man vielmehr aufjauchzt in heroischen Entschlüssen — „Schach der Qual!"   **M. G. Conrad** („Gesellschaft").

Ein mutiges, begeisterungsvolles Buch, geschrieben mit der Kraft einer übervollen, edlen, rein menschlichen Seele. „Schach der Qual!" mit diesem Rufe fordert die Verfasserin uns alle auf zu thatkräftiger Mitarbeit im Kampf gegen alles Unmenschliche, Häßliche: Roheit, Haß, Leid, Askese, Heuchelei, Unterdrückung, Gewalt . . . ., gegen die tausenderlei Qualen, die Menschen — bewußt und gedankenlos — sich und andern schaffen. Nicht wie es sein sollte, wie es sein kann, sagt das Buch, — wie es sein wird, wenn der göttliche Funke im Menschen überall geweckt wird.   **„Der Friede"**, Bern.

Die Waffen nieder!

Eine Lebensgeschichte

von

Bertha von Suttner.

Zweiter Band.

Neunundzwanzigste Auflage.

Dresden und Leipzig
E. Pierson's Verlag
1899.

Inhalt des zweiten Bandes.

Viertes Buch.

1866.

.

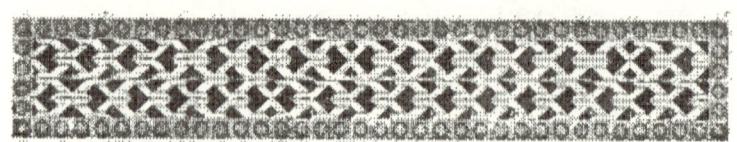

Und so war es denn wieder da — dieses größte
alles denkbaren Unglücks — und wurde von der Bevölkerung mit dem gewohnten Jubel begrüßt. Die
Regimenter marschierten aus (wie würden sie wieder-
kehren?) und Sieges- und Segenswünsche und schreiende
Gassenjungen gaben ihnen das Geleite.

Friedrich war schon vor einiger Zeit nach Böhmen
beordert worden — noch ehe der Krieg erklärt war,
und gerade als die Dinge so standen, daß ich zuversichtlich hoffen konnte, der unselige, so geringfügige
Herzogtümerstreit werde sich gütlich beilegen. Diesmal
also war mir das herzzerreißende Abschiednehmen erspart geblieben, welches dem direkten „In den Krieg
ziehen" des Geliebten vorangeht. Als mir mein Vater
triumphierend die Nachricht brachte: „Jetzt geht's los",
war ich schon seit vierzehn Tagen allein. Und seit
letzter Zeit war ich auf diese Nachricht schon gefaßt
gewesen — wie ein Verbrecher in seiner Zelle auf
Verlesung des Todesurteils gefaßt ist.

Ich beugte den Kopf und sagte nichts.

„Sei guten Mut's, Kind. Der Krieg wird nicht
lang dauern — über heut' und morgen sind wir in
Berlin ... Und so wie er aus Schleswig-Holstein

1*

zurückgekommen, so wird Dein Mann auch aus diesem
Feldzug heimkehren, aber mit viel grünerem Lorbeer
bedeckt. Unangenehm mag es ihm zwar sein, da er
selbst preußischen Ursprungs ist, gegen Preußen zu
ziehen — aber seit er in österreichischen Diensten steht,
ist er ja doch mit Leib und Seel' einer von den unsern ...
Diese Preußen! Aus dem Bund wollen sie uns hinaus=
werfen, die arroganten Windbeutel — das werden sie
schön bereuen, wenn Schlesien wieder unser ist, und
wenn die Habsburger —"

Ich streckte die Hände aus:

„Vater — eine Bitte: laß mich jetzt allein."

Er mochte glauben, daß ich das Bedürfnis fühlte,
mich auszuweinen, und da er ein Feind aller Rühr=
scenen war, so willfahrte er bereitwilligst meinem Wunsch
und ging.

Ich aber weinte nicht. Es war mir, als wäre
ein betäubender Schlag auf meinen Kopf gefallen.
Schwer atmend, starr blickend saß ich eine Zeit regungs=
los da. Dann ging ich zu meinem Schreibtisch, schlug
die roten Hefte auf und trug ein:

„Das Todesurteil ist gesprochen. Hunderttausend
Menschen sollen hingerichtet werden. Ob Friedrich auch
dabei ist? ... Folglich auch ich ... Wer bin ich, um
nicht auch zu grunde zu gehen, wie die anderen Hundert=
tausend? — ich wollt' ich wär schon tot."

Von Friedrich erhielt ich am selben Tag einige
flüchtig geschriebene Zeilen:

„Mein Weib! Sei mutig — hoch das Herz!
Wir waren glücklich, das kann uns niemand nehmen,

selbst wenn heute, wie für so viele andere, auch für uns das Dekret gefallen wäre: Es ist vorbei. (Derselbe Gedanke, wie ich in meinen roten Heften: die vielen anderen Verurteilten.) Heute geht's dem „Feind" entgegen. Vielleicht erkenne ich drüben ein paar Kampfgenossen von Düppel und Alsen — vielleicht meinen kleinen Vetter Gottfried . . . Wir marschieren nach Liebenau mit der Avantgarde des Grafen Clam=Gallas. Von nun an gibt's zum Schreiben keine Zeit mehr. Erwarte Dir keine Briefe. Höchstens, wenn sich die Gelegenheit bietet, eine Zeile, zum Zeichen, daß ich lebe. Vorher möchte ich noch ein einziges Wort finden, das meine ganze Liebe in sich faßte, um es Dir — falls es das letzte wäre — hier niederzuschreiben. Ich finde nur dieses: „Martha!" Du weißt, was mir das bedeutet."

Konrad Althaus mußte auch ausrücken. Er war voll Feuer und Kampfeslust und von genügendem Preußenhaß beseelt, um gern hinauszuziehen: dennoch fiel ihm der Abschied schwer. Die Heiratsbewilligung war erst zwei Tage vor dem Marschbefehl eingetroffen. „O, Lilli, Lilli", sprach er schmerzlich, als er seiner Braut Lebewohl sagte, „warum hast Du so lang gezögert, mich zu nehmen? Wer weiß nun, ob ich wiederkomme!"

Meine arme Schwester war selbst von Reue erfüllt. Jetzt erst erwachte leidenschaftliche Liebe für den Langverschmähten. Als er fort war, sank sie weinend in meine Arme.

„O warum habe ich nicht längst „ja" gesagt! Jetzt wäre ich sein Weib" . . .

„Da wäre Dir der Abschied nur besto schmerzlicher geworden, meine arme Lilli."

Sie schüttelte den Kopf. Ich verstand wohl, was in ihrem Innern vorging — vielleicht klarer, als sie es selber verstand: sich trennen müssen bei noch un= gestilltem — vielleicht ewig ungestillt bleiben sollendem Liebessehnen; — den Becher von den Lippen weg= gerissen und möglicherweise zerschellt sehen, ehe man noch einen einzigen Trunk gethan — das mag wohl doppelt quälend sein.

Mein Vater, die Schwestern und Tante Marie übersiedelten jetzt nach Grumitz. Ich ließ mich leicht bereden, samt meinem Söhnchen mitzukommen. So lange Friedrich fort war, schien mir der eigene Herd erstorben — ich hätte es da nicht ausgehalten. Es ist sonderbar: ich fühlte mich so verwitwet, als wäre die Nachricht von dem ausgebrochenen Kriege zugleich die Nachricht von Friedrichs Tod gewesen. Manchmal, mitten in meine dumpfe Trauer, fiel ein lichter Ge= danke: „Er lebt und kann ja wiederkommen" — da= neben aber stieg wieder die schreckliche Idee auf: er krümmt und windet sich in unerträglichen Schmerzen . . . er verschmachtet in einem Graben — schwere Wagen fahren über seine zerschossenen Glieder weg — Mücken und Ameisen wimmeln auf seinen offenen Wunden; — die Leute, welche das Schlachtfeld räumen, halten den erstarrt Daliegenden für tot und scharren ihn lebendig

mit anderen Toten in die seichte Grube — hier kommt
er zu sich und — — —

Mit einem lauten Schrei fuhr ich aus solchen
Vorstellungen empor:

„Was hast Du nun wieder, Martha?“ schalt
mein Vater. „Du wirst noch verrückt werden, wenn
Du so brütest und aufschreist. Beschwörst Du Dir
wieder so dumme Bilder vor die Einbildung? Das ist
sündhaft.“ ...

Ich hatte nämlich öfters diese meine Ideen laut
werden lassen, was meinen Vater höchlichst entrüstete.

„Sündhaft“, fuhr er fort, „und unanständig und
unsinnig. Solche Fälle, wie sie Deine überspannte
Phantasie ausmalt, die kommen mitunter — unter
tausend Fällen einmal — bei der Mannschaft — vor,
aber einen Stabsoffizier, wie Deinen Mann, lassen die
Anderen nicht liegen. Überhaupt, an solche Grauen-
dinge soll man nicht denken. Es liegt eine Art Frevel,
eine Entheiligung des Krieges darin, wenn man statt
der Größe des Ganzen die elenden Einzelheiten ins
Auge faßt ... an die denkt man nicht.“

„Ja, ja, nicht daran denken“, antwortete ich, „das
ist von jeher Menschenbrauch allem Menschenelend
gegenüber ... „Nicht denken“: darauf ist ohnehin alle
Barbarei gestützt.“

Unser Hausarzt, Doktor Bresser, war diesmal nicht
in Grumitz; er hatte sich freiwillig dem Sanitätskorps
zur Verfügung gestellt und war nach dem Kriegsschauplatz abgegangen. Auch mir war der Gedanke
gekommen: sollte ich nicht als Krankenpflegerin mit-

ziehen? . . . Ja, wenn ich gewußt hätte, daß ich in
die Nähe Friedrichs käme, daß ich bei der Hand wäre,
falls er verwundet würde, da hätte ich nicht gezögert;
aber für Andere? Nein, da gebrach es mir an Kraft,
da fehlte der Opfermut. Sterben sehen, röcheln hören
— hundert Hilfeflehenden helfen wollen und nicht
helfen können, — den Schmerz, den Ekel, den Jammer
auf mich laden, ohne dabei Friedrich beizustehen —
im Gegenteil, dadurch die Chancen, daß wir uns wiederfinden, vermindern, denn die Pflegenden begeben sich
auch in vielfache Todesgefahr . . . nein, ich that es nicht.
Zudem belehrte mich mein Vater, daß eine Privatperson,
wie ich, zur Krankenpflege in den Feldhospitälern gar
nicht zugelassen würde — daß dieses Amt nur von
Sanitätssoldaten oder höchstens von barmherzigen
Schwestern ausgeübt werden dürfe.

„Charpie zupfen", sagte er, „und Verbandzeug für
die patriotischen Hilfsvereine herrichten, das ist das
einzige, was ihr für die Verwundeten leisten könnt,
und das sollen denn meine Töchter auch fleißig thun
— dazu geb' ich meinen Segen."

Und diese Beschäftigung war es nun auch, welcher
meine Schwestern und ich viele Stunden des Tages
widmeten. Rosa und Lilli verrichteten ihre Arbeit mit
sanft gerührten und dabei fast freudigen Mienen. Wenn
die feinen Fädchen sich unter unseren Fingern zu weichen
Massen häuften, wenn wir die Leinwandstreifen schön
ordentlich übereinander gefaltet, so brachte dies den
beiden Mädchen etwas von den Empfindungen des
barmherzigen Pflegeamtes: es war ihnen, als linderten

sie brennende Schmerzen und verhüteten sie das Ver-
bluten der Wunden; als hörten sie die erleichterten
Seufzer und sähen die dankbaren Blicke der Gewarteten.
Es war beinah ein freundliches Bild, welches ihnen
da von dem Zustand des „Verwundetseins" vorschwebte.
Die beneidenswerten Soldaten, welche, den Gefahren
des tobenden Kampfes entronnen, jetzt auf weichen,
reinen Betten hingestreckt, da gepflegt und gehätschelt
werden, bis zu ihrer Heilung, größtenteils in halb be-
wußtlosen, köstlich-müden Halbschlummer gelullt, zeit-
weise wieder zu dem angenehmen Bewußtsein erwachend,
daß ihr Leben gerettet, daß sie zu den Ihren heimkehren und noch in fernen Zeiten erzählen können, wie
sie in der Schlacht von X ehrenvoll blessiert worden
seien.

In dieser naiven Auffassung bestärkte sie denn auch
unser Vater:

„Brav, brav, Mädels — heute seid ihr wieder
fleißig . . . da habt ihr wieder vielen unsrer tapferen
Verteidiger eine Freude gemacht! Wie das wohl thut,
so ein Päckchen Charpie auf der blutenden Wunde —
ich weiß was davon zu erzählen: . . . Damals, als ich bei
Palestro den Schuß ins Bein bekam — u. s. w., u. s. w.

Ich aber seufzte und sagte nichts. Ich hatte andere
Geschichten von Verwundungen vernommen, als die,
wie sie mein Vater zu erzählen beliebte; — Geschichten,
welche sich zu den gebräuchlichen Veteranenanekdoten
verhalten ungefähr wie die Wirklichkeit elenden Hirten-
lebens zu den Schäferbildchen von Watteau.

Das rote Kreuz ... ich wußte, durch welches auf das schmerzlichste erschütterte Völkermitleid diese In-stitution ins Leben gerufen ward. Seiner Zeit hatte ich den darüber in Genf geführten Verhandlungen ge-folgt und die Schrift Dunants, welche den Anstoß zu dem Ganzen gegeben, hatte ich gelesen. Ein herzzer-reißender Jammerruf, diese Schrift! Der edle Genfer Patrizier war auf das Schlachtfeld von Solferino ge-eilt, um zu helfen, was er konnte; und das, was er dort gefunden, hat er der Welt erzählt Zahllose Ver-wundete, welche fünf, sechs Tage liegen geblieben — ohne Hilfe ... Alle hätte er retten mögen, doch was konnte er, der Einzelne, was konnten die Anderen, Wenigen diesem Massenelend gegenüber thun? Er sah solche, welchen durch einen Tropfen Wasser, durch einen Bissen Brot das Leben hätte erhalten werden können; er sah solche, die noch atmend, in fürchterlicher Eile begraben wurden ... Dann sprach er aus, was schon oft erkannt worden, was aber jetzt erst Nachhall fand: daß die Verpflegs- und Rettungsmittel der Heeres-verwaltung den Anforderungen einer Schlacht nicht mehr gewachsen seien. Und das „rote Kreuz" ward geschaffen.

Österreich hatte sich der Genfer Convention da-mals noch nicht angeschlossen. Warum? ... Warum wird allem Neuen, wenn es noch so segensreich und einfach ist, Widerstand entgegengesetzt? — Das Gesetz der Trägheit — die Gewalt des heiligen Schlen-brians ... „Die Idee ist recht schön, aber unaus-führbar", hieß es da — auch meinen Vater hörte ich öfters jene, während der Konferenz von 1863 von verschiedenen Delegierten vorgebrachten Zweifelargumente wiederholen, — „unausführbar, und selbst, wenn ausführbar, so doch in mancher Hinsicht sehr unzukömmlich. Die Militärbehörden könnten Privatmitwirkung auf dem Schlachtfelde nicht angemessen finden. Im Kriege müssen die taktischen Zwecke der Menschenfreundlichkeit vorangehen — und wie könnte diese Privatmitwirkung mit genügenden Bürgschaften gegen das Spionenwesen umgeben werden? Und die Auslagen! Kostet der Krieg nicht ohnehin schon genug! Die freiwilligen Krankenwärter würden durch ihre eigenen stofflichen Bedürfnisse dem Proviantamt lästig fallen; oder, wenn sie sich in dem besetzten Lande auch selber verproviantieren, entsteht da nicht eine bedauerliche Konkurrenz für die Heeresverwaltung durch den Ankauf von für die Verwaltung notwendigen Gegenständen und die unmittelbare Erhöhung ihres Preises?"

O diese Behördenweisheit! — So trocken, so gelehrt, so sachlich, so klugheitstriefend und so — bodenlos dumm.

* * *

Der erste Zusammenstoß unserer in Böhmen befindlichen Truppen mit dem Feinde fand am 25. Juni in Liebenau statt. Diese Nachricht brachte uns mein Vater mit seiner gewohnten triumphierenden Miene:

„Das ist ein prächtiger Anfang!" sagte er. „Man sieht es: der Himmel ist mit uns. Es hat was zu bedeuten, daß die ersten, mit welchen diese Windbeutel zu thun bekommen, die Leute unserer berühmten ‚eisernen Brigade‘ waren ... ihr wißt doch: die Brigade Po= schacher, welche den Königsberg in Schlesien so tapfer verteidigt hat. Die wird's ihnen gehörig geben! (Die nächsten Nachrichten vom Kriegsschauplatze aber ergaben, daß nach fünfstündigem Gefecht diese in der Avant= garde Clam=Gallas befindliche Brigade sich nach Podol zurückzog. Daß Friedrich dabei war — ich wußte es nicht, und daß in derselben Nacht das verbarrikadierte Podol vom General Horn angegriffen und dort bei hellem Mondschein der Kampf fortgeführt ward — das hab' ich auch erst später erfahren.) „Aber herrlicher noch als im Norden", fuhr mein Vater fort, „gestaltet sich der Anfang im Süden. Bei Custozza ist ein Sieg errungen worden, Kinder — so glänzend wie nur einer ... Ich habe es immer gesagt: die Lombardei muß unser werden! ... Freut ihr euch denn nicht? Ich betrachte den Krieg als schon entschieden; denn wenn man mit den Italienern fertig geworden, welche doch ein regelmäßiges und geschultes Heer uns gegen= überstellen, da wird es uns mit den ‚Schneidergesellen‘ weiter nicht schwer fallen. Diese Landwehr — es ist eine wahre Frechheit — und es gehört nur die ganze preußische Selbstüberhebung dazu, um damit gegen richtige Armeen ausziehen zu wollen. Da werden die Leute von der Werkstatt, vom Schreibtisch hinweggerufen — sind an keinerlei Strapazen gewöhnt, können also unmöglich als blut= und eisenfeste Soldaten im Felde stehen. Da seht einmal her, was die wiener Zeitung in einer Originalkorrespondenz unterm 24. Juni schreibt Das sind doch gute Nachrichten:

„In preußisch Schlesien ist die Rinderpest ausgebrochen und wie man vernimmt in äußerst bedrohlicher Art —"

„Rinderpest" — bedrohliche Art" — „erfreuliche Nachrichten" sagte ich mit leisem Kopfschütteln. „Hübsche Dinge, über welche man zu Kriegszeiten Vergnügen haben soll ... Es ist nur gut, daß schwarzgelbe Schlagbäume an der Grenze stehen — da kann die Pest nicht herüber" ...

Aber mein Vater hörte nicht und las das erfreuliche weiter:

„Unter den preußischen Truppen aus Neiße herrscht das Fieber. Das ungesunde Sumpfland, die schlechte Verpflegung und die miserable Unterkunft der in den umliegenden Ortschaften aufgehäuften Truppen mußten solche Erscheinungen zur Folge haben. Von der Verpflegung der preußischen Soldaten macht sich der Österreicher keinen Begriff. Die Junker glauben dem „Volk" eben Alles bieten zu können. Sechs Lot Schweinefleisch für den Mann, der an die forcierten Märsche und sonstigen Strapazen nicht gewöhnt worden, der Alles, nur kein abgehärteter Soldat ist."

„Die Blätter sind überhaupt voll prächtiger Nachrichten. — Vor Allem die Berichte vom glorreichen Custozza=Tage — Du solltest Dir diese Zeitungen aufheben, Martha."

Und ich habe sie aufgehoben. Das sollte man immer thun; und wenn ein neuer Völkerzwist heran= zieht, dann lese man nicht die neuesten Zeitungen, sondern die, welche von vorigem Kriege datieren, und man wird sehen, was all den Prophezeiungen und

Prahlereien und auch den Berichten und Nachrichten für Wahrheitswert beizumessen ist. Das ist lehrreich

Vom nördlichen Kriegsschauplatz.

Aus dem Hauptquartier der Nord=Armee wird unterm 25 Juni über den Feldzugsplan (!) der Preußen geschrieben: „Nach den neuesten Nachrichten hat die preußische Armee ihr Hauptquartier nach dem östlichen Schlesien verlegt. (Folgt in dem gewöhnlichen taktischen Stile eine längere Aufzählung der von dem Feinde projektierten Bewegungen und Stellungnahmen, von welchen der Herr Berichterstatter gewiß ein klareres Bild vor Augen hatte, als Moltke und Roon). Es scheint demnach in der Absicht der Preußen zu liegen, hierdurch dem Vormarsch unserer Armee gegen Berlin durch den eigenen zuvorzukommen, was ihnen jedoch bei den getroffenen Vorkehrungen (welche „unser Spezial=Korrespondent" ebenfalls genauer kennt, als Benedek) schwerlich gelingen dürfte. Mit vollstem Vertrauen kann man günstigen Berichten von der Nord=Armee entgegen sehen, die, wenn sie auch nicht so schnell, als die Sehnsucht des Volkes sie erwartet, einlaufen, dafür aber um so bedeutender und inhaltsreicher sein werden."

„. . . . Einen hübschen Zwischenfall bei dem Durchmarsch österreichischer Truppen italienischer Nationalität durch München, erzählt die Neue Frankfurter Zeitung wie folgt: Unter den durch München gekommenen Truppen befinden sich Linienbataillone, sie wurden wie die übrigen durch die bayrische Hauptstadt gekommenen Truppen, in einem dem Bahnhof nahegelegenen Wirtschaftsgarten bewirtet. Jedermann konnte sich überzeugen, daß diese Venezianer unter Jubel ihre Kampfeslust gegen die Feinde Österreichs kundgaben. (Vielleicht hätte auch „Jedermann" denken können, daß betrunkene Soldaten sich willig für das begeistern, was ihnen zur Begeisterung angeboten wird.) In Würzburg war der Bahnhof angefüllt mit der Mannschaft eines öster= reichischen Linien=Infanterieregiments. So viel wahrnehmbar, bestand die ganze Mannschaft aus Venezianern. Gleichfalls freundlich aufgenommen (das heißt gleichfalls betrunken), konnten die Leute nicht Ausbruck finden, ihre Freude und ihre Absicht, gegen die Friedensbrecher (von zwei kriegführenden Parteien ist die friedensbrechende stets die andere) zu kämpfen, aufs lebhafteste kund zu geben. Die Evivas nahmen kein Ende." (Sollte der auf den Bahnhöfen sich herumtreibende, von Soldatengeschrei so erbaute „Herr von Jedermann" nicht wissen, daß es nichts Ansteckenderes gibt als Vivat-Rufen; — daß tausend miteinander brüllende Stimmen nicht den Ausbruck von tausend einmütigen Gesinnungen, sondern einfach die Bethätigung des natürlichen Nachahmungstriebes bedeuten?)

In Böhmisch-Trübau hat der Feldzeugmeister Ritter von Benedek die drei Bulletins über den Sieg der Süd-Armee der Nord-Armee bekannt gegeben und daran nachstehenden Tagesbefehl geknüpft:

„Im Namen der Nord-Armee habe ich folgendes Telegramm an das Kommando der Süd-Armee abgesendet: „Feldzeugmeister Benedek und die gesamte Nord-Armee dem glorreichen durchlauchtigsten Kommandanten der tapferen Süd-Armee mit freudiger Bewunderung herzlichste Glückwünsche zum neuen ruhmvollen Tage von Custozza. Mit einem neuen glorreichen Siege unserer Waffen ist der Feldzug im Süden eröffnet. Das glorreiche Custozza prangt auf dem Ehrenschild des kaiserlichen Heeres." Soldaten der Nord-Armee! Mit Jubel werdet ihr die Nachricht begrüßen, mit erhöhter Begeisterung in den Kampf ziehen, daß auch wir sehr bald ruhmvolle Schlachtennamen auf jenes Schild verzeichnen und dem Kaiser auch aus dem Norden einen Sieg melden, nach dem eure Kampfbegierde brennt, den eure Tapferkeit und Hingebung erringen wird, mit dem Rufe: Es lebe der Kaiser!

Benedek."

Auf obiges Telegramm ist folgende Antwort aus Verona telegraphisch in Böhmisch-Trübau angelangt:

„Der Süd-Armee und ihres Kommandanten gerührten Dank ihrem geliebten frühern Feldherrn und seiner braven

Armee. Ueberzeugt, daß auch wir bald zu solchen Siegen werden Glück wünschen können.“

‚Überzeugt‘ — ‚überzeugt‘......

„Lacht euch nicht das Herz im Leibe, Kinder, wenn ihr derlei Sachen leset?“ rief mein Vater entzückt. „Könnt ihr euch nicht zu genügendem patriotischen Hochgefühle aufschwingen, um angesichts solcher Triumphe eure eigenen Angelegenheiten in den Hintergrund zu drängen — um zu vergessen, Du, Martha, daß Dein Friedrich, Du, Lilli, daß Dein Konrad einigen Gefahren ausgesetzt sind? Gefahren, welchen sie wahrscheinlich heil entkommen und denen selbst zu unterliegen — ein Los, das sie mit den besten Söhnen des Vaterlandes teilen — ihnen nur zu Ruhm und Ehre gereicht. Es gibt keinen Soldaten, der mit dem Rufe ‚Für das Vaterland!‘ nicht gern stürbe.“

„Wenn einer nach verlorener Schlacht mit zerschmetterten Gliedern auf dem Felde liegen bleibt“ — entgegnete ich — „und da ungefunden durch vier oder fünf Tage und Nächte an Durst, Hunger, unter unsäglichen Schmerzen, lebend verfaulend, zu Grunde geht — dabei wissend, daß durch seinen Tod dem besagten Vaterlande nichts geholfen, seinen Lieben aber Verzweiflung gebracht worden — ich möchte wissen, ob er die ganze Zeit über mit jenem Rufe gern stirbt.“

„Du frevelst ... Du sprichst zudem in so grellen Worten — für eine Frau ganz unanständig.“

„Ja, ja, das wahre Wort — die aufgedeckte Wirklichkeit ist frevelhaft, ist schamlos ... Nur die Phrase, die durch tausendfältige Wiederholung sanktionierte Phrase, ‚anständig'. Ich aber versichere Dich, Vater — dieses naturwidrige ‚Gern-sterben', welches da allen Männern zugemutet wird, so heldenhaft es dem Aussprechenden auch dünken mag — mir klingt es wie gesprochener Totschlag."

*   *   *

Unter Friedrichs Papieren — viele Tage später — habe ich einen Brief gefunden, den ich ihm in jenen Tagen nach dem Kriegsschauplatz schickte. Dieser Brief zeigt am deutlichsten, von welchen Gefühlen ich damals erfüllt war.

Grumitz. 28. Juni 1866.

„Teurer: Ich lebe nicht ... Stelle Dir vor, daß in einem Nebenzimmer die Leute beraten, ob ich in den nächsten Tagen gehenkt werden soll, oder nicht, während ich draußen auf diese Entscheidung warten muß. In dieser Wartezeit atme ich wohl — aber kann ich das leben nennen? Das Nebenzimmer, in welchem die Frage entschieden werden soll, heißt Böhmen ... Doch nicht, Geliebter, das Bild ist noch nicht ganz zutreffend. Denn wenn es sich nur um mein Leben oder Sterben handelte, so wäre das Bangen nicht so groß. Denn mein Bangen gilt einem viel teureren Leben, als dem eigenen ... Und sogar noch ärgerem als Deinem Tode gilt meine Angst — sie gilt Deiner möglichen Todesqual ..... O, wäre es doch schon vorüber,

vorüber! Kämen doch unsere Siege in rascher Folge —
nicht der Siege, sondern des Endes halber!

Ob Dich diese Zeilen erreichen? Und wo und
wie? Ob nach einem heißen Schlachttage, ob im
Lager, ob vielleicht im Lazareth . . . auf jeden Fall
thut es Dir wohl, Kunde von Deiner Martha zu
erhalten. Wenn ich auch nur Trauriges schreiben
kann — was anders als Trauriges kann in einer
Zeit empfunden werden, wo die Sonne durch das
große schwarze Sargdeckeltuch verfinstert wird, welches
„für das Vaterland" aufgehißt worden, damit es
auf die Kinder des Landes herabfalle — dennoch
bringen Dir meine Zeilen Labung . . . denn Du
hast mich lieb, Friedrich — ich weiß es, wie lieb,
und mein geschriebenes Wort freut und bewegt Dich,
wie ein sanftes Streicheln meiner Hand. — — Ich
bin bei Dir, Friedrich, wisse das: mit jedem Gedanken, mit jedem Atemzug, bei Tag und Nacht . . .
Hier in meinem Kreise bewege ich mich und handle
und spreche mechanisch; mein eigenstes Ich — das
ja Dir gehört — das verläßt Dich keinen Augenblick . . Nur mein Bub' erinnert mich, daß die
Welt mir doch noch etwas enthält, was nicht „Du"
heißt . . . Der gute Kleine — wenn Du wüßtest,
wie er nach Dir fragt und sorgt! Wir zwei sprechen
miteinander eigentlich von gar nichts Anderem, als
von „Papa". Er weiß es wohl, der feinfühlige
Knabe, daß dies der Gegenstand ist, von dem mein
Herz voll ist, und so klein er ist — Du weißt es
ja — ist er schon eine Art Freund seiner Mutter.

Ich fange auch schon an, mit ihm zu reden, wie
mit einem Vernünftigen, und dafür ist er mir dank=
bar. Ich meinerseits bin ihm dankbar für die Liebe,
die er Dir weiht. Es ist so selten, daß Kinder ihre
Stiefeltern gut leiden mögen, freilich ist an Dir auch
nichts Stiefväterliches — Du könntest mit einem
eigenen Jungen nicht zärtlicher, nicht gütiger sein.
Du mein Zärtlicher, Gütiger! Ja die Güte — die
große, weiche, milde — die ist Deines Wesens Grund=
lage und — wie sagt der Dichter? — so wie der
Himmel aus einem einzigen großen Saphir sich wölbt,
so formt sich eines edlen Menschen Charaktergröße
nur aus einer Tugend — der Güte. Mit anderen
Worten: ich lieb' Dich, Friedrich! Das ist ja doch
immer der Refrain Alles dessen, was ich von Dir
und Deinen Eigenschaften denke. So vertrauensvoll,
so zuversichtlich lieb' ich Dich — ich ruhe in Dir,
Friedrich, warm und sanft . . . Wenn ich Dich
habe — versteht sich. Jetzt, da Du mir wieder
entrissen bist, ist's mit meiner Ruhe natürlich aus.
Ach, wäre der Sturm nur schon vorbei, vorbei —
wäret ihr doch in Berlin, um dem König Wilhelm
die Friedensbedingungen zu diktieren! Mein Vater
ist nämlich fest überzeugt, daß dies des Feldzugs
Ende sein wird, und nach Allem, was man hört
und liest, muß ich es wohl auch glauben. „Sobald,
mit Gottes Hilfe, der Feind geschlagen ist" — so
lautete ja Benedeks Aufruf — „werden wir ihn auf
dem Fuße verfolgen und ihr werdet in Feindesland
euch ausrasten und diejenigen Erholungen" und so

2*

weiter. Was sind denn das für Erholungen? Heut=
zutage darf kein Anführer mehr laut und unum=
wunden sagen: „Ihr dürft plündern, brennen, morden,
schänden," wie dies im Mittelalter Brauch war, um
die Horden anzufeuern; — jetzt könnte man ihnen
als Lohn höchstens eine freigebige Verteilung von
Erbswurst in Aussicht stellen; das wäre aber etwas
matt, also heißt es verblümt: „diejenigen Erholungen"
und so weiter. Dabei kann sich jeder denken, was
er will. Das Prinzip des in „Feindesland" zu
findenden Kriegslohnes lebt im Soldatenstil noch
fort . . . Und wie wird Dir in „Feindesland" zu
Mute sein, welches ja eigentlich Dein Stammland
ist, wo Deine Freunde und Deine Vettern leben?
Wirst Du Dich dadurch „erholen", daß Du Tante
Korneliens hübsche Villa dem Erdboden gleich machst?
„Feindesland" — das ist eigentlich auch so ein
fossiler Begriff aus jenen Zeiten, wo der Krieg noch
unverhohlen das war, was seine raison d'être vor=
stellt; ein Raubzug; — und wo das Feindesland
dem Streiter als lohnverheißendes Beuteland winkte . . .
      Ich spreche da mit Dir, wie in den schönen
Stunden, du Du an meiner Seite warst und wir,
nach beendeter Lektüre irgend eines fortschrittlichen
Buches, miteinander über die Widersprüche unserer
Zeitzustände philosophierten, so einig, so einander
verstehend und ergänzend. In meiner Umgebung
ist Niemand, Niemand, mit dem ich über derlei Dinge
reden könnte. Doktor Bresser war noch der Einzige,
mit welchem sich kriegsverdammende Ideen austauschen

ließen, und der ist jetzt auch fort — selber in den
verurteilten Krieg gezogen — aber um Wunden zu
heilen, nicht um sie zu schlagen. Eigentlich auch ein
Widersinn, die „Humanität" im Kriege — ein innerer
Widerspruch. Das ist ungefähr so, wie die „Auf=
klärung" im Glauben. Entweder, oder — aber
Menschenliebe und Krieg, Vernunft und Dogma:
das geht nicht. Der aufrichtige, lodernde Feindes=
haß, gepaart mit gänzlicher Verachtung des mensch=
lichen Lebens — das ist des Krieges Lebensnerv,
gerade so wie die fraglose Unterdrückung der Vernunft
des Glaubens Grundbedingung ist. Aber wir leben
in einer Zeit der Vermittlung. Die alten Institu=
tionen und die neuen Ideen wirken gleich mächtig.
Da versuchen denn die Leute, welche mit dem Alten
nicht ganz brechen wollen, welche das Neue nicht
ganz erfassen können, Beides miteinander zu ver=
schmelzen und daraus entsteht dieses verlogene, un=
konsequente, widerspruchskämpfende, halbhafte Ge=
triebe, unter welchem die wahrheits=, gradheits= und
ganzheitsdurstenden Seelen so stöhnen und leiden . . .

Ach, was ich da Alles zusammenschreibe! Du
wirst jetzt kaum — wie in unseren friedlichen Plauder=
stunden — zu solch allgemeinen Betrachtungen auf=
gelegt sein: Du bist von einer grausigen Wirklichkeit
umtost, mit der es sich abfinden heißt. Wie viel
besser wäre es da, wenn Du sie hinnehmen könntest
mit der naiven Auffassung alter Zeiten, da dem
Soldaten das Kriegsleben eitel Lust und Wonne
war. Und besser wäre es, ich könnte Dir schreiben,

wie andere Frauen auch, Briefe von Segenswünschen und zuversichtlichen Siegesverheißungen und Mutanspornungen . . . . Die Mädchen werden ja gleichfalls zum Patriotismus erzogen, damit sie zu rechter Stunde den Männern zurufen: „Gehet hin und sterbet für euer Vaterland — das ist der schönste Tod." Oder: „Kehret siegend heim, dann wollen wir euch mit unserer Liebe lohnen. Inzwischen werden wir für euch beten. Der Gott der Schlachten, der unsere Heere beschützt, der wird unsere Gebete erhören. Tag und Nacht steigt unser Flehen zum Himmel auf und — gewiß — wir erstürmen uns seine Huld: Ihr kommt wieder — ruhmgekrönt! Wir zittern nicht einmal, denn wir sind eurer Tapferkeit würdige Genossinnen . . . Nein, nein! — die Mütter eurer Söhne dürfen nicht feige sein, wenn sie ein neues Geschlecht von Helden heranziehen wollen; und müssen wir auch unser Teuerstes hingeben: für Fürst und Vaterland ist kein Opfer zu groß!"

Das wäre so der richtige Soldatenfrauen-Brief, nicht wahr? Aber nicht ein Brief, wie Du ihn von Deiner Frau zu lesen wünschtest — von der Genossin Deines Denkens, von derjenigen, die den Groll gegen alten, blinden Menschenwahn mit Dir teilt . . . O, ein Groll, so bitter, so schmerzlich — ich kann Dir's gar nicht sagen! Wenn ich sie mir vorstelle, diese beiden Heere, zusammengesetzt aus einzelnen vernünftigen und zumeist guten und sanften Menschen, — wie sie auf einander losstürmen, um

sich gegenseitig zu vernichten, dabei das unglückliche
Land verheerend, wo sie als Spielkarten ihrer Mord-
partie die „genommenen" Dörfer hinschleudern . . .
wenn ich mir das vorstelle, da wollte ich aufschreien:
So besinnt euch doch! . . . so haltet doch ein!! Und
von hunderttausend würden auch neunzigtausend Einzelne sicher gerne einhalten; aber die Masse, die muß
weiter wüten. Doch genug. Du wirst es vorziehen,
Nachrichten und Neuigkeiten von Hause zu hören.
Nun denn — gesund sind wir Alle. Der Vater ist
unausgesetzt in höchster Aufregung über die gegenwärtigen Ereignisse. Der Sieg von Custozza erfüllt
ihn mit strahlendem Stolz. Es ist, als ob er denselben errungen hätte. Jedenfalls betrachtet er den
Glanz dieses Tages als so hell, daß der auf ihn —
als Österreicher und als General — fallende Abglanz
ihn ganz glücklich macht. Auch Lori, deren Mann,
wie Du weißt, bei der Süd-Armee ist, schrieb mir
einen Triumpfbrief über dasselbe Custozza. —
Friedrich, erinnerst Du Dich, wie eifersüchtig ich
während einer Viertelstunde auf die gute Lori war?
Und wie ich aus diesem Anfall mit verstärkter Liebe
und verstärktem Vertrauen hervorging? . . . O hättest
Du mich nur damals betrogen — hättest Du mich
doch mitunter ein wenig mißhandelt . . . da könnte
ich Deine jetzige Abwesenheit wohl leichter ertragen —
aber einen s o l c h e n Gatten im Kugelregen zu
wissen! . . . Nun weiter mit den Nachrichten: Lori
hat mir in Aussicht gestellt, daß sie mit ihrer kleinen
Beatrix den Rest ihrer Strohwitwenschaft in Grumitz

zubringen werde. Ich konnte nicht nein sagen —
doch aufrichtig: mir ist gegenwärtig jede Gesellschaft
lästig. Allein, allein will ich sein, mit meiner Sehn=
sucht nach Dir, deren Umfang ja doch Niemand
Anderer ermessen kann ... Nächste Woche soll Otto
seine Ferien antreten. Er jammert in jedem Briefe,
daß der Krieg noch vor und nicht erst nach seiner
Offiziersernennung begonnen hat. Er hofft zu Gott,
daß der Friede nicht noch vor seinem Austritt aus
der Akademie — ausbreche. Das Wort „ausbrechen"
wird er vielleicht nicht gebraucht haben, aber jeden=
falls entspricht es seiner Auffassung, denn der Frieden
erscheint ihm jetzt als eine drohende Kalamität. Nun
freilich: so werden sie ja groß gezogen. So lange
es Kriege gibt, muß man kriegliebende Soldaten
heranziehen; und so lange es kriegliebende Soldaten
gibt, muß es auch Kriege geben ... Ist das ein
ewiger, ausgangsloser Cirkel? Nein, Gott sei Dank!
Denn jene Liebe, trotz aller Schuldrillung, nimmt
beständig ab. Wir haben in Henry Thomas Buckle
den Nachweis dieser Abnahme gefunden, erinnerst Du
Dich? Aber ich brauche keine gedruckten Nachweise —
ein Blick in Dein Herz, Dein edelmenschliches Herz,
Friedrich, genügt mir zu dieser Beweisführung ...
Weiter mit den Nachrichten: Von unseren in Böhmen
begüterten Verwandten und Bekannten erhalten wir
allseitig Jammerepisteln. Der Durchmarsch der
Truppen — auch wenn sie zum Siege gehen —
verwüstet schon das Land und saugt es aus; wie
wenn erst noch der Feind vordringen sollte, wenn

sich der Kampf in ihrer Gegend dort, wo sie ihre Schlösser, ihre Felder besitzen, abspielen sollte? Alles ist fluchtbereit — die Habseligkeiten gepackt, die Schätze vergraben. Abieu den fröhlichen Reisen in die böhmischen Bäder; abieu dem frieblichen Aufenthalt auf den Landsitzen; abieu ben glänzenden Herbstjagben und jebenfalls abieu ben gewohnten Einkünften von Pachtung und Inbustrien. Die Ernten werden zertreten, die Fabriken, wenn nicht in Brand geschossen, so boch der Arbeiter beraubt. „Es ist boch ein wahres Unglück," schreiben sie, „baß wir just im Grenzland leben — und ein zweites Unglück, baß Benebek nicht schon früher und heftiger die Offensive übernahm, um ben Krieg in Preußen auszukämpfen." Vielleicht könnte man es auch ein Unglück nennen, baß bie ganze politische Bänkerei nicht von einem Schiebsgericht geschlichtet worden sei, sonbern dem Morbgewühle auf böhmischem ober schlesischem Boben (in Schlesien soll es, glaubwürbigen Reiseberichten zufolge, nämlich auch Menschen und Felber und Fechsungen geben) anheimgestellt wirb. Aber bas fällt Niemanbem ein!

Mein kleiner Rudolf sitzt zu meinen Füßen, während ich Dir schreibe. Er läßt Dich umarmen und unsern lieben Purzl grüßen. Das geht uns Beiben recht sehr ab, bas gute lustige Pintschel — aber anbererseits, es hätte seinen Herrn so schwer vermißt und Dir wirb es eine Zerstreuung, eine Gesellschaft sein. Grüße ihn von uns Beiben, ben

Puzel — ich schüttle seine ehrliche Pfote und Rubi küßt seine gute schwarze Schnauze.

Und jetzt, für heute leb' wohl, Du mein Alles!"

* * *

„Es ist unerhört! . . . Niederlage auf Niederlage! Zuerst das von Clam-Gallas verbarrikadierte Dorf Podol erstürmt — bei Nacht, bei Mond- und Flammenschein genommen — dann Gitschin erobert . . . Das Zündnadelgewehr — das verdammte Zündnadelgewehr mähte die unseren reihenweise nieder. Die beiden großen feindlichen Armeekorps — das vom Kronprinzen und das vom Prinzen Friedrich Karl befehligte — haben sich vereinigt und bringen gegen Münchengrätz vor" . . .

So klangen die Schreckensnachrichten, welche mein Vater ebenso heftig jammernd vortrug, wie er jubelnd die Siegesnachrichten von Custozza berichtet hatte. Aber noch schwankte seine Zuversicht nicht:

„Sie sollen nur kommen, Alle — Alle in unser Böhmen und dort vernichtet werden, bis auf den letzten Mann . . . Einen Ausweg, einen Rückzug giebt es dann nicht mehr für sie, wir schließen sie ein, wir umzingeln sie . . . Und das entrüstete Landvolk selber wird ihnen den Garaus machen . . . Es ist nicht gar so vorteilhaft, als man glauben mag, in Feindesland zu operieren, denn da hat man nicht nur das Heer, sondern die ganze Bevölkerung gegen sich . . . Aus den Häusern von Trautenau gossen die Leute aus den Fenstern siedendes Wasser und Öl auf die Menschen —"

Ich stieß einen dumpfen Laut des Ekels aus.

„Was willst Du?" sagte mein Vater achselzuckend, „es ist freilich grauenhaft — aber das ist der Krieg."

„Dann behaupte wenigstens nie, daß der Krieg die Menschen veredle! — Gestehe, daß er sie entmenscht vertiert, verteufelt:... Siedendes Öl!... Ach!...

„Gebotene Selbstverteidigung und gerechte Rache, liebe Martha. Glaubst Du etwa, ihre Zündnadelgeschosse thun den unseren wohl?... Wie das wehrlose Schlachtvieh müssen unsere Tapferen dieser mörderischen Waffe unterliegen. Aber wir sind zu zahlreich, zu diszipliniert, zu kampftüchtig, um nicht doch noch über die „Schneidergesellen" zu siegen. Zu Anfang sind gleich ein paar Fehler begangen worden. Das gebe ich zu. Benedek hätte gleich die preußische Grenze überschreiten sollen ... Es steigen mir Zweifel auf ob diese Feldherrnwahl eine ganz glückliche war ... Hätte man lieber den Erzherzog Albrecht hinauf geschickt und dem Benedek die Süd-Armee übergeben ... Aber ich will nicht zu früh verzagen — bis jetzt haben ja eigentlich doch nur vorbereitende Gefechte stattgefunden, welche von den Preußen zu großen Siegen aufgebauscht werden — die Entscheidungsschlachten kommen erst. Jetzt konzentrieren wir uns bei Königgrätz; dort — über hunderttausend Mann stark — erwarten wir den Feind ... dort wird unser nördliches Custozza geschlagen!"

Dort würde auch Friedrich mitkämpfen. Sein letztes, am selben Morgen angelangtes Briefchen trug die Nachricht: „Wir begeben uns nach Königgrätz."

Ich hatte bisher regelmäßig Kunde erhalten. Obwohl er in seinem ersten Briefe mich darauf vorbereitet hatte, daß er nur wenig werde schreiben können, so hat Friedrich doch jede Gelegenheit benützt, ein paar Worte an mich zu richten. Mit Bleistift, zu Pferd, im Zelt — in flüchtiger, nur mir leserlicher Schrift, so schrieb er die aus seinem Notizbüchelchen herausgerissenen, für mich bestimmten Blätter voll. Manche hatte er Gelegenheit abzuschicken, manche gelangten erst später, erst nach dem Feldzug in meine Hände.

Bis zur Stunde habe ich diese Andenken aufbewahrt. Das sind keine sorgfältig stilisierten Kriegsberichte, wie sie Zeitungskorrespondenten ihren Redaktionen, oder Kriegsschriftsteller ihren Verlegern bieten, keine mit Aufwand strategischer Fachkenntnisse entworfene Gefechtsskizzen, und keine mit rhetorischem Schwung ausgeführte Schlachtgemälde, in welchen der Erzähler immer bedacht ist, seine eigene Unerschrockenheit, Heldenhaftigkeit und patriotische Begeisterung durchleuchten zu lassen. Alles dies sind Friedrichs Aufzeichnungen nicht, das weiß ich; was sie aber sind, das vermag ich nicht zu bestimmen. Hier folgen einige:

— — — — — — — — — — — — —

Im Bivouak.

„Ohne Zelte . . . Es ist ja eine so laue, herrliche Sommernacht — der Himmel, der große gleichgültige, voll flimmernder Sterne . . . Die Leute liegen auf dem Boden, erschöpft von den langen, ermübenden Märschen. Nur für uns Stabsoffiziere

wurden ein paar Zelte aufgeschlagen. In dem meinen
stehen drei Feldbetten. Die beiden Kameraden schlafen.
Ich sitze an dem Tisch, worauf die geleerten Grog=
gläser und eine brennende Kerze stehen. Beim
schwachen flackernden Schein der letzteren (es weht
von dem offenen Eingang ein Luftzug herein) schreibe
ich Dir, mein geliebtes Weib. Auf mein Lager
habe ich den Puxl hingelegt ... war der müd',
der arme Kerl! Ich bereue fast, ihn mitgenommen
zu haben; der ist auch, was die unseren immer von
der preußischen Landwehr behaupten: „an die Stra=
pazen und Entbehrungen eines Feldzugs nicht ge=
wöhnt". Jetzt schnauft er wohlig und süß — ich
glaube er träumt, wahrscheinlich von seinem Freund
und Gönner Rudolf Grafen Dotzky. Und ich träum'
von Dir, Martha ... Zwar bin ich wach; aber
täuschend, wie ein Traumbild, sehe ich Deine liebe
Gestalt in jener halbdunklen Zeltecke, auf einem Feld=
stuhl sitzen ... Welche Sehnsucht ergreift mich, dort
hinzugehen und mein Haupt in Deinen Schooß zu
legen. Ich thu' es aber nicht, weil ich weiß, daß
dann das Bild zerflattern würde ...

Ich trat einen Augenblick hinaus. Die Sterne
flimmern gleichgültiger als je. Auf dem Boden huschen
verschiedene Schatten: es sind Nachzügler. Viele,
Viele, blieben unterwegs zurück; jetzt haben sie sich, vom
Wachtfeuer angezogen, hierher geschleppt. Aber nicht
Alle — Manche liegen noch in einem entfernten
Graben oder Kornfeld. Das war aber auch eine
Hitze, während dieses forcierten Marsches! Die

Sonne brannte, als wollte sie uns das Hirn zum
Sieden bringen; dazu der schwere Tornister, das
schwerere Gewehr auf den wundgewetzten Schultern ...
und doch, es hat Keiner gemurrt. Aber hingefallen
sind ein paar, und konnten nicht wieder aufstehen.
Zwei oder drei erlagen dem Sonnenstich und blieben
gleich tot. Ihre Leichen wurden auf einen Ambulanz-
karren geladen.

Die Juninacht, so mond- und sternburchleuchtet,
so warm sie auch ist, ist doch entzaubert. Man hört
keine Nachtigallen und keine zirpenden Grillen; man
atmet keine Rosen- und Jasmingerüche. Die süßen
Laute werden durch die schnarrenden und wiehernden
Pferde, durch die Stimmen der Leute und das Geräusch
der Patrouillenschritte unterbrückt; die süßen Gerüche
durch Juchten-Sattelzeug- und sonstige Kasernenaus-
dünstungen überduftet. Aber das ist noch Alles nichts:
noch hört man nicht festende Raben krächzen, noch
riecht man nicht Pulver, Blut und Verwesung. Das
Alles kommt erst — ad majorem patriae gloriam.
Merkwürdig, wie blind die Menschen sind! Anläßlich
der einst „zur größeren Ehre Gottes" entflammten
Scheiterhaufen brechen sie in Verwünschungen über
blinden und grausamen, sinnlosen Fanatismus aus,
und für die leichenbesäeten Schlachtfelder der Gegenwart sind sie voll Bewunderung. Die Folterkammern
des finsteren Mittelalters flößen ihnen Abscheu ein —
auf ihre Arsenale aber sind sie stolz ... Das Licht
brennt herab, die Gestalt in jener Ecke hat sich ver-

flüchtigt — ich will mich auch zur Ruhe legen, neben unseren guten Puzl."

— — — — — — — — — —

Auf einem Hügel oben, in einer Gruppe von Generälen und hohen Offizieren, mit einem Feldstecher am Auge: das ist die an ästhetischen Eindrücken ergiebigste Situation in einem Kriege. Das wissen auch die Herren Schlachtenmaler und Zeitungsillustratoren: bewaffneten Auges rundschauende Feldherren auf einer Anhöhe werden immer wieder gezeichnet — ebenso oft, wie die an der Spitze ihrer Truppen auf einem möglichst weißen, hochtrabenden Pferde voranstürmenden Führer, welche, den Arm nach einem rauchenden Punkt des Hintergrundes ausgestreckt, den Kopf zu den Nachsprengenden umgewendet, offenbar rufen: „Mir nach Kinder!"

Von der Hügelstation herab sieht man wahrlich ein Stück Kriegspoesie. Das Bild ist großartig und genügend entfernt, um wie ein richtiges Gemälde zu wirken, ohne die Schrecken- und Ekelhaftigkeiten der Wirklichkeit: kein fließendes Blut, kein Sterberöcheln — nichts als erhaben prächtige Linien- und Farbeneffekte. Diese auf der langgestreckten Straße sich fortschlängelnde Heersäule, dieser unabsehbare Zug von Fußvolkregimentern, von Kavallerieabteilungen und Batterien; dann der Munitionstrain, requirierte Bauernwagen, Packpferde und hinterher noch der Troß. Noch gewaltiger gestaltet sich das Bild, wenn auf der unter dem Hügel ausgebreiteten Landschaft nicht nur die Fortbewegung eines, sondern der Zusammenstoß zweier

Heere zu sehen ist. Wie da die blitzenden Klingen, die flatternden Fahnen, die Uniformen aller Art, die sich bäumenden Rosse gleich wildempörten Fluten durcheinander wogen; darüber Dampfwolken, die an manchen Stellen zu dichten, das Bild verhüllenden Schleiern sich ballen, und wenn sie reißen, kämpfende Gruppen enthüllen ... Dazu als Begleitung der durch die Berge rollende Lärm der Geschütze, von welchem jeder Schlag das Wort Tod — Tod — Tod — durch die Lüfte donnert ... Ja, so etwas mag zu Kriegsliedern begeistern!

Auch zu der Verfassung jener zeithistorischen Berichte, welche nach dem Feldzug veröffentlicht werden müssen, bietet die Hügelposition günstige Gelegenheit. Da läßt sich allenfalls mit einiger Richtigkeit erzählen: die Division X stößt bei N. auf den Feind; — drängt ihn zurück; — erreicht das Gros der Armee; — starke feindliche Abteilungen zeigen sich an der linken Flanke des Korps u. s. w. u. s. w. Aber wer nicht auf dem Hügel durch den Feldstecher schaut, wer selber an der „Aktion" teilnimmt, der kann nie — nie etwas Glaubwürdiges über den Fortgang einer Schlacht erzählen. Er sieht, denkt und fühlt nur das Nächste; was er nachher berichtet, ist Konjektur zu deren Veranschaulichung er sich der alten Clichés bedient. „He, Tilling," sagte mir heute einer der Generäle, neben denen ich auf dem Hügel stand — „Ist das nicht imposant? Ein Prachtheer, wie? Woran denken Sie eben?" Woran ich dachte? Das konnte ich dem Vorgesetzten nicht gut sagen; ich antwortete also allergehorsamst etwas

Unwahres. Allergehorsamlichkeit und Wahrheit haben ohnedies nichts miteinander zu schaffen. Letztere ist ein gar stolzes Wesen: von allem Knechtischen wendet sie sich verächtlich ab.

— — — — — — — — — — — —

„Das Dorf ist unser — nein, es ist des Feindes, — und wieder unser — und abermals des Feindes, aber ein Dorf ist's nicht mehr, sondern ein rauchender Trümmerhaufen.

Die Bewohner (war es nicht eigentlich ihr Dorf?) hatten es schon früher verlassen und waren geflohen. Zum Glück — denn der Kampf in einem bewohnten Orte ist gar etwas Fürchterliches, denn da fallen die Kugeln von Feind und Freund mitten in die Stuben hinein und töten Weiber und Kinder. — Eine Familie war dennoch in dem Orte zurückgeblieben, den wir gestern genommen, verloren, wieder genommen und wieder verloren haben, nämlich ein altes Ehepaar und dessen Tochter — diese im Kindbett. Der Gatte dient in unserem Regiment. Er sagte mir's, als wir uns dem Dorf näherten: „Dort, Herr Oberstlieutenant in dem Hause mit dem roten Dach, lebt mein Weib mit ihren alten Eltern . . . Sie haben nicht fliehen können, die Armen . . . mein Weib muß jede Stunde niederkommen und die Alten sind halb gelähmt — um Gotteswillen, Herr Oberstlieutenant, kommandieren Sie mich dorthin." — Der arme Teufel! er kam gerade zurecht, um die Wöchnerin und das Kind sterben zu sehen; eine Bombe war neben dem Bette geplatzt . . .

Was mit den Alten geschehen — ich weiß es nicht.
Vermutlich unter den Trümmern begraben; das Haus
war eins der ersten, welches in Brand geschossen
wurde. Der Kampf auf offenem Felde ist schaurig
genug; aber der Kampf inzwischen menschlicher Wohn-
stätten ist noch zehnmal grausiger. Stürzendes Gebälk,
aufschlagende Flammen, erstickender Rauch — vor
Angst tollgewordenes Vieh — jede Mauer Festung
oder Barrikade, jedes Fenster Schießscharte . . . Eine
Brustwehr habe ich da gesehen, die war aus Leichen
gebildet. Da hatten die Verteidiger alle in der Nähe
liegenden Gefallenen aufeinandergeschichtet, um, so ge-
schützt, darüber auf den Angreifer hinwegzuschießen.
Diese Mauer vergesse ich wohl im Leben nicht: . . .
Einer, der als Ziegel diente — zwischen den anderen
Leichenziegeln eingepfercht — der lebte noch, bewegte
die Arme. — — —

„Lebte noch“: das ist ein Zustand — im Krieg
in tausend Varianten vorkommend — der die maß-
losesten Leiden in sich birgt. Gäb’ es irgend einen
Engel der Barmherzigkeit, der über den Schlachtfeldern
schwebte, er hätte vollauf zu thun, den armen Wichten
— Mensch und Tier — die „noch lebten“, den Gnaden-
stoß zu geben.“

Heute hatten wir ein kleines Kavalleriegefecht auf
offenem Felde. Da kam ein preußisches Dragoner-
regiment im Trab einher, deployierte in Linie und,
die Pferde fest im Zügel, den Säbel über dem Kopf,
ritten sie in kurzem Galopp gerade auf uns zu. Wir

warteten den Angriff nicht ab, sondern sprengten dem Feind entgegen. Kein Schuß wurde gewechselt. Wenige Schritte von einander brachen beide Reihen in ein donnerndes Hurra aus (Schreien berauscht: das wissen die Indianer und Zulus noch besser als wir), und so stürzten wir aufeinander, Pferd an Pferd und Knie an Knie; die Säbel sausten in die Höhe und kamen auf die Köpfe nieder. Bald waren Alle zu dicht ineinander geraten, um die Waffen zu gebrauchen; da wurde Brust an Brust gerungen, wobei die scheu und wild gewordenen Pferde schnaufend stürzten, sich bäumten und um sich schlugen. Ich war auch einmal zu Boden und sah — das ist kein angenehmer Anblick — schlagende Pferdehufe eine Linie weit von meiner Schläfe entfernt."

— — — — — — — — —

„Wieder ein Marschtag mit ein oder zwei Gefechten. Ich habe einen großen Kummer erlebt. Es verfolgt mich ein so trauriges Bild . . . Unter den vielen Trauerbildern, die mich rings umgeben, sollte dies nicht auffallen, sollte mir nicht so weh thun. Aber ich kann nichts dafür: es geht mir nahe und ich kann es nicht loswerden . . . Puxl — unser armes, lebensfrohes, gutes Pintschel — ach, hätte ich ihn doch zu Hause gelassen, bei seinem kleinen Herrn, Rudolf: Er lief uns nach, wie gewöhnlich. Plötzlich stößt er ein jammervolles Geschrei aus . . . ein Granatsplitter hat ihm die Vorderbeinchen abgerissen . . . Er kann nicht nach — verlassen bleibt er zurück und „lebt noch"; vierundzwanzig und achtundvierzig Stunden vergehen und er lebt noch. — Mein Herrl — mein gutes Herrl, ruft er mir klagend nach, laß den armen Puxl nicht da! und sein kleines Herz bricht . . . Was besonders an mir nagt, ist der Gedanke, daß das sterbende treue Geschöpf mich verkennen muß. Er hat es gesehen, daß ich mich umgewendet — daß ich seinen Hilferuf vernommen haben mußte, und doch so kalt und hart ihn liegen ließ. Er weiß es ja nicht, der arme Puxl, daß einem zur Attacke vorstürmenden Regiment, aus dessen Reihen die Kameraden fallen und am Wege bleiben, nicht eines gefallenen Hündchens wegen „Halt" kommandiert werden kann. Von einer höheren Pflicht, der ich gehorchte, hat er keinen Begriff, und das arme, so treue Hundeherz klagt mich der Unbarmherzigkeit an . . .

Daß man inmitten der „großen Ereignisse" und der Riesenunglücksfälle, welche die Gegenwart erfüllen, über solche Kleinigkeiten sich betrüben kann! würden Viele — nicht Du, Martha — achselzuckend sagen. Nicht Du — ich weiß, Dir tritt jetzt auch eine Thräne ins Auge um unseren armen Puxl."

„Was geschieht da? Das Exekutions-Peloton wird aufgestellt. Ward ein Spion gefangen? Einer? . . . Diesmal siebzehn. Dort kommen sie schon. In vier Reihen, je zu vier Mann, von einem Carré Soldaten umgeben, schreiten die Verurteilten, gesenkten Kopfes, daher. Dahinter einen Wagen, worin eine Leiche liegt und darauf sitzend, an die Leiche gebunden, der Sohn

des Toten, ein zwölfjähriger Knabe — auch verurteilt ...

Ich mag die Hinrichtung nicht sehen und entferne
mich. Aber die Schüsse habe ich vernommen ...
Hinter der Mauer steigt eine Rauchwolke auf — alle
hin, auch der Knabe." — — —

— — — — — — — — — — — —

„Endlich ein bequemes Nachtquartier in einem
kleinen Städtchen! Das arme Nest! ... Vorräte, die
den Leuten auf Monate hinaus genügen würden, haben
wir ihnen durch eine Requisition fortgenommen. „Requisition" ... es ist nur gut, wenn man für ein
Ding einen hübschen, sanktionierten Namen hat.

Ich war aber doch froh, das gute Nachtlager und
das gute Nachtessen gefunden zu haben. Und — laß
Dir erzählen:

Schon wollte ich mich zu Bett legen, als mir
meine Ordonnanz meldet: ein Mann von unserem
Regiment sei da und verlange dringend, eingelassen zu
werden, er bringe mir etwas. „So soll er kommen."
Der Mann trat ein. —

Und als er wieder ging, da hatte ich ihn reich
beschenkt und ihm beide Hände geschüttelt und ihm
versprochen, für sein Weib und Kind zu sorgen, falls
ihm etwas geschähe. Denn was er mir gebracht hat,
der Brave — das hat mir eine große Freude gemacht
und mich von einer Pein befreit, unter der ich seit
sechsundbreißig Stunden litt — was er mir gebracht
hat: das war mein Purzl. Verwundet zwar — ehrenvoll blessiert — aber noch lebend und so selig, wieder

bei seinem Herrn zu sein, an dessen Benehmen er wohl
erkannt haben mußte, daß er ihm mit dem Vorwurf
der Lieblosigkeit unrecht gethan . . . Ja, war das eine
Wiedersehensscene! Vor allem ein Trunk Wasser. Wie
das schmeckte . . . das heißt, zehnmal unterbrach er
das gierige Trinken, um mir seine Freude vorzubellen.
Hierauf habe ich ihm seine Beinstummel verbunden,
ihm ein schmackhaftes Souper von Fleisch und Käse
vorgesetzt und ihn auf mein Lager gebettet. Wir haben
Beide gut geschlafen. Des Morgens, als ich erwachte,
leckte er mir nochmals dankend die Hand — dann
streckte er seine Gliederchen, schnaufte tief auf und —
hatte aufgehört zu sein. Armer Purzl — es ist
besser so!"

———————

„Was habe ich heute Alles gesehen? Wenn ich
die Augen schließe, tritt mir das Geschaute mit furcht-
barer Klarheit vor das Gedächtnis. „Nichts als
Schmerz und Schreckbilder!" wirst Du sagen. Warum
bringen denn Andere vom Kriege so frische, fröhliche
Eindrücke mit. Je nun, diese Anderen verschließen sich
gegen den Schmerz und den Schreck — verschweigen
sie. Wenn sie schreiben, wenn sie erzählen, so geben
sie sich überhaupt keine Mühe, die Erlebnisse nach der
Natur zu schildern, sondern sie befleißigen sich, einst
gelesene Schilderungen schablonenhaft nachzubilden und
diejenigen Empfindungen hervorzukehren, welche als
heldenhaft gelten. Wenn sie mitunter auch von Ver-
nichtungsscenen berichten, welche den ärgsten Schmerz
und den ärgsten Schreck in sich bergen in ihrem Tone

darf von Beiden nichts enthalten sein. Im Gegenteil: je schauerlicher, desto gleichgültiger — je abscheulicher, desto unbefangener. Mißbilligung, Entrüstung, Empörung? Davon schon gar nichts — da noch eher ein leiser Anhauch sentimentalen Mitleids, ein paar gerührte Seufzer. — Aber schnell wieder den Kopf in die Höhe, „das Herz zu Gott und die Faust auf den Feind". Hurrah und Trara!

„Da siehst Du nun zwei Bilder, die sich mir eingeprägt:

Steile, felsige Anhöhen — katzenbehend hinaufkletternde Jäger; es gilt, die Anhöhe zu „nehmen"; — von oben schießt der Feind herab. Was ich sehe, sind die Gestalten der emporstrebenden Angreifer und Einige darunter, die, von feindlichen Geschossen getroffen, plötzlich beide Arme ausstrecken, das Gewehr fallen lassen und, mit dem Kopf nach rückwärts sich überschlagend, die Anhöhe hinabstürzen — stufenweise — von Felsvorsprung zu Felsvorsprung — sich die Glieder zerschmetternd. — — —

Ich sehe einen Reiter in einiger Entfernung schief hinter mir, neben welchem eine Granate platzt. Sein Pferd wirft sich zur Seite und drängt sich an das Hinterteil des meinen — dann schießt es an mir vorbei. Der Mann sitzt noch im Sattel, aber ein Granatsplitter hat ihm den Unterleib auf- und alle Eingeweide herausgerissen. Sein Oberkörper hält mit dem Unterkörper nur noch durch das Rückgrat zusammen — von den Rippen zu den Schenkeln ein einziges großes, blutiges Loch . . . Eine kleine Strecke weiter fällt er herab, bleibt mit dem Fuß im Bügel hängen und das fortrasende Pferd schleift ihn auf dem steinigen Boden nach." — — —

—————————————————

„Auf einem regendurchschwemmten und steilen Stück Weg staut sich eine Abteilung Artillerie. Bis über die Räder versinken die Geschütze in den Schlamm. Nur mit äußerster Anstrengung, schweißtriefend und von den erbarmungslosesten Schlägen angefeuert, kommen die Pferde von der Stelle. Aber eins, schon todmüde, kann nicht mehr. Das Hauen hilft nichts: es wollte ja — es kann nicht, es kann nicht. Sieht denn das der Mann nicht ein, dessen Hiebe auf den Kopf des armen Tieres hageln? Wäre der rohe Wicht der Fuhrmann eines zu irgendwelchem Bau dienenden Steinwagens gewesen, jeder Polizist — ich selber — hätte ihn arretiert. Dieser Kanonier jedoch, der das todbeladene Fuhrwerk vorwärts bringen sollte, der waltete nur seines Amtes. Das konnte aber das Pferd nicht wissen; das geplagte, gutmütige, edle Geschöpf, das sich bis zu seiner äußersten Lebenskraft angestrengt — wie mußte das über solche Härte und über solchen Unverstand in seinem Inneren denken? Denken, so wie Tiere denken, nämlich nicht mit Worten und Begriffen, sondern mit Empfindungen, desto heftigere Empfindungen, als sie äußerungsunfähig sind. Nur eine Äußerung gibt es dafür: den Schmerzensschrei. Und es hat geschrien, jenes arme Roß, als es endlich zusammensank — einen Schrei, so langgedehnt und klagend, daß er mir noch im Ohre gellt — daß er mich die folgende

Nacht im Traume verfolgt hat. Ein abscheulicher Traum übrigens ... Mir war, als sei ich — — wie soll ich das nur erzählen? — Träume sind so sinnlos, daß die dem Sinn angepaßte Sprache sich schwer zu ihrer Wiedergabe eignet — als sei ich das Kummerbewußtsein eines solchen Artilleriepferdes — nein! nicht eines, sondern von 100 000 — denn rasch hatte ich im Traum die Summe der in einem Feldzug zu grunde gehenden Pferde berechnet — und da steigerte sich dieser Kummer sofort ins hunderttausendfache ... Die Menschen, die wissen doch, warum ihr Leben der Gefahr ausgesetzt ist, sie kennen das Wohin? das Wozu? — und wir Unglücklichen wissen nichts, um uns ist alles Nacht und Grauen. Die Menschen gehen doch mit Freunden gegen einen Feind, wir aber sind rings von Feinden umgeben ... unsere eigenen Herren, die wir so treu lieben wollten, denen zu dienen wir unsere letzte Kraft aufbieten, die hauen auf uns nieder — die lassen uns hilflos liegen ... Und was wir nebstbei leiden müssen: Furcht, daß uns der Angstschweiß vom ganzen Körper rinnt; — Durst — denn auch wir haben Fieber — o dieser Durst, dieser Durst von uns armen, blutenden, mißhandelten hunderttausend Pferden! ... Hier erwachte ich und griff nach der Wasserflasche: — ich hatte selber brennenden Fieberdurst."

———————

„Wieder einen Straßenkampf — in dem Städtchen Saar. Zu dem Lärm des Kampfgeschreies und der Geschütze gesellt sich das Krachen der Balken, das

Stürzen der Mauern. Es schlägt eine Granate in ein Haus und der durch das Platzen derselben verursachte Luftdruck ist so gewaltig, daß mehrere Soldaten von den in die Luft geschleuderten Trümmern des Hauses verwundet werden. Über meinen Kopf weg fliegt ein Fenster — noch mit dem Fensterflügel dran. Die Schornsteine stürzen herunter. Gypsbewurf löst sich in Staub und füllt die Luft mit einer erstickenden, augen-ätzenden Wolke. Aus einer Gasse in die andere (wie die Hufe auf dem spitzen Pflaster klappern!) wälzt sich der Kampf und langt auf dem Marktplatz an. In der Mitte des Platzes steht eine hohe, steinerne Marien-säule. Die Mutter Gottes hält ihr Kind in einem Arm, den anderen streckt sie segnend aus. Hier wird weiter gerungen. Mann an Mann. Sie hauen auf mich drein — ich haue um mich herum . . . Ob ich Einen oder Mehrere getroffen, ich weiß es nicht: in solchen Augenblicken bleibt einem nicht viel Besinnung. Dennoch haben sich mir wieder zwei Fälle in die Seele photographiert, und ich fürchte, der Marktplatz von Saar wird mir ewig unvergeßlich bleiben:

Ein preußischer Dragoner, stark wie Goliath, reißt einen unserer Offiziere (einen schmucken, schmächtigen Lieutenant — wie viel Mädchen schwärmten wohl für ihn?) aus dem Sattel und zerschmettert ihm den Schädel am Fuß der Madonnensäule. Die milde Heilige schaut unbeweglich zu. Ein Anderer von den feindlichen Dragonern, ebenso goliathstark, knapp vor mir, faßt meinen Nebenmann an und biegt ihn so kräftig im

Sattel nach rückwärts, daß ihm — ich habe es krachen
gehört — das Rückgrat bricht . . .

Auch dazu gab die Madonna ihren steinernen
Segen".

* * *

„Von einer Anhöhe aus bot sich den bewaffneten
Augen der Stabsoffiziere heute wieder manch ab-
wechselungsreiches Schauspiel. Da war zum Beispiel
der Einsturz einer Brücke, während über dieselbe ein
Train von Wagen sich bewegte. Waren in den letzteren
Verwundete? — ich weiß es nicht — das konnte ich
nicht erkennen. — Ich sah nur, daß Alles — Wagen,
Pferde und Menschen — in die an jener Stelle tiefen
und reißenden Fluten sank und dort verschwand. Das
Ereignis war ein günstiges — sintemalen der Wagen-
train den „Schwarzen" gehörte. Ich denke mir nämlich
in der eben gespielten Partie „uns" als die weißen
Figuren. Die Brücke war nicht zufällig eingestürzt;
die Weißen hatten, wissend, daß der Gegner darüber
kommen sollte, die Pfeiler abgesägt — ein feiner
Zug also.

Ein zweiter Anblick hingegen, den man von derselben Anhöhe aus beobachten konnte, bedeutete einen
Schnitzer der Weißen: Unser Regiment Khevenhüller
wird in einen Sumpf dirigiert, wo es nicht heraus-
kann und bis auf Wenige niedergeschossen wird. Die
Getroffenen fallen hin in den Sumpf . . . Hier versinken, ersticken müssen — in Mund und Nase und
Augen Schlamm — nicht einmal schreien können! . .

Nun ja, zugeftanden: es war ein Fehler desjenigen, der die Leute dorthin kommandiert hatte; aber — „irren ift menfchlich" und der Verluft ift kein großer — ftellt ungefähr einen gefchlagenen Bauer vor; ein nächfter genialer Zug mit Turm oder Königin, und Alles ift wieder gut gemacht. Der Schlamm bleibt zwar in Mund und Augen der Gefallenen, aber das ift ja nebenfächlich — das Tadelnswerte dabei ift der taktifche Fehler; der muß durch eine fpätere glückliche Kombination ausgemerzt werden, und dem betreffenden Führer können dann immerhin noch fchöne Orden und Beförderungen blühen. Daß neulich unfer 18. Jägerbataillon während eines Nachtkampfes durch mehrere Stunden auf unfer Regiment König von Preußen fchoß, und man erft bei Tagesanbruch den Irrtum bemerkte; daß ein Teil des Regiments Gyulai in einen Teich geführt wurde: das find auch fo kleine Verfehen, wie fie eben in der Hitze der Partei auch dem beften Spieler paffieren können."

„Es ift befchloffen; wenn ich aus diefem Feldzug zurückkehre, fo verlaffe ich den Dienft. Alles Andere hintangefetzt — wenn man einmal eine Sache mit einem folchen Abfcheu zu erfaffen gelernt hat, wie der Krieg mir nunmehr einflößt, fo wäre es unausgefetzte Lüge, im Dienft diefer Sache zu verharren. Ehedem bin ich, wie Du weißt, auch fchon mit Widerwillen und mit verdammendem Urteil in die Schlacht gezogen, aber erft jetzt hat fich diefer Widerwille fo gefteigert, diefe Verurteilung fo verfchärft, daß alle Gründe, welche mich früher beftimmten bei meinem Berufe auszuharren, aufgehört haben, zu wirken. Die Gesinnungen, welche aus dem Jugendunterricht, vielleicht auch teilweise angeerbt — in meinem Innern noch zu Gunsten des Soldatentums sprachen, sind mir jetzt, während der zuletzt erlebten Greuel ganz verloren gegangen. Ich weiß nicht, sind es die mit Dir gemeinschaftlich gemachten Lektüren, aus welchen hervorging, daß meine Kriegsverachtung nicht vereinzelt ist, sondern von den besten Geistern der Zeit geteilt wird; sind es die mit Dir geführten Gespräche, in welchen ich mich durch Aussprache meiner Ansichten und durch Deine Zustimmung in denselben gestärkt habe; — kurz, mein früheres dumpfes, halbunterdrücktes Gefühl hat sich in eine klare Überzeugung verwandelt — eine Überzeugung, die es mir fortan unmöglich macht, dem Kriegsgott zu fröhnen. Das ist so eine Wandlung, wie sie bei vielen Leuten in Glaubensachen eintritt. Zuerst sind sie etwas zweiflerisch und gleichgültig, sie können aber noch mit einer gewissen Ehrfurcht den Tempelhandlungen beiwohnen. Wenn aber einmal aller Mystizismus abgestreift ist, wenn sie zu der Einsicht gelangen, daß die Ceremonie, der sie da beiwohnen, auf Thorheit — auch mitunter grausame Thorheit, wie bei den religiösen Opferschlachtungen — beruht, dann wollen sie nicht mehr neben den anderen Bethörten knieen, nicht mehr sich und die Welt betrügen, indem sie den nunmehr entgötterten Tempel betreten. So ist es mir mit dem grausamen Marsdienst ergangen. Das geheimnisvolle, überirdische, Andachtsschauer-erweckende, welches das Erscheinen dieser Gottheit auf die Menschen hervorzubringen pflegt, welches auch in früherer Zeit noch meinen Sinn umbunkelte, das ist mir jetzt vollständig abhanden gekommen. Die Armeebefehl-Liturgie und die rituellen Heldenphrasen erscheinen mir nicht mehr als inspirierter Urtext; der gewaltige Orgelton der Kanonen, der Weihrauchdampf der Pulvers vermag nicht mehr mich zu entzücken: ganz glaubens- und ehrfurchtslos wohne ich der fürchterlichen Kultus-handlung bei und kann dabei nichts Anderes mehr sehen, als die Qualen des Opfers, nichts hören, als dessen jammervollen Todesschrei. Und daher kommt es, daß diese Blätter, die ich mit meinen Kriegs-eindrücken fülle, nichts Anderes enthalten, als schmerz-lich geschauten Schmerz."

* * *

Die Schlacht von Königgrätz war geschlagen. Wieder eine Niederlage! Diesmal, wie es scheint, eine entscheidende . . . Mein Vater berichtete uns diese Nachricht in einem Tone, als hätte er den Weltunter-gang verkündet.

Und kein Brief, keine Depesche von Friedrich! War er verwundet — tot? — Konrad gab seiner Braut Nachricht: er war unversehrt. Die Verlustlisten waren noch nicht angekommen; es hieß nur, bei Königgrätz gab es vierzigtausend Tote und Verwundete. Und die letzte Nachricht, die ich erhalten hatte, lautete: „Wir begeben uns heute nach Königgrätz."

Am dritten Tage noch immer kein Zeichen. Ich

weine und weine stundenlang. Eben weil mein Kummer noch nicht ganz hoffnungslos ist, kann ich weinen; wenn ich wüßte, daß Alles vorbei ist, so gäbe es für die Wucht meines Schmerzes keine Thränen mehr. Auch mein Vater ist tiefgedrückt. Und Otto, mein Bruder, tobt vor Rachsucht. Es heißt, daß jetzt in Wien Freiwilligen = Korps errichtet werden — diesen will er sich anschließen. Ferner heißt es, Benedek solle seiner Stelle entsetzt und statt seiner der siegreiche Erzherzog Albrecht nach dem Norden berufen werden, dann gäbe es vielleicht doch noch ein Aufraffen, ein Zurückschlagen des übermütigen Feindes, der jetzt uns ganz vernichten wolle, der im Vormarsch auf Wien begriffen sei ... Angst, Wut, Schmerz erfüllt alle Gemüter; der Name „die Preußen" drückt Alles aus, was es Hassenswertes gibt. Mein einziger Gedanke ist Friedrich — und keine, keine Nachricht!

Nach einigen Tagen langte ein Brief Doktor Bressers an. Er war in der Umgebung des Schlacht= feldes thätig, um zu helfen, was er helfen konnte. Die Not sei grenzenlos, schrieb er, jeder Einbildungs= kraft spottend. Er hatte sich einem sächsischen Arzte, Doktor Brauer, angeschlossen, der von seiner Regierung ausgesandt worden war, um nach dem Augenschein über die Lage zu berichten. In zwei Tagen sollte auch eine sächsische Dame ankommen — Frau Simon, eine neue Miß Nightingale — welche seit Ausbruch des Krieges in Dresdener Hospitälern thätig gewesen, und welche sich erboten hatte, die Reise nach den böhmischen Schlachtfeldern anzutreten, um in den um=

liegenden Hospitälern ihre Hilfe zu leisten. Doktor Brauer und mit ihm Doktor Bresser wollten sich an dem bestimmten Datum, sieben Uhr abends, nach Königinhof, der letzten Station vor Königgrätz, bis wohin die Eisenbahn noch verkehrte, begeben und die mutige Frau daselbst erwarten. Bresser bat uns, womöglich eine Sendung von Verbandzeug und dergleichen nach jener Station zu schicken, damit er sie dort in Empfang nehmen könne.

Kaum hatte ich diesen Brief gelesen, war mein Entschluß gefaßt: — die Kiste mit Verbandzeug würde ich selber bringen. In einem jener Spitäler, welche Frau Simon besuchen wollte, lag möglicherweise Friedrich ... Ich würde mich ihr anschließen und den teuren Kranken finden, pflegen, retten ... Die Idee erfaßte mich mit zwingender Gewalt, so zwingend, daß ich sie für eine magnetische Fernwirkung des sehnenden Wunsches auffaßte, mit dem der Geliebte nach mir rief.

Ohne Jemandem aus meiner Familie meinen Vorsatz mitzuteilen — denn ich wäre nur auf allseitigen Widerspruch gestoßen — machte ich mich ein paar Stunden nach Erhalt des Bresserschen Briefes auf den Weg. Ich hatte vorgegeben, daß ich die von dem Doktor verlangten Dinge in Wien selber besorgen und expedieren wolle, und so konnte ich ohne Schwierigkeit von Grumitz fortkommen. Von Wien aus würde ich dann meinem Vater schreiben: „Bin nach dem Kriegsschauplatze abgereist." Wohl stiegen mir Zweifel auf meine Unfähigkeit und Unerfahrenheit, mein Abscheu

vor Wunden, Blut und Tod; aber diese Zweifel ver-
jagte ich: was ich that, ich m u ß t e es thun. Des
Gatten Blick, flehend und gebietend, war auf mich gerichtet, von seinem Schmerzenslager streckte er die
Arme nach mir aus und: „Ich komme, ich komme."
war das Einzige, was ich zu denken vermochte.

Ich fand die Stadt Wien in unsäglicher Aufregung
und Bestürzung. Verstörte Gesichter ringsumher. Mein
Wagen kreuzte sich mit mehreren Wagen, welche mit
Verwundeten gefüllt waren. Immer spähete ich, ob
nicht etwa Friedrich darunter sei . . . Aber nein: sein
Sehnsuchtsruf, der an meinen Fibern zerrte, drang
von weiter her — von Böhmen. Hätte man ihn
zurücktransportiert, so wäre die Nachricht davon gleichzeitig zu uns gelangt.

Ich ließ mich in einen Gasthof führen. Von dort
aus besorgte ich meine Einkäufe, expedierte den für
Grumitz bestimmten Brief, warf mich in einen möglichst einfachen, strapazenfähigen Reiseanzug und fuhr
nach dem Nordbahnhof. Ich wollte den nächstabgehen-
den Zug benutzen, um rechtzeitig an meine Bestimmung
zu gelangen. Es war wie eine fixe Idee, unter deren
Herrschaft ich meine Handlungen ausführte.

Auf dem Bahnhof herrschte reges — Leben —
oder soll ich „reges Sterben" sagen? Die Halle, die
Säle, der Perron; Alles voll Verwundeter, Viele davon
in den letzten Zügen. Und ein massenhaftes Menschen-
gewirre: Krankenpfleger, Sanitätssoldaten, barmherzige
Schwestern, Ärzte; Männer und Frauen aus allen
Gesellschaftsklassen, die da kamen, um nachzusehen, ob

der letzte Transport nicht einen von den Ihren gebracht; oder auch, um unter die Verwundeten Geschenke, Wein, Cigarren u. s. w. zu verteilen. Das
Beamten- und das Dienstpersonal überall bemüht, das
vordringende Publikum zurückzudrängen. Auch mich
wollte man wieder fortschicken:

„Was wollen Sie? ... Platz da! ... Das Über-
reichen von Eß- und Trinkwaren ist verboten ...
wenden Sie sich an das Komitee . . . dort werden
die Geschenke in Empfang genommen" . . .

„Nein, nein", sagte ich, „ich will abreisen. Wann
fährt der nächste Zug?"

Auf diese Frage konnte ich lange keine Auskunft
erhalten. Die meisten Abfahrtszüge seien eingestellt,
erfuhr ich endlich, da die Linie für ankommende Züge,
die eine Ladung Verwundeter nach der anderen brachte,
offen bleiben mußte. Passagierzüge gingen heute überhaupt keine mehr ab. Nur einer mit nachgeschickten
Reservetruppen, und ein anderer zur ausschließlichen
Benutzung des patriotischen Hilfsvereins, der mehrere
Ärzte und barmherzige Schwestern und eine Ladung
nötigen Materials nach der Umgebung von Königgrätz
abführen sollte.

„Und da könnte ich nicht mitfahren?"

„Unmöglich!"

Immer deutlicher und flehender vernahm ich
Friedrichs Hilferuf — und nicht kommen können: es
war zum verzweifeln!

Da erblickte ich am Eingang der Halle Baron S.,
den Vize-Vorsteher des patriotischen Hilfsvereins, den-

felben, den ich schon vom Kriegsjahre 59 her kannte.
Ich eilte auf ihn zu:

„Um Gotteswillen, Baron S., helfen Sie mir!
Sie erkennen mich doch?"

„Baronin Tilling, Tochter des General Grafen
Althaus — gewiß habe ich die Ehre . . . Womit kann
ich Ihnen dienen?"

„Sie expedieren einen Zug nach Böhmen . . . lassen
Sie mich mitfahren! Mein sterbender Mann verlangt
nach mir . . . Wenn Sie ein Herz haben — und Sie
beweisen ja durch Ihre Thätigkeit, wie schön und edel
Ihr Herz ist — so schlagen Sie mir meine Bitte
nicht ab!"

Es gab noch allerlei Zweifel und Bedenken, aber
schließlich wurde meinem Wunsche willfahrt. Baron S.
rief einen der vom Hilfsverein entsendeten Ärzte
herbei und empfahl mich, als Mitreisende, seinem
Schutz.

Bis zur Abfahrt war noch eine Stunde. Ich wollte
den Wartesaal aufsuchen, aber jeder verfügbare Raum
war in ein Hospital verwandelt. Wo man hinblickte,
überall kauernde, liegende, verbundene, bleiche Gestalten.
Ich mochte nicht hinschauen. Das bißchen Energie, das
ich besaß, das mußte ich mir auf meine Fahrt, und auf
deren Ziel aufsparen. Von aller Kraft, allem Mit=
gefühl, aller Hilfsleistungsfähigkeit, die mir zu Gebote
stand, durfte ich hier nichts ausgeben; das gehörte nur
ihm — ihm, der mich rief.

Es war indes kein Winkel zu finden, wo mir der
Jammeranblick erspart geblieben wäre. Ich hatte mich

4*

auf den Perron geflüchtet und dort mußte ich gerade
das Ärgste mit ansehen: die Ankunft eines langen Zuges,
dessen sämtliche Waggons mit Verwundeten gefüllt
waren, und die Abladung der Letzteren. Die leichter
Blessierten stiegen selber aus und schleppten sich vor=
wärts, die Meisten mußten aber unterstützt, oder gar
getragen werden. Die verfügbaren Tragbahren waren
gleich besetzt und die überzähligen Patienten mußten
bis zur Rückkunft der Träger einstweilen auf den Boden
gelagert werden. Vor meine Füße, auf dem Platze, wo
ich auf einer Kiste saß, legten sie Einen hin, der un=
ausgesetzt ein gurgelndes Röcheln ausstieß. Ich beugte
mich herab, um ihm ein teilnehmendes Wort zu sagen,
aber entsetzt fuhr ich wieder zurück und verbarg mein
Gesicht in beide Hände — der Eindruck war zu fürchter=
lich gewesen. Das war kein menschliches Angesicht mehr
— der Unterkiefer weggeschossen, ein Auge heraus=
quellend . . . dazu ein erstickender Qualm von Blut=
und Unratgeruch . . . Ich hätte aufspringen und fliehen
mögen, doch ward mir totenübel und mein Kopf fiel
an die hinter mir liegende Mauer zurück. „O ich
feiges, kraftloses Geschöpf!" — schalt ich mich — „was
suche ich hier in diesen Jammerstätten, wo ich nichts
— nichts helfen kann . . . wo ich solchem Ekel unter=
liege" . . . Nur der Gedanke an Friedrich raffte mich
wieder empor. Ja, für ihn, auch wenn er in solchem
Zustande wäre, wie der Elende zu meinen Füßen, könnte
ich Alles ertragen — ich würde ihn noch umfangen
und küssen, und aller Ekel, alles Grauen versänke in
das eine allbesiegende Gefühl — in Liebe — „Fried=

rich — mein Friedrich, ich komme!" wiederholte ich halblaut diesen einen fixen Gedanken, der mich seit der Ankunft des Bresserschen Briefes erfaßt und nicht mehr losgelassen hatte.

Eine furchtbare Idee durchflog mein Hirn: Wie wenn dieser — Friedrich wäre? Ich sammelte meine Kräfte und blickte noch einmal hin: Nein, er war es nicht.

*   *   *

Die bange Wartestunde war doch auch vorüber-gegangen. Den Röchelnden hatten sie fortgetragen. „Legt ihn dort auf die Bank", hörte ich den Regi-mentsarzt befehlen, „den da kann man nicht mehr ins Spital bringen — er ist schon dreiviertel tot." Und doch — diese Worte mußte er noch verstanden haben, der Dreiviertel-Tote, denn mit einer verzweiflungsvollen Gebärde hob er beide Arme zum Himmel.

Jetzt saß ich im Waggon mit den beiden Ärzten und vier barmherzigen Schwestern. Es war erstickend heiß und der Raum war mit einem Duft von Hospital und Sakristei — Karbol und Weihrauch — erfüllt. Mir war unsäglich übel. Ich lehnte mich in meine Ecke zurück und schloß die Augen.

Der Zug setzte sich in Bewegung. Das ist so der Augenblick, wo jeder Reisende sich das Ziel vergegen-wärtigt, dem er entgegengetragen wird. Öfters schon war ich auf dieser Strecke gefahren und da winkte mir die Ankunft in einem gästegefüllten Schlosse, in einem fröhlichen Badeorte — auch meine Hochzeitsreise —

seliges Andenken — hatte ich auf diesem Weg gemacht,
einem glänzenden und liebevollen Empfang in der Haupt=
stadt „Preußens" (wie hatte letzteres Wort doch seither
einen anderen Klang bekommen!) entgegen. — — Und
heute? Was war heute unser Ziel? Ein Schlachtfeld
und umliegende Lazarethe — die Stätten des Todes
und der Leiden. Mir schauderte.

„Gnädige Frau", sagte einer der Ärzte — „ich
glaube, Sie sind selber krank . . . Sie sehen so bleich
und leidend aus."

Ich blickte auf. Der Sprecher war eine sympa=
thische, jugendliche Erscheinung. Vermutlich war dies
die erste praktische Thätigkeit des kaum promovierten
Mediziners. Schön von ihm, daß er seine ersten
Dienste diesem gefahr= und beschwerdevollen Amte
widmete! Ich fühlte mich diesen Menschen, die da
neben mir im Waggon saßen, dankbar für die Linde=
rung, welche sie den Leidenden zu bringen im Begriffe
standen. Auch den opfermutigen, wirklich „barm=
herzigen" Schwestern zollte ich im Herzen Bewunderung
und Dank. Doch was brachte jeder dieser guten
Menschen mit? Ein Lot Hilfe für tausend Zentner
Not. Die tapferen Nonnen mußten wohl für alle
Menschen jene überwindungskräftige Liebe im Herzen
tragen, wie sie mich für meinen Mann erfüllte; so
wie ich vorhin empfunden, daß, wenn der furchtbar
entstellte und ekelerregende Soldat, der vor meinen
Füßen röchelte, mein Gatte gewesen, aller Widerwille
entschwunden wäre — so empfanden Jene wohl jedem
Menschenbruder gegenüber, und zwar durch die Kraft

einer höheren Liebe — diejenige zu ihrem erwählten Bräutigam Christus. Aber ach — auch davon brachten die Edeln nur ein Lot! Ein Lot Liebe dorthin, wo tausend Centner Haß gewütet . . .

„Nein, Herr Doktor," antwortete ich auf die teilnehmende Anfrage des jungen Arztes, „ich bin nicht krank, nur ein wenig angegriffen."

„Ihr Herr Gemahl, so sagte mir Baron S., sei bei Königgrätz verwundet worden und Sie reisen dahin, ihn zu pflegen," mischte sich der Stabsarzt in das Gespräch; „wissen Sie, in welcher der umgebenden Ortschaften er liegt?"

Das wußte ich nicht. „Mein Ziel ist Königinhof," antwortete ich; „dort erwartet mich mein befreundeter Arzt, Doktor Bresser —"

„Den kenne ich . . . er war an meiner Seite, als wir vor drei Tagen das Schlachtfeld absuchten."

„Das Schlachtfeld absuchten" . . . wiederholte ich schaudernd — „erzählen Sie —"

„Ja, ja, Herr Doktor, erzählen Sie!" bat eine der Nonnen, „unser Dienst kann uns auch in die Lage bringen, bei solchem Suchen mitzuhelfen."

Und der Regimentsarzt erzählte. Den Wortlaut seiner Schilderungen kann ich natürlich nicht mehr wiedergeben; auch sprach er nicht in einem Flusse, sondern mit häufigen Unterbrechungen, und gleichsam widerstrebend, nur durch die hartnäckigen Fragen, mit welchen die wißbegierigen Nonnen und ich ihn bestürmten, zum Sprechen gezwungen. Die abgerissenen Erzählungen riefen jedoch eine geschlossene Reihe von Bildern vor

mein inneres Auge, die sich dem Gedächtnis so lebhaft
eingeprägt haben, daß ich dieselben noch heute an mir
vorüberziehen lassen kann. Unter anderen Umständen
hätte ich des Doktors Schilderungen nicht so deutlich
erfaßt und behalten — man vergißt ja Gehörtes und
Gelesenes so leicht — aber das Erzählte machte mir
damals fast den Eindruck von Miterlebtem. Ich war
in einem Zustand hochgradiger Nervenanspannung und
Erregtheit; der fixe Gedanke an Friedrich, der sich
meiner. bemächtigt hatte, bewirkte, daß ich bei jeder der
geschilderten Scenen mir Friedrich als beteiligte Person
vorstellte, und so sind sie mir wie selber durchgemachte
schmerzliche Erfahrungen im Geiste haften geblieben.
In der Folge habe ich die von dem Regimentsarzt
mitgeteilten Ereignisse in die roten Hefte eingetragen
— so, als hätten sie sich vor meinen eigenen Augen
abgespielt.

Die Ambulance ist hinter einem schützenden Hügel-
rücken aufgerichtet worden. Drüben tobt die Schlacht.
Der Boden zittert und es zittert die glühende Luft;
Dampfwolken steigen auf, die Geschütze brüllen . . .
Jetzt heißt es, Patrouillen ausschicken, welche sich auf
die Kampfplätze begeben, um die Schwerverwundeten
aufzulesen und hierherzubringen. Gibt es etwas helden-
hafteres, als solchen Gang mitten in den summenden
Kugelregen hinein, an allen Schrecken des Kampfes
vorüber, allen Gefahren des Kampfes ausgesetzt —
ohne selber dessen wildem Rausche sich hingeben zu
dürfen? Rühmlich ist dieses Amt — nach Kriegs-

begriffen — nicht. „Bei der Sanität" — da dient doch kein fescher, strammer, schneidiger Junge — da verdreht doch Keiner die Köpfe der Mädchen. Und „Feldscheer" — wenn der auch heute nicht mehr so — sondern „Regimentsarzt" heißt, der kann sich doch mit keinem Kavallerielieutenant messen?" . . .

Der Sanitätskorporal kommandiert seine Leute nach einer Niederung, gegen welche eine Batterie ihr Feuer eröffnet hat. Sie gehen durch den grauen Schleier des Pulverdampfes, und Staub und Erde, da, wo eine Kugel zu ihren Füßen einschlägt, wirbelt vor ihnen auf. Sie sind nur wenige Schritte gegangen, so begegnen sie schon Verwundeten — leichter Verwundeten, die sich entweder einzeln oder paarweise, einander gegenseitig unterstützend, zur Ambulance, schleppen. Einer fällt zusammen. Es ist aber nicht seine Wunde, die ihm die Kraft gebrochen — es ist Erschöpfung. „Wir haben zwei Tage nichts gegessen — machten einen forcierten Marsch von zwölf Stunden . . . kamen ins Bivouak . . . zwei Stunden darauf Alarm und die Schlacht" . . .

Die Patrouille geht weiter. Diese Leute finden selber ihren Weg und können den zusammengebrochenen Kameraden mitnehmen. Die Hilfe muß Anderen, noch Hilfsbedürftigeren aufgespart werden.

Auf dem Steingerölle eines Hügelabhanges liegt ein blutiger Knäuel. Es sind ein Dutzend Soldaten. Der Sanitätsunteroffizier bleibt stehen und legt ein paar Verbände an. Aber mitgenommen werden diese Verwundeten nicht; erst müssen die geholt werden,

die mitten auf dem Gefechtsfelde fielen — vielleicht
kann man diese hier beim Rückgang auflesen . . .

Und wieder geht die Patrouille weiter, dem Kampf-
platz näher. In immer dichteren Scharen wanken
Verwundete heran, sich selber oder einander mühsam
fortschleppend. Das sind solche, die doch noch gehen
können. Unter sie wird der Inhalt der Feldflaschen
verteilt, man legt ihnen eine Binde auf quellende
Wunden und weist ihnen den Weg nach der Ambulance.
Und wieder geht es weiter. An Toten vorüber — an
Hügeln von Leichen . . . Vieler dieser Toten zeigen die
Spuren entsetzlichster Agonie. Unnatürlich weit auf-
gerissene Augen — die Hände in die Erde gebohrt —
die Haare des Bartes aufgerichtet — zusammengepreßte
Zähne unter krampfhaft geöffneten Lippen — die Beine
starr ausgestreckt, so liegen sie da.

Jetzt durch einen Hohlweg. Hier liegen sie aufgeschichtet. Tote und Verwundete untereinander. Letztere
begrüßen die Sanitätspatrouille wie rettende Engel
und flehen und schreien um Hilfe. Mit gebrochenen
Stimmen, weinend, wimmernd, rufen sie nach Rettung,
nach einem Schluck Wasser . . . Aber ach — die Vorräte sind fast erschöpft, und was können die wenigen
Menschen thun? Ein Jeder müßte hundert Arme haben,
um da retten zu können . . . doch Jeder thut, was er
kann. Da erschallt der langgezogene Ton des Sanitäts-
rufes. Die Leute stutzen und halten in ihren Hand-
reichungen inne. „Verlaßt uns nicht, verlaßt uns
nicht!" flehen die Unglücklichen; doch wieder und wieder
ruft das Hornsignal, welches, von allem andern Getöse

unterscheidbar, deutlich in die Weite bringt. Da kommt auch noch ein Adjutant herangesprengt: „Mannschaft von der Sanität?" „Zu Befehl!" erwiderte der Korporal. „Mir nach."

Offenbar ein verwundeter General ... Da heißt es gehorchen und die Anderen verlassen ... „Mut und Gedulb, Kameraden, wir kommen wieder." Die es sagen und die es hören, sie wissen, daß das nicht wahr ist.

Und wieder geht es weiter. Dem Adjutanten — der, voransprengend, die Richtung weist — im Eilschritt nach. Da gibt es unterwegs kein Aufhalten, ob auch von rechts und links die Weh= und Hilferufe ertönen, ob auch auf die Eilenden selber manche Kugel fällt und Einen oder den Anderen hinstreckt — nur weiter, nur vorüber. Vorüber an unter dem Schmerz ihrer Wunden sich krümmenden Menschen, welche von über sie hinjagenden Rossen zertreten, oder von über ihre Glieder fahrenden Geschützen zermalmt wurden und welche, die Rettungsmannschaft erblickend, in ihrer Verstümmelung sich ein letztesmal emporbäumen: vorüber, vorüber!

    *   *   *

Das geht in den roten Heften noch seitenlang so fort. Was der Regimentsarzt von dem Gang einer Sanitätspatrouille über das Schlachtfeld erzählte, das enthält noch viele ähnliche und ärgere Dinge. So die Schilderung jener Augenblicke, da mitten in die Pflege-arbeit Kugeln und Granaten fallen, neue Wunden

reißend; oder wenn die Zufälligkeiten der Schlacht den
Kampf und die Verbandplätze selber, knapp an die
Ambulancen bringen und das ganze Sanitätspersonal,
sammt den Ärzten und sammt den Kranken, mitten in das
Gewühl der ringenden oder fliehenden oder verfolgenden Truppen gerät; wenn scheue, ledige Rosse des
Weges gerast kommen und die Tragbahre umstürzen,
auf welche man eben einen Schwerverwundeten gebettet
der jetzt zerschmettert zu Boden geschleudert wird . . .
Oder dieses — das grauenhafteste Bild von allen —:
Ein Gehöft, in welchem man hundert Verwundete
untergebracht, verbunden und gelabt hat. — Die armen
Teufel froh und dankbar, daß ihnen Rettung geworden — und eine Granate, die das Ganze in Brand
schießt — Eine Minute und das Lazareth steht in
Flammen — das Schreien, vielmehr das Geheul,
welches aus dieser Stätte der Verzweiflung gellt und
welches in seinem wilden Weh alles übrige Getöse
übertönt, das wird wohl Jenen, die es hörten, ewig
unvergeßlich bleiben . . . Weh mir! Auch mir, obgleich
ich es nicht gehört, bleibt es unvergeßlich — denn
während der Regimentsarzt erzählte, war mir wieder,
als wäre mein Friedrich dabei, als hörte ich seinen
Schrei aus dem brennenden Marterorte heraus . . .

„Ihnen wird übel, gnädige Frau," unterbrach sich
der Erzähler — „ich habe da Ihren Nerven wirklich
zu viel zugemutet." —

Aber ich hatte noch nicht genug. Ich versicherte,
daß meine vorübergehende Schwäche nur die Folge der
Hitze und einer schlechten Nacht sei und wurde nicht

müde, den Andern auszuforschen. Es war mir immer
noch, als hätte ich nicht genug gehört, als wären von
diesen geschilderten Höllenkreisen die letzten und höllisch-
sten noch nicht geschildert worden. Und wenn einmal
der Durst nach Gräßlichem erregt ist, so ruht man
nicht, bis er nicht mit dem Gräßlichsten gelöscht worden.
Und richtig: es gibt noch Schauerlicheres, als ein
Schlachtfeld während — das ist ein solches nach der
Schlacht.

Kein Geschützdonner, kein Fanfarengeschmetter, keine
Trommelwirbel mehr, nur leises schmerzliches Stöhnen
und Sterberöcheln. Im zertretenen Erdboden rötlich
schimmernde Pfützen, Blutlachen; — alle Feldfrucht
zerstört, nur hie und da ein unberührt gebliebenes,
halmenbedecktes Ackerstück; die sonst lachenden Dörfer
in Trümmer und Schutt verwandelt. Die Bäume
der Wälder verkohlt und geknickt; die Hecken von
Kartätschen zerrissen . . . Und auf dieser Wahlstatt
Tausende und Tausende von Toten und Sterbenden
— hilflos Sterbenden! Keine Blüten noch Blumen
sind auf den Wegen und Wiesen zu sehen, sondern
Säbel, Bajonette, Tornister, Mäntel, umgestürzte
Munitionswagen, in die Luft geflogene Pulverkarren,
Geschütze mit gebrochenen Laffetten . . . Neben den
Kanonen, deren Schlünde von Rauch geschwärzt sind,
ist der Boden am blutigsten; dort liegen die meisten
und verstümmelsten Toten und Halbtoten — von Kugeln
buchstäblich zerrissen. Und die toten und halbtoten
Pferde — solche, die auf den Füßen, welche ihnen
geblieben sind, sich aufrichten, um wieder hinzusinken,

wieder sich aufstellen und wieder hinfallen, bis sie die
Köpfe heben, um ihren schmerzbeladenen Sterberuf
hinauszuschreien . . . Ein Hohlweg ist mit in den Kot
der Straße getretenen Körpern ganz angefüllt. Die
Unglücklichen hatten sich wohl hierher geflüchtet, um
geborgen zu sein — aber eine Batterie ist über sie
hinweggefahren — von Pferdehufen und Rädern sind
sie zermalmt . . . Viele darunter leben noch — eine
breiige, blutige Masse, aber „leben noch".

Und noch gibt es Höllischeres als Alles dies: es ist
das Erscheinen des niederträchtigsten Abschaums der krieg=
führenden Menschheit — der Schlachtfeld=Hyäne.
„Das schleicht herbei, das die Leichenbeute witternde
Ungetüm, beugt sich über Tote und noch Lebende herab
und reißt ihnen die Kleider vom Leibe. Erbarmungs=
los. Die Stiefeln werden vom blutenden Bein, die
Ringe von der verwundeten Hand gezogen — oder
um den Ring zu haben, wird der Finger einfach ab=
geschnitten; und wenn sich das Opfer wehren will,
dann wird es von der Hyäne gemordet oder — um
nicht einst wieder erkannt zu werden — sticht sie ihm
die Augen aus . . ."

Ich schrie laut auf. Bei des Doktors letzten
Worten hatte ich die ganze Scene wieder mitangesehen,
und die Augen, in welche die Hyäne ihr Messer
gebohrt, das waren Friedrichs blaue, sanfte, geliebte
Augen . . .

„Verzeihen Sie mir, gnädige Frau, aber Sie
haben es gewollt . . ."

„Ja, ja — ich will Alles hören. Was Sie da

beschrieben haben, war die Nacht, welche auf die Schlacht
folgt — diese Scenen haben sich bei Sternenschein
abgespielt —"

„Und bei Fackelschein. Die vom Sieger zum
Durchsuchen des Schlachtfeldes ausgeschickten Patrouillen
tragen Fackeln und Laternen. Und rote Laternen
ragen an Signalstangen empor, um die Orte zu be=
zeichnen, an welchen fliegende Hospitäler errichtet
worden sind."

„Und der nächste Morgen — wie zeigt der die
Wahlstatt?"

„Beinah noch fürchterlicher. Der Gegensatz von
dem helllächelnden Tagesgestirn zu der grausigen
Menschenarbeit, die es beleuchtet, wirkt doppelt schmerz=
lich. Des Nachts hatte das ganze Schreckbild etwas
gespensterhaft=phantastisches, bei Tag ist es einfach —
trostlos. Jetzt erst sieht man die Massenhaftigkeit der
umherliegenden Leichen: auf den Straßen, zwischen
den Feldern, in den Gräben, hinter Mauertrümmern;
überall, überall Tote. Geplündert, mitunter nackt.
Eben so die Verwundeten. Diese, welche trotz der
nächtlichen Arbeit der Sanitätsmannschaften noch immer
in großer Zahl umherliegen, sehen fahl und zerstört
aus, grün und gelb, mit stierem, stumpfsinnigem Blick;
oder aber unter wütenden Schmerzen sich krümmend,
flehen sie Jeden an, der in die Nähe kommt, daß er sie
töte. Schwärme von Aaskrähen lassen sich auf die
Wipfel der Bäume nieder und verkünden mit lautem
Gekrächz das lockende Festmahl . . . Hungrige Hunde
aus den Dörfern kommen herbeigerannt und lecken das

Blut der Wunden. Noch sieht man einige Hyänen, welche noch immer hastig weiter arbeiten ... Und jetzt kommt das große Begraben —"

„Wer thut das? — Die Sanität?"

„Wie könnte die zu solcher Massenarbeit ausreichen? Die hat bei den Verwundeten vollauf zu thun."

„Also kommandierte Truppen?"

„Nein: herbeigeschafftes oder auch freiwillig heran-laufendes Gesindel: Landstreicher, Leute vom Troß, welche sich bei den Marketenderbuben, bei den Bagage-wagen aufhielten, und welche jetzt neben den Bewohnern der Armenhäuser und der Hütten von den Militär-gewalten herbeigetrieben werden, um Gräber zu graben — recht große, das heißt — weite Gräber, denn tief werden sie nicht gemacht. Dazu wäre keine Zeit. Dahinein wirft man die toten Körper — kopfüber, kopfunter, wie es gerade kommt. Oder man macht es so: über einen aus Leichen gebildeten Haufen wirft man ein bis zwei Fuß hohe Erde hinauf; das sieht dann auch aus wie ein Tumulus. Ein paar Tage darauf kommt ein Regen und spült die Hülle von den verwesenden Leichnamen weg — aber was liegt daran? Die flinken und lustigen Totengräber denken nicht so weit. Lustige und flotte Arbeiter sind sie, das muß man ihnen lassen. Es werden da Lieder gepfiffen und allerlei zweideutige Witze gemacht — ja mitunter tanzt eine Hyänenrunde um das offene Grab. Ob in manchen Körpern, die da hinabgeschleudert oder mit Erde ver-schüttet werden, noch Leben sich regt — darum kümmern sie sich auch nicht. Der Fall ist unvermeidlich, denn

Starrkrampf tritt bei Verwundungen häufig auf. Manch zufällig Errettete haben von der Gefahr des Lebendig-begraben-werdens, der sie entronnen, erzählt. Aber wie Viele giebt es berer, die nichts erzählen konnten? Wenn man einmal ein paar Fuß Erde. über dem Mund liegen hat, so muß man den Mund wohl halten." ...

O mein Friedrich, mein Friedrich! stöhnte es in meiner Seele.

„Das ist das Bild des nächsten Morgens," schloß der Regimentsarzt. „Soll ich noch weiter erzählen, was den nächsten Abend geschieht? Da wird —"

Das will ich Ihnen sagen, Herr Doktor," unterbrach ich. „In eine von den beiden Hauptstädten der beteiligten Reiche ist die telegraphische Nachricht des glorreichen Sieges angelangt. Da wurde vormittags — während des Hyänentanzes um die Gruben — in den Kirchen „Nun danket Alle Gott" gesungen und abends — da stellt die Mutter, oder das Weib eines lebendig Begrabenen ein paar brennende Kerzen auf den Fenstersims, denn die Stadt wird beleuchtet."

„Ja, gnädige Frau, diese Komödie wird zu Hause aufgeführt. Indessen, auf dem Schlachtfeld selber ist mit dem zweiten Sonnenuntergang die Tragödie noch lange nicht abgespielt. Außer Denjenigen, welche in die Lazarethe und in die Gräber untergebracht worden, gibt es noch die Ungefundenen. Hinter dichtem Gebüsch, in hohen Ährenfeldern, oder zwischen Bautrümmern verborgen, sind sie den Blicken der Krankenträger und Totengräber entgangen. Für jene Unglücklichen beginnt

nun das Martyrium einer mehrere Tage und mehrere
Nächte langen Agonie: in der sengenden Hitze des
Mittags, in den schwarzen Schauern der Mitternacht,
gebettet auf Steinen und Disteln, im scharfen Ver=
wesungsgeruch der naheliegenden Leichen und der
eigenen faulenden Wunden, den festenden Geiern zur
noch zuckenden Beute . . ."

* * *

Das war eine Reise! — Der Regimentsarzt hatte
schon lange aufgehört zu sprechen, aber die Auftritte,
welche er geschildert, fuhren unausgesetzt fort, vor
meinem inneren Auge sich abzuspielen. Um diesem mich
verfolgenden Gedankenreigen zu entgehen, schaute ich
zum Wagenfenster hinaus und versuchte, im Anblick
der Landschaft Zerstreuung zu finden. Aber auch hier
boten sich dem Blicke Bilder des Kriegsjammers.
Zwar hatte in dieser Gegend keine gewaltsame Ver=
wüstung stattgefunden: es rauchte da kein zerschossenes
Dorf, hier hatte „der Feind" noch nicht gehaust; aber
was hier nun wütete, ist vielleicht noch schlimmer:
nämlich die Furcht vor dem Feinde. „Die Preußen
kommen! die Preußen kommen!" war die Schreckens=
losung auf der ganzen Strecke; und wenn auch im
Vorbeifahren diese Worte nicht zu hören waren, ihre
Wirkung konnte man vom Wagenfenster aus deutlich
erschauen. Überall auf allen Straßen und Wegen
fliehende, mit Sack und Pack ihr Heim verlassende
Menschen. Ganze Wagenzüge bewegten sich landein=

wärts — gefüllt mit Bettzeug, Hausgerät und Vorräten. Alles sichtlich in größter Eile aufgeladen. Auf
demselben Karren kleine Schweine, das jüngste Kind
und ein paar Kartoffelsäcke, nebenher, zu Fuß, Mann
und Weib und die größeren Kinder: — so sah ich
eine auswandernde Familie auf einer nahen Straße
sich fortbewegen. Wohin gingen die Armen? Das
wußten sie wohl selber kaum — nur fort, fort von
den „Preußen". So flieht man das prasselnde Feuer
oder die steigende Flut.

Öfters brauste auf den Nebengeleisen ein Zug an
uns vorüber: — Verwundete, immer wieder Verwundete; immer wieder die aschfahlen Gesichter, die
verbundenen Köpfe, die in der Binde getragenen Arme.
Auf den Haltestellen besonders konnte man an diesem
Anblick in allen Varianten sich sattsam erlaben. Sämtliche große und kleine Perrons, auf welchen man sonst
das wartende Völklein der Reisenden fröhlich umher-
stehen und -gehen sieht, waren jetzt mit liegenden und
kauernden Gestalten gefüllt. Das sind die aus den
umgebenden Feld- und Privatlazarethen herbeigeschafften
kranken Soldaten, welche den nächsten Eisenbahnzug
abwarten, der einen neuen Verwundetentransport be-
fördern kann. So müssen sie stundenlang liegen —
und wer weiß, wie viel Transportierungen sie schon
hinter sich haben? Vom Kampffeld zum Verbandplatz,
von da zur Ambulance, von dieser in ein fliegendes
Feldhospital, dann in die Ortschaft — jetzt zur Eisenbahn; und von hier steht ihnen noch die Fahrt nach
Wien bevor; dort vom Bahnhof zum Spital und von

5*

da, nach so langen Leiden, vielleicht zum Regiment
zurück, vielleicht zum Friedhof ... Mir ward so leid,
so leid, so schrecklich leid um die armen Teufel! —
ich hätte zu jedem Einzelnen hinknien wollen und ihm
Worte des Mitgefühls zuflüstern. Aber der Doktor
ließ mich nicht. Wenn wir an einer Station aus-
stiegen, nahm er mich am Arm und führte mich in
das Büreau des Stationschefs. Hierher brachte er mir
Wein oder sonst eine Erfrischung.

Die Schwestern walteten auch schon hier ihres
barmherzigen Amtes. Sie reichten den Verwundeten
an Trank und Speise, was nur aufzutreiben war:
aber öfters gab es nichts, die Vorräte in den Restau-
rationen waren zumeist erschöpft. Dieses Getriebe auf
den Bahnhöfen, namentlich auf den größeren, machte
mir einen sinnverwirrenden Eindruck; es schien mir
wie „ein böser Traum". Dieses Hin- und Herrennen,
dieses wüste Durcheinander — abmarschbereite Truppen
— Flüchtlinge — Krankenträger — Haufen blutender
und wimmernder Soldaten — schluchzende, hände-
ringende Frauen —; Geschrei, barsche Kommandorufe
— überall Gedränge, nirgends ein freier Durchgang
— aufgeschichtetes Gepäck, Kriegsmaterial, Kanonen,
abseits Pferde und brüllendes Hornvieh — dazwischen
das unausgesetzte Geläute des Telegraphen — durch-
fahrende Züge, welche mit aus Wien anlangender
Reserve vollgefüllt — vielmehr vollgepfropft — sind ...
Nicht anders waren diese Soldaten in den Wagen
dritter und vierter Klasse — ja in Last- und Vieh-
waggons — untergebracht, nicht anders wie Schlacht-

vieh. Und im Grunde genommen, ich konnte den Gedanken nicht unterdrücken; was waren sie denn anderes? Wurden sie nicht auch zur „Schlacht" — wurden sie nicht auf den großen politischen Markt geschleppt, wo mit Kanonenfutter — chair à canon — geschachert wird? Da rollten sie vorbei. Tolles Gebrüll — war es ein Kriegslied? — schallte heraus und übertönte das rasselnde Gepolter der Räder; eine Minute — und der Zug war verschwunden. Mit Windeseile trug er einen Teil seiner Fracht dem sicheren Tode entgegen. Ja — sicherem Tode... Wenn auch kein Einzelner von sich sagen kann, daß er sicher fällt, ein gewisser Prozentsatz von der Gesamtheit muß und wird fallen. Zu Felde ziehende Heere, die sich auf der Heerstraße zu Fuß oder zu Roß fort-bewegen: das mag noch eine gewisse antike Poesie an sich haben; aber der moderne Schienenweg, das Symbol der nationenverbindenden Kultur, als Beförderungs-mittel der losgelassenen Barbarei: — das ist gar zu widersinnig und abscheulich. Wie falsch klingt da auch das Telegraphengeklingel ... dieses herrliche Sieges-zeichen des menschlichen Intellekts, der es fertig gebracht hat, den Gedanken mit Blitzesschnelle von einem Land zum andern zu leiten; alle diese neuzeit-lichen Erfindungen, welche bestimmt sind, den Ver-kehr der Völker zu fördern, das Leben zu erleichtern, zu verschönern, zu bereichern: die werden jetzt von jenem altweltlichen Prinzip mißbraucht, welches die Völker entzweien und das Leben vernichten will. „Seht unsere Eisenbahnen, seht unsere Telegraphen — wir find civilisierte Nationen", prahlen wir den Wilden gegenüber und benutzen diese Dinge zur verhundert= fachten Entfaltung unserer Wildheit . . .

Daß mich lauter solche Gedanken quälen mußten, während ich an den Stationen auf das Weiterfahren unseres Zuges wartete — das vertiefte und verbitterte noch mein Leid. Ich beneidete fast Jene, die da nur in naivem Schmerze die Hände rangen und weinten, die sich nicht im Zorn aufbäumten gegen die ganze Schauerkomödie — die Niemanden anklagten, nicht einmal jenen „Herrn der Heerscharen", von dem sie doch glaubten, daß er es sei, der das hereingebrochene Unglück über sie verhängt . . .

* * *

Es war spät abends, als ich in Königinhof an= langte. Meine Reisegefährten hatten an einer früheren Station bleiben müssen. Ich war allein — in Furcht und Bangen. Wie, wenn Doktor Bresser verhindert worden wäre, zu kommen? Was sollte ich dann hier beginnen? Zudem war ich von der Fahrt wie ge= rädert, von den durchgemachten Trauer= und Schauer= empfindungen ganz entnervt. Wäre nicht die Sehnsucht nach Friedrich gewesen, so hätte ich mir nur noch den Tod gewünscht. Sich hinlegen können und einschlafen und nie wieder erwachen in einer Welt, in der es so grausam und wahnsinnig zugeht! . . . Nur eins nicht: am Leben bleiben und Friedrich unter den Vermißten wissen!

Der Zug hielt. Mühsam und zitternd stieg ich aus und nahm mir mein Handgepäck herab. Ich führte ein Handkofferchen bei mir, mit etwas Wäsche für mich und Charpie und Verbandzeug für den Ver= wundeten; außerdem eine Reise=Toilettentasche. Die hatte ich so gewohnheitsmäßig mitgenommen, in dem anerzogenen Glauben, daß man gar nicht sein könne, ohne die silbernen Büchsen und Kapseln, die Seifen und Wasser, die Bürsten und Kämme. Reinlichkeit — diese Tugend des Körpers, dasselbe, was Ehrlichkeit für die Seele — diese zweite Natur des Kultur= menschen: wie mußte ich jetzt erst erfahren, daß darauf in solchen Zeiten ganz verzichtet werden muß. Nun ja — es ist ja nur folgerichtig: der Krieg ist die Ver= neinung der Kultur, also müssen durch ihn alle Er= rungenschaften der Kultur wegfallen; ein Rückschlag in die Wildheit ist er, also muß er alles Wilde im Gefolge haben — darunter auch jenes, dem Edel= menschen so furchtbar verhaßte Ding: den Schmutz.

Die Kiste mit Material für die Spitäler, die ich in Wien für Doktor Bresser besorgt hatte, war mit den anderen Kisten des Hilfskomitees aufgegeben worden — wer weiß wann und wo dieselbe abgeliefert wurde? Ich hatte nichts bei mir, als meine zwei Stück Hand= gepäck und ein umgehängtes Geldtäschchen, welches mit einigen Hundertgulden=Noten gefüllt war. Schwankenden Schrittes ging ich über die Schienen nach dem Perron. Dort herrschte, trotz der späten Stunde, dasselbe Ge= wühle wie auf den anderen Stationen, und immer dasselbe Bild: Verwundete — Verwundete. Nein, nicht

dasselbe Bild: ärger noch. Königinhof war ein Ort,
der mit diesen Unglücklichen überfüllt war; es gab im
ganzen Ort keinen unbelegten Raum, und nun hatte
man die Kranken scharenweise zur Eisenbahn gebracht,
wo sie, ganz notdürftig verbunden, überall umherlagen,
auf der Erde, auf den Steinen . . .

Es war eine finstere, mondlose Nacht; der Schau=
platz war nur durch drei oder vier an Pfählen be=
findliche Laternen beleuchtet. Erschöpft und schlaf=,
beinahe todesschlafbedürftig, sank ich auf die freie Ecke
einer Bank und legte mein Gepäck vor mir auf den
Boden.

Ich hatte vorerst nicht den Mut, mich umzusehen,
ob unter den vielen Menschen, die hier geschäftig hin
und her schossen, auch Doktor Bresser sei. Fast war
ich überzeugt, daß ich ihn nicht finden würde. Es gab
ja zehn Chancen gegen eine, daß er verhindert worden
zu kommen, oder daß er zu einer anderen als zur be=
zeichneten Stunde hier einträfe; einen regelmäßigen
Verkehr gab es ja überhaupt nicht mehr: mein Zug
war gewiß viel später eingetroffen, als in der Fahr=
ordnung verzeichnet stand. Ordnung: auch ein Kultur=
begriff — mit dem war ja ringsum gleichfalls ge=
brochen . . .

Mein Unternehmen erschien mir jetzt als ein wahn=
witziges. Dieses vermeintliche Rufen Friedrichs —
glaubte ich denn sonst an derlei mystische Dinge? —
es entbehrte sicher aller Begründung. Wer weiß —
vielleicht war Friedrich auf dem Weg nach Hause —
vielleicht auch tot — warum suchte ich ihn hier? Eine

andere Stimme begann jetzt nach mir zu rufen, andere Arme breiteten sich mir entgegen: Rudolf, mein Sohn — wie würde er nach der „Mama" gefragt haben und nicht haben einschlafen können, ohne den mütterlichen Gutenachtkuß .... Wohin würde ich mich hier wenden, wenn ich Bresser nicht fände? Und die Hoffnung ihn zu finden, war mir plötzlich so gering geworden, wie unter hunderttausenden von Losen die Hoffnung auf einen Haupttreffer. Zum Glück hatte ich mein Täschchen mit dem Gelde — der Besitz von Banknoten bietet immer Auskunftsmittel. Unwillkürlich griff an die Stelle, wo das Täschchen hängen sollte ... Großer Gott! Der Riemen, an welchem es befestigt gewesen, abgerissen — das Täschchen fort — verloren! ... Welcher Schlag! Und doch, ich brachte es zu keiner Anklage gegen das Schicksal; ich vermochte nicht, zu jammern: „Zufall, wie hart triffst du mich", denn in einer Zeit, wo rings das Unglück hagelte, über das eigene Unglückchen klagen, da hätte man vor sich selber sich seiner Selbstsucht schämen müssen. Und zudem: für mich gab es nur eine schreckliche Möglichkeit: Friedrichs Tod — alles Andere war nichts.

Ich musterte alle Anwesenden: kein Doktor Bresser.

Was nun beginnen? An wen mich wenden? Ich hielt einen Vorübergehenden an:

„Wo kann ich den Stationschef finden?"

„Sie meinen den Dirigenten der hiesigen Krankenstation, Stabsarzt S.? Dort steht er."

Den hatte ich zwar nicht gemeint, aber vielleicht konnte er mir Auskunft über Doktor Bresser geben.

Ich näherte mich der bezeichneten Stelle. Der Stabsarzt sprach eben mit einem vor ihm stehenden Herrn: „Es ist ein Elend", hörte ich ihn sagen. „Man hat hier und in Turnau Depots für alle Hospitäler des Kriegsschauplatzes errichtet; die Gaben strömen massenhaft zu — Wäsche, Lebensmittel, Verbandzeug so viel man will — aber was damit beginnen? Wie abladen — wie sortieren — wie weitersenden? Es fehlt uns an Händen — wir würden hundert rührige Beamte brauchen —"

Schon wollte ich den Stabsarzt ansprechen, als ich einen Mann auf ihn zueilen sah, in dem ich — o Freude — Doktor Bresser erkannte. In meiner Erregung fiel ich dem alten Hausfreund um den Hals.

„Sie? Sie, Baronin Tilling? Was machen Sie denn hier?"

„Ich bin gekommen, zu helfen, zu helfen ... Ist Friedrich nicht in einem Ihrer Spitäler?"

„Ich habe ihn nicht gesehen."

War mir diese Nachricht Enttäuschung oder Erleichterung? — Ich weiß es nicht. Er war nicht da ... also entweder tot oder unversehrt ... übrigens, Bresser konnte unmöglich alle Verwundeten der Umgebung erkannt haben — ich mußte selber alle Lazarethe absuchen.

„Und Frau Simon?" fragte ich weiter.

„Die ist schon seit mehreren Stunden hier ... eine herrliche Frau! Rasch entschlossen, umsichtig ... Jetzt ist sie eben beschäftigt, die hier liegenden Verwundeten in leerstehende Eisenbahnwaggons unter

zubringen. Sie hat erfahren, daß in einem nahen
Orte — in Horonewos — die Not am größten sei.
Dort will sie hinfahren und ich begleite sie."

„Ich auch, Doktor Bresser! Lassen Sie mich mitkommen" . . .

„Wo denken Sie hin, Baronin Martha? Sie,
so zart und verwöhnt — derlei harte, bitterharte
Arbeit — —"

„Was soll ich sonst hier thun?" unterbrach ich.
„Wenn Sie mein Freund sind, Doktor, helfen Sie
mir mein Vorhaben ausführen . . . ich will ja Alles
thun, jeden Dienst verrichten . . . Stellen Sie mich
der Frau Simon als freiwillige Krankenpflegerin vor
und nehmen Sie mich mit — aus Barmherzigkeit
nehmen Sie mich mit!"

„Wohlan, Ihr Wille geschehe. Da ist die tapfere
Frau — kommen Sie" . . .

*   *
*

Als mich Doktor Bresser zu Frau Simon geführt
und mich derselben als Krankenpflegerin vorstellte,
nickte sie mit dem Kopfe, wandte sich aber sogleich
wieder ab, um einen Befehl zu erteilen. Ihre Züge
konnte ich in dem zweifelhaften Lichte nicht erkennen.

Fünf Minuten später waren wir auf der Fahrt
nach Horonewos. Ein Leiterwagen, der eben von
dort Verwundete gebracht, diente uns als Fahr-
gelegenheit. Wir saßen auf dem Stroh, das vielleicht

noch blutig war von der vorigen Fracht. Der Soldat, welcher neben dem Kutscher saß, hielt eine Laterne, welche unstäten Schein auf unsere Straße warf. „Böser Traum — böser Traum": immer mehr und mehr hatte ich den Eindruck, einen solchen durchzumachen. Das Einzige, was mich an die Wirklichkeit meiner Lage mahnte und was mir zugleich eine Beruhigung war, war Doktor Bressers Nähe. Ich hatte meine Hand in die seine gelegt und sein anderer Arm unterstützte mich:

„Lehnen Sie sich an mich, Baronin Martha — armes Kind", sagte er sanft.

Ich lehnte mich an, so gut ich konnte, aber doch: welche Folterlage! Wenn man sein ganzes Leben lang gewohnt war, auf schwellenden Sitzen, sprungfederigen Wagen und weichen Betten zu ruhen, wie schwer fällt es da — zumal nach einer ermüdenden Tagereise, in einem schüttelnden Leiterwagen zu sitzen, dessen harter Brettergrund nur mit einer Lage blutfeuchten Strohs gepolstert ist. Und ich war doch unverletzt — wie muß erst denen zu Mute sein, die mit zerschmetterten Gliedern, mit hervorstehenden Knochensplittern auf solchem Fuhrwerk über Stock und Stein gejagt werden?

Bleischwer fielen mir die Lider zu. Ein wehthuendes Schläfrigkeitsgefühl peinigte mich. Bei der Unbequemlichkeit meiner Lage — alle Glieder schmerzten mich — bei der Erregtheit meiner Nerven war ja Schlaf unmöglich; desto grausamer wirkte das nicht zu bannende Schlafbedürfnis. Gedanken und Bilder,

so verworren wie Fieberträume, wirbelten in meinem
Hirn. Alle die Schauerscenen, welche der Regimentsarzt erzählt hatte, wiederholten sich vor meinem Geist,
teils mit den Worten des Erzählers selbst, teils als
die Gesichts- und die Gehörsvorstellungen, welche diese
Worte hervorgerufen hatten: ich sah die schaufelnden
Totengräber, sah die Hyänen einherschleichen, hörte
die verzweifelten Opfer des in Brand geschossenen
Lazareths schreien; und dazwischen fielen, als würden
sie laut und in des Regimentsarztes Stimme gesprochen, Worte wie: Aaskrähen, Marketenderbube,
Sanitätspatrouille. Das hinderte mich aber nicht
daneben auch noch das Gespräch zu vernehmen, welches
meine Wagengefährten halblaut miteinander führten:...
„Ein Teil der geschlagenen Armee flüchtete nach
Königgrätz", erzählte Doktor Bresser. „Die Festung
aber war verschlossen und von den Wällen wurde auf
die Flüchtigen geschossen — namentlich auf die Sachsen,
die man in der Dämmerung für Preußen hielt.
Hunderte stürzten sich in die Wallgräben und er-
tranken ... An der Elbe stockte die Flucht und die Verwirrung erreichte den höchsten Grad. Die Brücken waren
von Pferden und Kanonen so vollgestopft, daß das
Fußvolk keinen Platz mehr fand ... Tausende stürzten
sich in die Elbe — auch Verwundete" ...
„Es soll entsetzlich sein in Horonewos", sagte
Frau Simon. „Alles von seinen Bewohnern verlassen
— Dorf und Schloß. Sämtliche innere Räume zerstört und doch mit hilflosen Verwundeten angefüllt...
Wie wohl wird den Unglücklichen die Labung thun,

die wir ihnen bringen! Aber es wird zu wenig — zu wenig sein!"

„Und zu wenig auch unsere ärztliche Hilfe", versetzte Doktor Dresser. „Wir müßten unserer Hundert sein, um das Erforderliche thun zu können. Es fehlt an Instrumenten und Medikamenten — und hälfen uns auch diese? Die Überfüllung dieser Ortschaften ist derart, daß der Ausbruch gefährlicher Epidemien droht. Die erste Sorge ist stets die, so viel Verwundete als möglich wegzubefördern, aber ihr Zustand ist zumeist ein so jammervoller, daß kein Gewissen den Transport auf sich nehmen kann ... sie fortschaffen heißt, sie töten; sie dortlassen, heißt den Hospitalbrand herbeiführen — eine schwere Alternative! Was ich in diesen Tagen — seit der Schlacht von Königgrätz, Schauriges und Trauriges gesehen, das übersteigt alle Begriffe. Sie müssen sich auf das Schlimmste gefaßt machen, Frau Simon."

„Ich habe langjährige Erfahrung und Mut. Je größer das Elend, desto mehr steigt meine Willenskraft."

„Ich weiß. Dieser Ruf ist Ihnen vorausgegangen. Ich hingegen, wenn ich so viel Elend sehe, fühle allen Mut sinken und es stockt mir das Herz. Hunderte — ja tausende von Hilfsbedürftigen um Hilfe flehen hören und nicht helfen können — es ist gräßlich! In all diesen um das Schlachtfeld eiligst errichteten Ambulancen fehlte es an Erquickungsmitteln; vor allem: kein Wasser. Die meisten vorhandenen Brunnen sind von den Bewohnern unbrauchbar gemacht worden ...

weit und breit kein Stück Brot aufzutreiben ... Alle
Räume, die ein Dach tragen: Kirchen, Meierhöfe,
Schlösser, Hütten, sind mit Kranken gefüllt — alles,
was einem Wagen gleicht, wird mit einer Ladung
Verwundeter weggeführt ... Die Straßen bedecken
sich nach allen Richtungen mit solchen Höllenkarren
— denn wahrlich, was da an Leiden auf Rädern
rollt, das ist höllisch. Da liegen sie — Offiziere,
Unteroffiziere und Soldaten — von Blut, Staub und
Schmutz bis zur Unkenntlichkeit entstellt, mit Wunden,
für die es keine menschenmögliche Hilfe gibt, Klagetöne,
Schreie ausstoßend, die nichts Menschliches haben —
und doch: die noch schreien können, sind die Beklagens-
wertesten nicht ..."

„Da sterben wohl Viele unterwegs?"

„Gewiß. Oder wenn sie abgeladen worden —
in irgend einem überfüllten Raum — enden sie still
und unbemerkt auf dem ersten besten Bündel Stroh,
auf welches sie sich fallen ließen. Manche still —
manche aber auch in verzweifeltem Todeskampfe tobend
und rasend, die haarsträubendsten Flüche ausstoßend...
Solche Flüche mußte wohl jener Herr Twinnig aus
London gehört haben, welcher bei der Genfer Konferenz folgenden Vorschlag machte: „Wenn der Zustand
eines Verwundeten nicht die geringste Hoffnung der
Heilung übrig läßt, wäre es in diesem Fall nicht angemessen, daß man ihm erst den Trost der Religion
spende, ihm, so weit es die Umstände gestatten, einen
Augenblick der Sammlung lasse und dann seiner Agonie
auf die wenigst schmerzliche Weise ein Ende mache?

Man verhinderte dadurch, daß er wenige Augenblicke
später stirbt, das Fieber im Gehirn und vielleicht die
Gotteslästerung auf der Zunge."

„Wie unchristlich!" rief Frau Simon.

„Was? Das Gnadenstoßgeben?"

„Nein — die Ansicht, daß eine inmitten der un-
erträglichsten Martern ausgestoßene Lästerung der
Seele des Gemarterten gefährlich werden könne . . .
So ungerecht ist der Gott der Christen nicht und
sicher nimmt er jeden gefallenen Krieger in Gnaden
auf" . . .

„Mohammeds Paradies wird auch jedem Türken
zugesichert, der einen Christen erschlagen hat," entgegnete Bresser. Glauben Sie mir, geehrte Frau
Simon, jene Gottheiten alle, welche als kriegslenkend
dargestellt werden und deren Beistand und Segen die
Priester und Befehlshaber den Kämpfern als Mord-
lohn versprechen, die sind alle für Lästerungen gleich
taub wie für Bitten. Sehen Sie dort hinauf: jener
Stern erster Größe, mit rötlichem Lichte — man sieht
ihn nur alle zwei Jahre über unseren Häuptern flimmern — oder vielmehr leuchten, er flimmert nicht
— das ist der Planet Mars — das dem Kriegsgott
gewidmete Gestirn; jenem Gott, der in der alten Zeit
so gefürchtet und geehrt wurde, daß er weit mehr
Tempel besaß, als die Göttin der Liebe. Schon in
der Schlacht bei Marathon, schon in dem engen Paß
der Thermopylen hat jener Stern dem Kampf der
Menschen blutfarbig vorgeleuchtet und zu ihm stiegen
die Flüche der Gefallenen auf; ihn beschuldigten sie

ihres Unglücks, während er ahnungslos und frieblich
— damals wie heute — die Sonne umkreiste. Feind=
liche Gestirne? ... die gibt es nicht. Der Mensch
hat keinen anderen Feind, als den Menschen — der
aber ist grimmig genug. — Und auch keinen anderen
Freund", setzte Bresser nach einer kleinen Pause hinzu.
„Davon geben Sie selber ein Beispiel, hochherzige Frau,
Sie sind —"

„O Doktor!" unterbrach Frau Simon. „Schauen
Sie — dort, der Flammenschein, am Horizont ...
sicherlich ein brennendes Dorf!"

Ich öffnete die Augen und sah den roten Schein.

„Nein", sagte Doktor Bresser — „es ist der auf=
gehende Mond.

Ich versuchte, eine bequemere Stellung anzunehmen
und setzte mich ein wenig auf. Fortan wollte ich ver=
meiden die Augen zu schließen: dieser Zustand des
Halbschlafes mit dem Bewußtsein des Nichtschlafens,
worin die entsetzlichen Phantasiebilder ihren wilden
Reigen aufführten — das war gar so qualvoll ...
lieber an dem Gespräche der beiden teilnehmen und
mich von den eigenen Gedanken losreißen.

Aber der Mann und die Frau waren verstummt.
Sie blickten nach der Stelle, wo nun wirklich das
Nachtgestirn emporstieg. Und nach einer Weile fielen
meine Augen doch wieder zu. Diesmal war es der
Schlaf. In der einen Sekunde, in der ich fühlte, daß
ich einschlief, daß die Welt um mich aufhörte zu be=
stehen, empfand ich solche Wonne des Nichtseins, daß

mir selbst der Bruder meines Beglückers — der Tod
— ganz willkommen gewesen wäre.

Ich weiß nicht, wie lange Zeit ich in dieser
negativ-seligen Existenzentrückung zubrachte — aber
plötzlich und gewaltsam wurde ich herausgerissen.
Kein Lärm, keine Erschütterung war es, was mich
geweckt hatte, sondern ein Qualm unerträglich ver-
pesteter Luft.

„Was ist das?!"

Gleichzeitig mit mir riefen auch die anderen diese
Frage aus.

Unser Wagen bog um eine Ecke und am Wegrand
ward uns die Antwort. Vom Monde hell beleuchtet,
ragte da eine weiße Mauer empor, vermutlich eine
Kirchhofmauer. Jedenfalls hatte sie als Schutzwehr
gedient — am Fuße derselben, aufgeschichtet, lagen
zahlreiche Leichen . . . Der Verwesungsgeruch, der von
diesen toten Körpern aufstieg, war es, der mich aus
dem Schlaf gerissen hatte. Als wir vorbeifuhren, hob
sich ein dichter Schwarm von Raben und Krähen
kreischend von dem Leichenhaufen empor, flatterte eine
Zeit lang — wie schwarzes Gewölk gegen den hellen
Himmelhintergrund und ließ sich dann wieder zum
Schmause nieder . . .

„Friedrich, mein Friedrich!!"

„Beruhigen Sie sich, Baronin Martha", tröstete
mich Bresser; „Ihr Mann konnte nicht dabei gewesen
sein."

Der kutschierende Soldat hatte sein Gespann an-
getrieben, um schneller aus dem Bereiche des mephi-

tischen Dunstes hinwegzukommen; das Fuhrwerk rasselte und stolperte dahin, als wären wir auf wilder Flucht. Ich glaubte, die Pferde gingen durch ... zitternde Angst erfaßte mich. Mit beiden Händen klammerte ich mich an Bressers Arm; aber den Kopf mußte ich zurück wenden, um dorthin, nach jener Mauer zu schauen und — war es das täuschende Licht des Mondes, waren es die Bewegungen der auf ihre Beute zurückgekehrten Vögel? — mir war es, als regte sich diese ganze Schar von Toten, als streckten uns diese Leichname die Arme nach, als rüsteten sie sich, uns zu verfolgen ...

Ich wollte schreien, aber die furchtgepreßte Kehle versagte mir den Dienst.

* * *

Wieder bog der Wagen um eine Straßenecke.

„Hier sind wir, das ist Horonewos", hörte ich den Doktor sagen, und er befahl dem Kutscher, zu halten.

„Was beginnen wir mit der Frau?" klagte Frau Simon — „die wird uns eher ein Hindernis sein — statt einer Hilfe."

Ich raffte mich auf:

„Nein, nein", sagte ich — „es ist mir jetzt besser ... Ich will Ihnen helfen, so gut ich kann."

Wir befanden uns inmitten des Ortes, vor dem Thore eines Schlosses.

„Hier wollen wir zuerst sehen, was sich thun läßt

6*

sagte der Doktor. „Das Schloß, von seinen Besitzern
verlassen, soll vom Keller bis zum Dache mit Ver=
wundeten angefüllt sein."

Wir stiegen ab. Ich konnte mich kaum auf den
Füßen halten, strengte aber meine äußerste Kraft an,
um dies nicht merken zu lassen.

„Vorwärts!" sagte Frau Simon. „Haben wir
alle unsere Gepäcksachen? Was ich mitführe, wird den
Leuten Labung bringen."

„Auch in meinem Kofferchen befinden sich Stär=
kungsmittel und Verbandszeug", sagte ich.

„Und meine Handtasche enthält Instrumente und
Arzneien", fügte Bresser hinzu, dann gab er den
uns begleitenden Soldaten die nötigen Befehle: zwei
sollten bei den Pferden bleiben, die übrigen mit uns
kommen.

Wir traten unter das Schloßthor. Dumpfe Klage=
laute von verschiedenen Seiten . . . Alles finster — —

„Licht! Da macht doch vor allem Licht!" schrie
Frau Simon.

O weh, alles mögliche hatten wir mitgebracht:
Chokolade und Fleischextrakt, Cigarren und Leinwand=
streifen — aber an eine Kerze hatte niemand gedacht.
Keine Möglichkeit, das Dunkel, das uns und die Un=
glücklichen umgab, aufzuhellen! Nur eine Schachtel
Zündhölzer, welche der Doktor in der Tasche trug,
half uns für einige Sekunden die schrecklichen Bilder
zu sehen, welche diese Stätte des Elends füllten. Der
Fuß glitt auf dem von Blut schlüpfrigen Boden aus,
wenn man sich weiter bewegen wollte. Was nun?

Zu den hundert Verzweifelten, welche hier stöhnten und seufzten, waren nur noch ein paar Verzweifelnde und Seufzende mehr hinzugekommen: „Was nun, was nun?"

„Ich will das Haus des Pfarrers aufsuchen", sagte Frau Simon, „oder sonst im Dorfe Beistand holen. Kommen Sie, Doktor, geleiten Sie mich mit Ihren Streichhölzern zum Ausgang zurück; und Sie, Frau Martha, bleiben indessen hier —"

Hier, allein — im Finstern, inmitten dieser wimmernden Leute, in dem erstickenden Geruch? Das war eine Lage! Mir schauderte bis in das Knochenmark. Aber ich widersprach nicht.

„Ja", sagte ich — „ich bleibe an dieser Stelle und warte, bis Sie mit Licht zurückkommen."

„Nein", rief Bresser, indem er meinen Arm in den seinen schob, „kommen Sie mit — Sie dürfen in diesem Fegefeuer nicht zurückbleiben — unter den vielleicht fiebertollen Menschen."

Ich war dem Freunde für dieses Vorgehen dankbar und klammerte mich fest an seinen Arm — das Zurückbleiben in diesen Räumen hätte mich vielleicht wahnsinnig gemacht vor Angst . . . Ach, ich war doch ein feiges, hilfloses Geschöpf, dem Unglück und den Schrecken nicht gewachsen, in welche ich mich da begeben hatte . . . Warum war ich nicht zu Hause geblieben? Dennoch, wenn ich Friedrich wiederfände? Wer weiß, ob er nicht in diesen dunklen Räumen lag, die wir eben verließen? Ich rief — während des Hinausgehens — öfter seinen Namen, aber das gehoffte und gefürchtete „Hier bin ich, Martha!" ward mir nicht zurückgerufen.

Wir traten wieder ins Freie. Der Wagen stand noch auf derselben Stelle. Doktor Bresser entschied, daß ich wieder aufsteigen solle.

„Frau Simon und ich gehen indessen im Dorfe Hilfe suchen", sagte er, „und Sie bleiben hier."

Ich fügte mich gern, denn meine Füße konnten mich kaum tragen. Der Doktor half mir aufsteigen und richtete mir mit dem umliegenden Stroh einen Sitz zurecht. Zwei Soldaten blieben bei dem Wagen zurück. Die übrigen wurden von Frau Simon und dem Doktor mitgenommen.

Nach einer halben Stunde ungefähr kam die ganze Expedition zurück. Erfolglos. Der Pfarrhof zerstört, wie alles Andere, und leer; sämtliche Häuser Ruinen; nirgends ein Licht aufzutreiben gewesen: — es blieb jetzt nichts Anderes übrig, als den Anbruch des Tages abzuwarten. Wie viele von den Unglücklichen, denen unser Kommen schon Hoffnung erweckt hatte und welche unsere Hilfe jetzt noch hätte retten können, würden in dieser Nacht wohl sterben?

War das eine lange, bange Nacht! Obwohl thatsächlich nur noch drei bis vier Stunden bis zu Sonnenaufgang vergingen, wie endlos mußten uns diese Stunden scheinen, deren Verlauf — statt durch die Pendelschläge einer Uhr — durch die ohnmächtigen Hilferufe leidender Mitmenschen markiert war.

Endlich dämmerte der Morgen. Jetzt konnte gehandelt werden. Frau Simon und Doktor Bresser

machten sich neuerdings auf den Weg, um vielleicht
doch noch einige der versteckten Dorfbewohner aufzu-
stöbern. Es gelang. Aus den Trümmern krochen
hier und da ein paar Bauern hervor — zuerst störrisch
und mißtrauisch; als jedoch Doktor Bresser sie in ihrer
Muttersprache anredete und Frau Simon mit ihrer
sanften Stimme ihnen zusetzte, ließen sie sich herbei,
ihre Dienste zu leihen. Es hieß vor Allem, noch
sämtliche anderen versteckten Einwohner auftreiben, damit sie bei der Arbeit behilflich seien: die umherliegenden
Toten begraben, die Brunnen in Stand setzen, um für
die Lebenden Wasser zu schöpfen; die auf den Wegen
zerstreuten Feldkessel zusammensuchen, um Geschirre zu
schaffen; die Tornister der Gestorbenen und Gefallenen
ausleeren und die darin befindliche Wäsche für die
Verwundeten verwenden. Jetzt kam auch ein preußischer
Stabsarzt mit Leuten und Hilfsmitteln an — und so
konnte endlich mit einigem Erfolg daran gegangen
werden, den Unglücklichen Hilfe zu bringen. Nun war
auch für mich der Augenblick gekommen, da ich vielleicht Denjenigen finden würde, auf dessen vermeintlichen Ruf ich die unselige Fahrt unternommen; dieser
Gedanke peitschte meine gebrochenen Kräfte wieder
einigermaßen auf.

Frau Simon begab sich in Begleitung des preußischen Stabsarztes vorerst in das Schloß, wo die
meisten Verwundeten lagen. Doktor Bresser wollte
die übrigen Räume des Dorfes durchsuchen. Ich zog
es vor, mich dem Freunde anzuschließen und ging mit
diesem. Daß Friedrich in dem Schlosse nicht lag,

hatte der Doktor bereits auf einem früheren Rundgang konstatiert.

Wir hatten kaum hundert Schritte gemacht, als laute Klagerufe an unser Ohr schlugen. Dieselben drangen aus dem offenen Thor der kleinen Dorfkirche. Wir traten ein. Über hundert Menschen lagen auf dem harten Steinboden — schwerverwundet, verstümmelt. Fiebernden und irrenden Blickes schrien und jammerten sie nach Wasser. Schon an der Schwelle war mir zum Umsinken — ich schritt aber dennoch die Reihen durch: ich suchte ja Friedrich . . . Er war nicht da.

Bresser mit seinen Leuten machten sich bei den Armen zu schaffen; ich stützte mich an ein Seiten= altar und blickte mit unnennbarem Schaudern auf das Jammerbild.

Und das war der Tempel des Gottes der ewigen Liebe — das waren die wunderthätigen Heiligen, welche da in den Nischen und an den Wänden fromm die Hände falteten und ihre Köpfe unter dem gold= strahlenden Glorienschein emporhoben? . . .

„O Mutter Gottes, heilige Mutter Gottes . . . einen Tropfen Wasser . . . erbarme dich!“ hörte ich einen armen Soldaten flehen. Das hatte er zu dem buntbemalten, tauben Bilde wohl schon tagelang ver= gebens gebetet. — O, ihr armen Menschen, ehe ihr nicht dem Gebot der Liebe gehorcht, das ein Gott in eure Herzen gelegt hat, werdet ihr immer vergebens die Liebe Gottes anrufen — so lange unter euch die

Grausamkeit nicht überwunden ist, habt ihr von himm-
lischem Mitleid nichts zu hoffen . . .

* * *

Was ich an diesem selben Tage noch Alles sehen
und erfahren mußte!

Nicht wieder erzählen, das wäre freilich das Ein-
fachste und Verlockendste. Man schließt die Augen und
wendet den Kopf ab, wenn gar zu Grauenhaftes sich
ereignet — auch das Gedächtnis hat die Fähigkeit zu
solchem Augenschließen. Wenn doch nichts mehr zu
helfen ist — was läßt sich an der starren Vergangenheit ändern? — wozu sich und die Anderen mit dem
Wühlen in dem Entsetzlichen quälen?

Wozu? Das werde ich später sagen. So viel
nur jetzt: ich muß.

Mehr noch. Nicht nur mein eigenes Gedächtnis
will ich anstrengen — meine Auffassungskraft reichte
an die Wucht der Geschehnisse gar nicht heran —; ich
werde . noch hinzufügen, was andere Zeugen jener
Scenen — was Frau Simon, Doktor Brauer und
der sächsische Feldhospital-Kommandant, Doktor Naundorff, (man vergleiche des letztgenannten erschütterndes
Buch „Unter dem roten Kreuz") berichtet haben.

Wie in Horonewos, so hatte die Hölle noch in
vielen anderen der umliegenden Ortschaften ihre Filialen.
So war es in Sweti, in Hrabeck, in Problus. So
in Pardubitz, wo, als es die ersten Preußen besetzten,
. . . über tausend Schwerverwundete, Operierte und

Amputierte umherlagen, teils sterbend, teils schon gestorben, Leichen zwischen Verscheidenden und solchen,
welche ihr Ende ersehnten. Viele nur in blutigen
Hemden, daß man nicht einmal wissen konnte, welches
Landes Kinder sie waren. Alle die, welche noch Spuren
des Lebens in sich trugen, schreiend nach Wasser und
Brot, sich krümmend unter den Schmerzen ihrer
Wunden, und um den Tod gleichwie um eine Wohlthat flehend."

„Roßnitz," so schreibt Doktor Brauer in seinen
Briefen, „Roßnitz, dieser Ort, dessen Bild bis in meine
Sterbestunde vor meinem Gedächtnisse stehen wird,
Roßnitz, wohin ich am 6. Tage nach der mörderischen
Schlacht von den Johannitern geschickt wurde und wo
das größte Elend, welches sich menschliche Einbildungs-
kraft vorzustellen vermag, noch an diesem Tage herrschte.
Ich fand daselbst unfern R. mit 650 Verwundeten,
welche in elenden Scheunen und Ställen, ohne Verpflegung, mitten unter Toten und Halbtoten, teilweise
seit Tagen in ihrem eigenen Kote lagen. Hier war
es, wo ich nach Errichtuug des Grabhügels des gefallenen Oberstlieutenants v. F. so von Schmerz überwältigt wurde, daß ich eine Stunde lang die
heißesten Thränen vergoß und mich trotz des
Aufwandes meiner ganzen moralischen Kraft kaum zu
fassen vermochte. Obgleich ich als Arzt gewohnt bin,
menschliches Elend in allerlei Gestalt zu erblicken und
in der Ausübung meines Berufes es lernte den
Jammer der gequälten menschlichen Natur zu ertragen,
so entquollen doch in der That hier meinen Augen

unaufhaltsame Thränen. Hier in Roßnitz war es, wo
ich am zweiten Tage, als ich erkannte, daß unsere
Kräfte solchem Elend nicht gewachsen seien, den Mut
verlor und zu verbinden aufhörte." — — —

„... In welchem Zustand waren diese 600 Männer
(diesmal spricht Doktor Naundorff). Es ist unmöglich,
dies mit Wahrheit zu schildern. An den noch immer
offenen Wunden saugten Mücken, mit denen sie bedeckt
waren; im Fieber funkelnde Blicke irrten forschend
umher und suchten nach irgend einer Hilfe — nach
Labung, nach Wasser, nach Brot! Mantel, Hemb,
Fleisch und Blut bildeten bei den Meisten eine wider-
liche Mischung. Würmer begannen sich darin
zu erzeugen und einzufressen. Ein abscheulicher
Geruch erfüllte jeglichen Raum. Alle diese Soldaten
lagen auf der nackten Erde, nur Wenige fanden etwas
Stroh, auf welches sie ihre elenden, verstümmelten
Körper betten konnten. Einige, welche nur lehmigen,
durchgeweichten Boden unter sich hatten, sind in dem
Schlamme desselben halb versunken; sie vermögen nicht,
sich aus ihm emporzuarbeiten; Andere liegen in einer
Pfütze gräulichen Schmutzes, den zu beschreiben jede
Feder sich sträuben muß."

„... In Masloved" — so erzählte Frau Simon —
„ein Ort von ungefähr fünfzig Nummern, lagen —
acht Tage nach der Schlacht — 700 Verwundete. Nicht
sowohl ihr Jammergeschrei als ihre trostlose Verlassen-
heit drang zum Himmel empor. In einer einzigen
Scheune waren allein 60 dieser Unglücklichen aufgeschichtet. Eine jede ihrer Wunden war an sich schon

schwer, durch den hilflosen Zustand, den Mangel an
Pflege und Nahrung waren dieselben hoffnungslos geworden; fast Alle waren brandig. Zerschossene Glieder
bildeten nur noch faulende Fleischstücke, Gesichter nur
noch eine mit Schmuß bedeckte, zerronnene Blutmasse,
in welcher eine unförmliche schwarze Öffnung den Mund
vorstellte, welchem gräßliche Töne entquollen. Die
fortschreitende Verwesung trennte ganze abgestorbene
Teile von diesen elenden Körpern. Lebendige liegen
neben Toten gebettet, die in Fäulnis überzugehen
beginnen und für welche die Würmer sich rüsten.

Diese sechzig Menschen, so wie der größte Teil
der Übrigen, lagen seit einer Woche auf derselben Stelle.
Ihre Wunden waren entweder gar nicht, oder nur in
unzureichender Weise verbunden worden; seit dem Tage
der Schlacht lagen sie, unfähig sich von der Stelle zu
bewegen, nur mangelhaft genährt, ohne hinreichendes
Wasser. Unter sich ein durch Blut und Unrat ver-
faulendes Lager, so verbrachten sie acht Tage! Lebendige
Leichname, durch deren zuckende Glieder eine vergiftete
Blutwelle nur noch träge ihren Umlauf vollendet. Sie
hatten noch nicht sterben können, und doch — wie
durften sie erwarten, je wieder lebendig zu werden?
Was ist dabei des Staunens werter" — beschloß Frau
Simon diesen Bericht — „die unendliche Lebenskraft
der menschlichen Natur, welche das erduldet und noch
zu atmen vermag, oder der Mangel an zureichender
Hilfe?"

Das Staunenswerteste ist — will mich bedünken —
daß Menschen einander in solche Lage bringen, —

daß Menschen, die so etwas gesehen, nicht kniend hin-
sinken und den leidenschaftlichen Eid schwören, gegen
den Krieg zu kriegen: daß sie nicht — wenn sie Fürsten
sind — das Schwert von sich schleudern oder — wenn
sie keine Macht besitzen — nicht fortan ihr ganzes
Wirken, in Wort und Schrift, in Denken, Lehren und
Handeln dem einen Ziele widmen: Die Waffen nieder!

Frau Simon — sie nannten sie „die Lazareth-
Mutter" — war eine Heldin. Wochenlang hatte sie
in jenen Gegenden geweilt und alle Drangsale und
Gefahren ertragen. Hunderte sind durch sie gerettet
worden. Tag und Nacht arbeitete, schaffte, befehligte
sie. Bald verrichtete sie die bemütigsten Dienste an
den Krankenlagern, bald kommandierte sie Transporte
oder requirierte Lebensmittel. Wenn sie an einem Orte
Hilfe geschafft, so eilte sie ohne Rast an einen andern;
sie ließ aus Dresden eine reiche Sendung kommen und
führte dieselbe, trotz allen entgegenstehenden Schwierigkeiten, nach den Punkten, welche der Hilfe bedurften;
sie übernahm die Vertretung der patriotischen Vereine
auf böhmischem Boden und errang sich da eine Stellung
gleich derjenigen, welche Florence Nightingale in der
Krim eingenommen.

Und ich? Gebrochen, trostlos, von Schmerz und
Ekel überwältigt — nichts habe ich zu helfen vermocht. Schon in der Kirche — unsere erste Etappe
— fiel ich auf den Stufen jenes Marienaltars erschöpft zusammen und Doktor Bresser hatte alle Mühe,
mich wieder aufzurichten. Von dort schleppte ich mich

an seiner Seite eine Strecke weiter und wir kamen in
eine solche Scheune, welche ein Bild bot, wie es Frau
Simon beschrieben. In der Kirche wenigstens war
ein weiter Raum, wo die Unglücklichen neben einander
lagen, hier aber waren sie auf= und ineinander ge=
schichtet — haufen= und knäuelweise; in die Kirche
waren doch Pflegende — vielleicht ein durchmarschieren=
des Sanitätskorps — gekommen, welche zwar mangel=
hafte, aber doch einige Hilfe geboten hatten; hier aber
waren lauter ganz ungefunden Gebliebene — eine
krabbelnde, wimmernde Masse halbverfaulter Menschen=
reste ... Erstickender Ekel packte mich an der Kehle,
bitterster Jammer am Herzen — mir war als fühlte
ich letzteres entzwei brechen — und ich stieß einen
gellenden Schrei aus. Dieser Schrei ist das letzte,
was mir von jener Scene in Erinnerung geblieben.

* * *

Als ich wieder zur Besinnung kam, befand ich mich
in einem fahrenden Eisenbahnwagen. Mir gegenüber
saß Doktor Bresser. Als er gewahrte, daß ich die Augen
geöffnet und erstaunt und forschend um mich schaute,
ergriff er meine Hand.

„Ja, ja, Frau Martha," sagte er, „dies ist ein
Koupee zweiter Klasse — Sie träumen nicht. Sie
sind hier in Gesellschaft einiger leichtverwundeter Offi=
ziere und Ihres Freundes Bresser, und wir fahren
nach Wien."

So war es. Der Doktor hatte einen Transport

Verwundeter von Horonewos nach Königinhof gebracht, und von dort war ihm ein anderer Transport zur Beförderung nach Wien anvertraut worden. Mich Ohnmächtige — in der doppelten Bedeutung des Wortes ohnmächtig — hatte er mitgenommen und brachte mich nach Hause. Ich hatte mich auf jenen Stätten des Elends als völlig unnütz und unfähig erwiesen, als ein Hindernis und eine Bürde; Frau Simon war sehr froh, als Doktor Bresser mich fortschaffte. Und ich mußte zugeben, daß es so am besten war. Aber Friedrich? — Ich hatte ihn nicht gefunden. Gott sei Dank — daß ich ihn nicht gefunden: so war noch nicht alle Hoffnung tot: und hätte ich gar den geliebten Mann unter jenen Jammergestalten erkennen müssen — ich wäre wahnsinnig geworden! Vielleicht würde ich zu Hause einen Brief meines Friedrich vorfinden ... Diese Hoffnung — nein, Hoffnung ist zu viel gesagt: der Gedanke an diese bloße Möglichkeit — goß mir einen Balsam in die wunde Seele. Ja wund — wund fühlte ich mein Inneres ... Das Riesenweh, welches ich gesehen, hatte mir so tief ins eigene Herz geschnitten, daß mir war, als sollte es nie mehr ganz geheilt werden können. — Auch wenn ich meinen Friedrich wiederfände, auch wenn mir eine lange Zukunft von Glanz und Liebe beschert würde, könnte ich denn jemals vergessen, daß so viele andere meiner armen Menschenbrüder- und Schwestern so unsägliches Unglück tragen müssen? So lange tragen müssen, als sie nicht zur Einsicht kommen, daß dieses Unglück nicht Verhängnis, sondern Verbrechen ist. ——

Ich schlief beinahe während der ganzen Fahrt. Doktor Bresser hatte mir ein leichtes Narkotikum eingegeben, damit ein langer und fester Schlaf meine durch die Erlebnisse von Horonewos so erschütterten Nerven wieder einigermaßen beruhige.

Als wir auf dem wiener Bahnhof ankamen, stand schon mein Vater da, mich abzuholen. Doktor Bresser, der an alles dachte, hatte nach Grumitz telegraphiert. Ihm selbst wäre es nicht möglich gewesen, mich dahin zu begleiten, da er seine Verwundeten in das Hospital zu bringen hatte und dann unverzüglich wieder nach Böhmen zurückkehren wollte.

Mein Vater umarmte mich schweigend und auch ich fand kein Wort zu sagen. Dann wandte er sich an Doktor Bresser.

„Wie soll ich Ihnen danken? Hätten Sie nicht diese kleine Verrückte in Schutz genommen — —"

Aber der Doktor drückte uns eilig die Hände.

„Ich muß weg," sagte er, „ich habe Dienst. Kommen Sie glücklich nach Hause. Die junge Frau braucht Schonung, Excellenz ... ist stark erschüttert worden ... keine Vorwürfe, kein Ausfragen ... schnell ins Bett: ... Orangenblütenwasser ... Ruhe, Adieu!"
Und fort war er.

Mein Vater legte meinen Arm in den seinen und führte mich durch das Gedränge dem Ausgang zu. Da stand wieder eine lange Reihe von Ambulanzwagen. Wir mußten eine Strecke zu Fuß gehen, um zu der Stelle zu gelangen, wo unser Wagen wartete.

Die Frage: „Ist mittlerweile Nachricht von Friedrich gekommen?" stieg mir wiederholt zu den Lippen
empor, ich fand aber nicht den Mut sie auszusprechen.
Endlich — wir waren schon ein Stück gefahren und
mein Vater war noch immer stumm — brachte ich dieselbe hervor:

„Bis gestern Abend nicht," lautete die Antwort.
„Möglich, daß wir heute Nachricht finden. Ich bin
nämlich schon gestern, gleich nach Empfang des Tele-
gramms zur Stadt gefahren. Ach, hast Du uns
Angst gemacht, Du närrisches Ding! Auf die Schlacht-
felber fahren, dem grimmigen Feind entgegen — diese
Leute sind ja wie die Wilden ... Durch ihre Spitz-
kugelsiege sind sie ganz berauscht ... und überhaupt:
disciplinierte Soldaten sind sie ja nicht, diese Land-
wehrleute — von solchen kann man sich auf die ärgsten
Unthaten gefaßt machen, und Du — eine Frau —
läufst da mitten hinein; Du — nun der Doktor hat
mir verordnet, Dir keine Vorwürfe zu machen —"

„Wie geht es meinem Sohne Rudolf?"

„Der schreit und heult nach Dir, sucht Dich im
ganzen Haus, will nicht glauben, daß Du weggereist
seiest, ohne ihm einen Abschiedskuß zu geben. Und
nach den Anderen frägst Du nicht? nach Lilli, Rosa,
Otto, Tante Marie? Du kommst mir überhaupt so
teilnahmslos vor —"

„Wie geht es Allen? Hat Konrad geschrieben?"

„Gut geht es allen. Von Konrad kam gestern
ein Brief — es ist ihm nichts geschehen. Lilli ist
selig. Du wirst sehen, von Tilling wird nächstens auch

gute Nachricht eintreffen. Leider ist in politischer Hinsicht nichts Gutes zu erwarten. Du hast doch von dem großen Unglück gehört?"

„Welches ... Ich habe in der Zeit gar nichts Anderes gesehen, als großes Unglück."

„Ich meine Venetien — unser schönes Venetien fortgeschleudert — dem Intriganten Louis Napoleon auf dem Präsentierteller gereicht! Und das nach solchen glänzenden Siegen, wie wir bei Custozza errungen haben ... Statt unsere Lombardei zurückzunehmen, auch noch unser Venedig hingeben! Freilich, dadurch sind wir die Feinde im Süden los, haben auch den Louis Napoleon für uns und können jetzt mit aller Wucht für Sadowa Rache nehmen, den Preußen aus dem Lande hinauswerfen, ihn verfolgen und uns Schlesien holen. Benedek hat große Fehler begangen, jetzt aber wird der Oberbefehl in die Hände des glorreichen Feldherrn der Südarmee gelegt ... Du antwortest nicht? Nun denn, so will ich Dir, immer nach Bressers Verordnung Ruhe lassen."

Nach zweistündiger Fahrt kamen wir in Grumitz an.

Als unser Wagen im Schloßhof einfuhr, stürzten uns die Schwestern entgegen.

„Martha, Martha" — riefen beide schon von weitem: „Er ist da!"

Und nochmals — am Wagenschlag.

„Er ist da, Martha!"

„Wer!"

„Friedrich, Dein Mann."

*　　*　　*

Ja — so war es. Erst gestern, spät am Abend
war Friedrich mit einem Verwundetentransporte von
Böhmen nach Wien und von dort hierher gebracht
worden. Er hatte eine Kugel in das Bein bekommen,
eine Wunde, die ihn augenblicklich dienstunfähig und
pflegebedürftig machte, die jedoch gänzlich ungefährlich
war.

Aber auch die Freude ist schwer zu ertragen. Die
mir von meinen Schwestern so unvorbereitet zugeworfene
Nachricht: „Friedrich ist da" wirkte ebenso, wie die
Schrecknisse der vergangenen Tage: sie raubte mir die
Besinnung.

Man mußte mich aus dem Wagen in das Schloß
tragen und zu Bett bringen. Hier verbrachte ich —
war es die Nachwirkung des Narkotikums, war es die
Heftigkeit des Freudenschlages? — mehrere Stunden
in bald schlafender, bald delirierender Bewußtlosigkeit.
Als ich zu mir kam und mich in meinem Bette sah,
da glaubte ich, daß ich aus einem schweren Traum erwachte und daß ich von Grumitz gar nicht fortgekommen
war. Der Brief Bressers, mein Entschluß nach Böhmen
abzureisen, meine Erlebnisse dortselbst — die Rückfahrt,
die angekündigte Heimkehr Friedrichs: Alles nur ge-
träumt . . .

Ich blickte auf. Am Fuße des Bettes stand meine
Kammerjungfer.

„Ist mein Bad bereit?" fragte ich, „ich will aufstehen."

Jetzt stürzte aus einer Ecke des Zimmers Tante
Marie hervor:

7*

„Ach Martha, armer Schatz, bist Du endlich wach
und bei Sinnen — Gott sei Dank! Ja, ja, steh auf
— und ja, ja, nimm Dein Bad, das wird wohl thun . . .
wenn man so von Straßen- und Eisenbahnstaub bedeckt ist, wie Du —"

„Eisenbahnstaub — was meinst Du denn?"

„Schnell, steh' auf — Netti, richten Sie Alles
vor. Friedrich vergeht schon vor Ungeduld, Dich zu
sehen."

„Friedrich, mein Friedrich!!!"

Wie oft hatte ich in den letzten Tagen diesen
Namen so schmerzlich ausgerufen — aber jetzt war es
ein Jubelruf — denn nunmehr hatte ich verstanden;
es war kein Traum; ich war fortgewesen und heimgekehrt und sollte den Gatten wiedersehen!

Eine Viertelstunde später trat ich bei ihm ein.
Allein. — Ich hatte mir ausgebeten, daß Niemand
mit mir komme. Bei unserem Wiederfinden sollte kein
Dritter anwesend sein.

„Friedrich!" — „Martha!" Ich war auf das
Ruhebett hingestürzt, auf dem er lag und schluchzte
an seiner Brust.

— — — — — — — — — —

Es war dies das zweite Mal im Leben, daß mir
der geliebte Gatte aus den Gefahren des Krieges zu-
rückgegeben ward.

„O, die Seligkeit, ihn wieder zu haben! Wie kam
ich, gerade ich dazu, mitten aus der Schmerzensflut,
in der so Viele untergegangen, an ein sicheres, glückliches Ufer gelangt zu sein? Wohl Denen, die in solcher

Lage freudig den Blick zum Himmel heben und dem
Lenker oben warmen Dank emporsenden; durch diesen
Dank, den sie, weil er demütig gesprochen wird, auch
für demütig halten, von dem sie gar nicht ahnen, wie
anmaßend und selbstüberhebend er im Grunde ist,
fühlen sie sich entlastet; damit haben sie für den ihnen
verliehenen Vorzug, den sie Huld und Gnade nennen,
nach ihrer Meinung genügend quittiert. Ich war das
nicht im stande. Wenn ich an die Elenden dachte,
die ich an jenen Jammerstätten gesehen, und an die
beklagenswerten Mütter und Frauen dachte, deren
Lieben von demselben Schicksal, das mich begünstigt
hatte, in Qual und Tod gestürzt worden — da konnte
ich unmöglich so unbescheiden sein, diese Begünstigung
als eine göttlich beabsichtigte anzunehmen, für die ich
berechtigt wäre, zu danken. Mir fiel ein, wie neulich
einmal Frau Walter, unsere Haushälterin, mit einem
Besen über einen Schrank fuhr, worauf eine Schar
zuckerwitternder Ameisen wimmelte — so fegte das
Schicksal über die Böhmischen Schlachtfelder weg; —
die armen schwarzen Arbeiterinnen waren zumeist zer-
drückt, getötet, verstreut, nur Einige blieben unversehrt.
Wäre es wohl von Diesen vernünftig und angemessen
gewesen, wenn sie der Frau Walter dafür innigen
Dank emporgesendet hätten? ... Nein, ich konnte durch
die Freude des Wiedersehens, so groß diese auch war
das Weh aus meinem Herzen nicht vollständig bannen
— ich konnte nicht und wollte nicht. Zu helfen war
ich nicht im stande gewesen; verbinden, pflegen, warten
— wie jene barmherzigen Schwestern, wie die tapfere

Frau Simon es gethan — dazu hatten meine Kräfte nicht gereicht. Aber die Barmherzigkeit, die aus Mit= gefühl besteht, die habe ich den armen Mitgeschöpfen doch angedeihen lassen und die durfte ich nicht, in egoistischem Vollvergnügen, ihnen wieder entziehen — ich durfte nicht vergessen.

Aber wenn auch nicht frohlocken und danken — lieben, den Wiedergefundenen hundertfach zärtlich in mein Herz schließen: das durfte ich wohl . . .

„O Friedrich, Friedrich!" wiederholte ich unter Thränen und Liebkosungen, „habe ich Dich wieder!"

„Und Du wolltest mich suchen und pflegen? Wie heldenhaft und wie thöricht, Martha!"

„Thöricht, ja — das sehe ich ein. Die rufende Stimme, die mich fortzog, war Einbildung, war Aber= glaube, denn Du riefst mich nicht. Aber heldenhaft? Nein. Wenn Du wüßtest, wie feig ich mich dem Elend gegenüber erwies! Nur Dich — nur wenn Du dort gelegen — hätte ich pflegen können. Ich habe Ent= setzliches gesehen, Friedrich, was ich nie vergessen werde. O unsere schöne Welt, wie kann man sie nur so ver= derben, Friedrich? Eine Welt, in der zwei Wesen einander so lieben können, wie ich und Du — in der solches Feuerglück lodern kann, wie unser Einssein — wie mag die nur so thöricht sein, die Flammen des tod= und jammerbringenden Hasses zu schüren?"

„Ich habe auch etwas Entsetzliches gesehen, Martha — etwas, das ich nie vergessen kann. Denke Dir — auf mich losstürzend, mit gehobener Klinge, — es war

während eines Kavalleriegefechts bei Sadowa — auf
mich losstürzend — Gottfried von Tessow."

„Tante Korneliens Sohn?"

„Derselbe. Er hat mich zur rechten Zeit erkannt
und senkte die bereits hiebbereite Waffe —"

„Da hat er eigentlich gegen seine Pflicht gehandelt,
wie? Einen Feind seines Königs und Vaterlandes verschont — unter dem nichtigen Vorwand, daß derselbe
ein lieber Freund und Vetter sei . . ."

„Das arme Bürschchen! Kaum hatte er den Arm
sinken lassen, so sauste ein Säbel über seinen Kopf . . .
Es war mein Nebenmann, ein junger Offizier, der
seinen Oberstlieutenant schützen wollte und —"

Friedrich hielt inne und bedeckte sein Gesicht mit
beiden Händen.

„Getötet?" fragte ich schaudernd.

Er nickte.

„Mama, Mama!" kam es vom Nebenzimmer her
und die Thür wurde aufgerissen. Es war meine
Schwester Lilli, den kleinen Rudolf an der Hand.

„Verzeih', daß ich euer Wiedersehen-tête-à-tête
störe, aber Dieser da verlangt gar zu stürmisch nach
seiner Mama."

Ich eilte dem Kind entgegen und preßte es leiden-
schaftlich an mein Herz. — Ach die arme, arme Tante
Kornelie!

* * *

Noch am selben Tag kam der aus Wien tele=
graphisch gerufene Chirurg im Schlosse an und nahm
Friedrichs Wunde in Behandlung. Sechs Wochen
äußerste Ruhe — und die Heilung würde eine voll=
ständige sein.

Daß mein Mann den Dienst quittieren würde,
das stand nun bei uns beiden fest. Natürlich konnte
dies erst nach Beendigung des Krieges ausgeführt
werden. Übrigens konnte man den Krieg füglich als
beendet betrachten. Nach dem Verzicht auf Venedig
war der Konflikt mit Italien beseitigt, Napoleons
Freundschaft war gewonnen und man würde im stande
sein, mit dem nordischen Sieger einen glimpflichen
Frieden abzuschließen. Unser Kaiser selbst wünschte
sehnlichst, dem unglücklichen Feldzug ein Ende zu
machen und wollte nicht noch seine Hauptstadt einer
Belagerung aussetzen. Die preußischen Siege im übrigen
Deutschland, so der am 16. Juli stattgefundene Einzug
der Preußen in Frankfurt a/M., verliehen dem Gegner
einen gewissen Nimbus, der — wie alle Erfolge —
auch bei uns zu Lande Bewunderung erzwang und
eine Art Glauben weckte, daß es eine geschichtliche
Mission sein, welche da von den Preußen mittelst ge=
wonnener Schlachten ausgeführt wurde. Das Wort
„Waffenstillstand" — „Frieden" war nun einmal ge=
fallen, und da konnte auf dessen Verwirklichung ebenso
sicher gerechnet werden, wie man in Zeiten, wo die
Drohung des Krieges einmal ausgesprochen, über kurz
oder lang auf den Ausbruch des Krieges rechnen muß.
Selbst mein Vater gab jetzt zu, daß unter den obwal=

tenden Umständen ein Aufheben der Feindseligkeiten
angemessen wäre; die Armee war geschwächt, die Über-
legenheit des Zündnadelgewehres mußte anerkannt
werden und ein Vormarsch der feindlichen Truppen
nach der Hauptstadt, die Beschießung Wiens und nebstbei
auch die Zerstörung von Grumitz: das waren Even-
tualitäten welche auch meinem kampflustigen Herrn
Papa nicht sonderlich zulächelten. Sein Vertrauen in
die Unbesiegbarkeit der österreichischen Truppen war
durch die Thatsachen denn doch erschüttert worden;
und es ist überhaupt eine Neigung des menschlichen
Geistes, von den laufenden Ereignissen abzunehmen,
daß sie serienweise auftreten: daß auf Erfolg wieder
Erfolg, auf Unglück wieder Unglück folgen müsse.
Besser also, in der Unglücksserie innehalten — die
Zeit der Genugthuung und der Rache würde schon
kommen . . .

Rache und immer wieder Rache? Jeder Krieg
muß einen Besiegten aufweisen und wenn dieser nur
in einem nächsten Krieg Genugthuung finden kann,
einem nächsten der natürlich wieder einen genugthuung-
heischenden Besiegten schaffen wird — wann nimmt
das ein Ende? Wie kann Gerechtigkeit erlangt, wann
altes Unrecht gesühnt werden, wenn als Sühnemittel
immer wieder neues Unrecht angewendet wird? Keinem
vernünftigen Menschen wird es einfallen, Tintenflecken
mit Tinte, Ölflecken mit Öl wegputzen zu wollen —
nur Blut, das soll immer wieder mit Blut aus-
gewaschen werden!

Die in Grumitz obwaltende Stimmung war allgemein eine düstere. In der Ortschaft herrschte Panik: „die Preußen kommen, die Preußen kommen" war auch hier — trotz den von mancher Seite gehegten Friedenshoffnungen — immer noch die ausgegebene Angstparole, und die Leute verpackten und vergruben ihre Kostbarkeiten; auch bei uns im Schlosse hatten Tante Marie und Frau Walter dafür gesorgt, daß das Familiensilber in ein geheimes Versteck gebracht werde. Lilli war in steter Sorge um Konrad, von welchem jetzt seit einigen Tagen die Nachrichten ausgeblieben waren; mein Vater fühlte sich in seiner patriotischen Ehre gekränkt und wir beide, Friedrich und ich, trotz des still in unseren Herzen ruhenden Glückes über unsere Wiedervereinigung, waren von dem miterlebten, so heftig mitempfundenen Unglück der Zeit aufs schmerzlichste erschüttert. Und von allen Seiten floß diesem Schmerze immer wieder neue Nahrung zu. In sämtlichen Zeitungsberichten, in allen Briefen aus Verwandten= und Bekanntenkreisen nichts als Klage und Trauer. Da war ein Brief von Tante Kornelie, welche ihr Unglück noch nicht kannte, worin sie in so rührenden Worten von der Furcht sprach, ihr einziges Kind etwa verlieren zu müssen — ein Brief, über den wir Zwei bittere Thränen vergossen. Und wenn wir abends im Kreise beisammen saßen, da gab es nicht heiteres, scherzgewürztes Geplauder, Musik, Kartenspiel und anregende Lektüre, sondern immer nur — gesprochen oder gelesen — Geschichten von Jammer und Tod. Wir lasen nichts anderes als Zeitungen

und diese waren mit „Krieg" und nichts als „Krieg"
gefüllt, und was wir sprachen, bezog sich meist auf
die Erfahrungen, welche Friedrich und ich von den
böhmischen Schlachtfeldern zurückgebracht hatten. Meine
Abreise dahin wurde mir zwar von Allen sehr übel genommen, dennoch lauschten sie gespannt, wenn ich von
den dortigen, teils selbsterlebten, teils mitgeteilten Ereignissen erzählte. Rosa schwärmte für Frau Simon
und schwor, falls der Krieg andauern sollte, sich der
sächsischen Samariterin anzuschließen. Dagegen pro-
testierte natürlich unser Vater: „Mit Ausnahme der
barmherzigen Schwestern und der Marketenderinnen,
hat kein Frauenzimmer im Krieg 'was zu suchen ...
ihr seht ja, wie untauglich unsere Martha sich erwiesen
hat. Das war ein unverzeihlicher Streich von Dir,
Du tolles Kind — Dein Mann sollte Dich noch nachträglich dafür züchtigen." Friedrich streichelte meine
Hand: „Ja, eine Thorheit war's — aber eine schöne."
— Wenn ich von den Schrecknissen, die ich selber gesehen, oder die mir meine Reisegefährten mitgeteilt, in
gar zu unverhüllter Weise sprach, wurde ich oft von
Tante Marie oder von meinem Vater rügend unterbrochen: „Wie kann man so abscheuliche Dinge wiederholen?" Oder: „Schämst Du Dich nicht, als Frau,
als zarte Dame, so häßliche Worte in den Mund zu
nehmen?" Als ich gar eines Abends von den Verstümmelten sprach und das Los derer beklagte, die im
Namen des Mannesmuts, der Manneszucht und der
Mannesehre in den Krieg getrieben, von dort zurückkehren müssen, ihrer Mannheit auf ewig beraubt — —

„Martha! Vor den Mädchen!!!" stöhnte Tante Marie, im Tone der höchsten sittlichen Entrüstung.

Da riß mir die Gebuld:

„O über eure Prüderie — und o über eure zimperliche Wohlanständigkeit! Geschehen dürfen alle Greuel, aber nennen darf man sie nicht. Von Blut und Unrat sollen die zarten Frauen nichts erfahren und nichts erwähnen, wohl aber die Fahnenbänder sticken, welche das Blutbad überflattern werden; davon dürfen Mädchen nichts wissen, daß ihre Verlobten unfähig gemacht werden können, den Lohn ihrer Liebe zu empfangen, aber diesen Lohn sollen sie ihnen zur Kampfesanfeuerung versprechen. Tod und Tötung hat nichts unsittliches für euch, ihr wohlerzogenen Dämchen — aber bei der bloßen Erwähnung der Dinge, welche die Quellen des fortgepflanzten Lebens sind, müßt ihr errötend wegschauen. Das ist eine grausame Moral, wißt ihr das? Grausam und feig! Dieses Wegschauen — mit dem leiblichen und mit dem geistigen Auge — das ist an dem Beharren so vielen Elends und Unrechts schuld! Wer nur erst den Mut hätte, hinzuschauen, wo Mitgeschöpfe in Leib und Elend schmachten und den Mut hätte, über das Geschaute nachzudenken —"

„Ereifere Dich nicht", unterbrach Tante Marie, „wir können doch nicht, so viel wir auch zuschauen und nachdenken wollten, das Übel von der Erde wegschaffen — dieselbe ist nun einmal ein Jammerthal und wird es immer bleiben."

„Das wird sie nicht", entgegnete ich und behielt
so doch das letzte Wort.

* * *

„Die Gefahr, daß Frieden geschlossen wird, rückt
immer näher", klagte eines Tages mein Bruder Otto.
Wir saßen eben wieder um den Familientisch —
Friedrich auf seinem Ruhebett daneben — und es
hatte jemand aus der Zeitung die Nachricht vorgelesen,
daß Benedetti in Böhmen angekommen sei — offenbar
mit der Sendung betraut, Friedensvorschläge zu unterbreiten.

Nichts fürchtete mein kleiner — er war zwar
schon groß, doch hatte ich die Gewohnheit ihn so zu
nennen — mein kleiner Bruder so sehr, als daß der
Krieg ein frühzeitiges Ende nehme und daß es ihm
nicht beschieden wäre, den Feind aus dem Land zu
jagen. Es war nämlich aus Wiener-Neustadt die
Nachricht erfolgt, daß, falls die Feindseligkeiten wieder
aufgenommen würden, dann bei der nächsten, am
18. August folgenden Ausmusterung nicht nur die
Zöglinge des letzten, sondern auch mehrere des vor-
letzten Jahrganges sogleich in aktiven Dienst treten
dürften. Diese Aussicht versetzte den jungen Helden
in Entzücken. Gleich aus der Akademie in den Krieg
— welche Wonne! Ähnlich freut sich eine Pensionats-
schülerin hinaus in die Welt — auf den ersten Ball.
Sie hat tanzen gelernt — der Neustädter Schüler
lernte schießen und fechten —; sie sehnt sich, unter

einem angezündeten Kronleuchter, in festlicher Toilette, bei Orchesterklang, ihre Kunst zu entfalten, und er sehnt sich nicht minder nach der schmucken Uniform und nach dem großen Kanonenkotillon.

Der Vater war über dieses soldatische Feuer seines Lieblings natürlich hoch erfreut:

„Sei ruhig mein tapferer Junge," erwiderte er auf Ottos Seufzer über den drohenden Frieden, und klopfte ihm beifällig auf die Schulter; „Du hast ein langes Leben vor Dir. Wenn auch jetzt der Feldzug zu Ende wäre, in den nächsten Jahren muß es doch wieder losgehen."

Ich sagte nichts. Seit meinem letzten Ausfall gegen Tante Marie hatte ich, auf Friedrichs Weisung, den Vorsatz gefaßt und ausgeführt, die leidigen Streitereien über das Thema Krieg möglichst zu vermeiden. Es konnte ja zu nichts führen, als zu Bitterkeiten; und seitdem ich die Spuren der grausigen Geißel mit eigenen Augen gesehen, hatte sich mein Haß und meine Verachtung des Krieges so vertieft, daß mir jede Verteidigung desselben wie eine persönliche Beleidigung in die Seele schnitt. Mit Friedrich waren wir ja einig; er würde austreten; und darüber war ich auch im klaren: mein Sohn Rudolf würde in keine militärische Anstalt gethan, wo die ganze Erziehung darauf eingerichtet ist — und folgerichtig eingerichtet sein muß — in den Jünglingen die Sehnsucht nach kriegerischen Thaten zu wecken. Ich forschte meinen Bruder einmal aus, was denn so die Ansichten seien, welche den Schülern in Bezug auf

ben Krieg beigebracht werben. Aus seinen Antworten
ging ungefähr folgendes hervor: Der Krieg wird als
ein notwenbiges Übel hingestellt (also boch Übel —
ein Zugeständnis bem Geiste ber Zeit), zugleich aber
als ber vorzüglichste Erwecker ber schönsten menschlichen
Tugenben, bie ba sinb: Mut, Entsagungskraft unb
Opferwilligkeit, als ber Spenber bes größten Ruhmes-
glanzes unb schließlich als ber wichtigste Faktor ber
Kulturentwickelung. Die gewaltigen Eroberer unb
Grünber ber sogenannten Weltreiche — bie Alexander,
Cäsar, Napoleon — werben als bie erhabensten Beispiele menschlicher Größe angeführt unb ber Bewunberung empfohlen; bie Erfolge unb Vortheile bes
Krieges werben auf bas lebhafteste herausgestrichen,
währenb man bie in seinem Gefolge unabweisbar ein-
tretenben Nachteile — Verrohung, Verarmung, moralische unb physische Entartung — gänzlich mit Still-
schweigen übergeht. — Nun ja; nach bemselben System
warb ja auch in meinem — im Mäbchenunterricht
vorgegangen; baburch war in meinem kinblichen Gemüt
bie Bewunberung für bie Kriegslorbeeren entstanben,
bie mich einst beseelte. War ich boch selber von Be-
bauern erfüllt gewesen, baß mir nicht, wie ben Knaben,
bie Möglichkeit winkt, solche Lorbeeren zu pflücken, —
konnte ich es nun einem Knaben verargen, baß
ihn biese Möglichkeit mit Freube unb mit Ungebulb
erfüllte?

Unb so antwortete ich benn nichts auf Ottos
Klageruf, sonbern setzte ruhig meine Lektüre fort. Ich
las, wie gewöhnlich, eine Zeitung unb biese war —

auch wie gewöhnlich — mit Berichten von Kriegsschauplatz gefüllt.

„Da ist eine interessante Korrespondenz eines
Arztes, der ben Rückzug unsrer Truppen mitgemacht
hat . . . soll ich laut lesen?" fragte ich.

„Den Rückzug?" rief Otto. „Das möchte ich,
lieber nicht hören. Ja, wenn es die Geschichte vom
Rückzug des verfolgten Feindes wäre —"

„Es nimmt mich überhaupt Wunder", bemerkte
Friedrich, „daß jemand etwas von einer mitgemachten
Flucht erzählt; das ist eine Kriegsepisode, über welche
die Beteiligten zu schweigen pflegen."

„Ein geordneter Rückzug ist noch keine Flucht"
fiel mein Vater ein. „Da hatten wir einmal im
Jahre 49 — es war unter Radetzky —"

Ich kannte die Geschichte und verhinderte deren
Abrollung, indem ich unterbrach:

„Dieser Bericht war an eine medizinische Wochen-
schrift eingesendet, daher nicht für militärische Kreise
bestimmt. Hört zu."

Und ohne weiter um Erlaubnis zu fragen, las
ich die Stelle vor:

„— — Um vier Uhr fingen unsere Truppen zu
retirieren an. Wir Ärzte waren noch vollauf beschäftigt
mit dem Verbinden der Verwundeten — deren Zahl
einige Hundert — welche noch der Abfertigung harrten.
Plötzlich sprengte Kavallerie auf uns heran und stürmte
neben und hinter uns über Hügel und Felder —
gleichzeitig Artillerie- und Fuhrwesenwagen — gegen
Königgrätz zu. Viele Kavalleristen stürzten und

wurden von den nachstürmenden Pferden
völlig zerstampft. Wagen fielen um und zerdrückten
die sich dazwischen drängenden Fußgänger. Wir wurden
vom Verbandplatze, der plötzlich verschwand, aus-
einandergeworfen. Man rief uns zu „Rettet euch‘.
Inmitten dieses Geschreies hörte man noch den Donner
der Kanonen und Granatsplitter fielen in unsere
Massen. So wurden wir von der Menge fortgedrückt,
ohne zu wissen, wohin. Ich hatte mit dem Leben
abgeschlossen. Meine alte Mutter ... meine heiß-
geliebte Braut, lebt wohl! ... — Plötzlich hatten
wir Wasser vor uns; rechts einen Eisenbahndamm,
links einen Hohlweg, vollgestopft mit schwerfälligen
Requisitions- und Verwundetenwagen, und hinter uns
noch eine unabsehbare Reihe von Reitern. Wir wateten
durch das Wasser. Jetzt kam Befehl, die Stränge
der Pferde abzuschneiden, die Pferde zu retten und
die Wagen zurückzulassen. Auch die Wagen mit den
Verwundeten? Ja — auch die. Wir Fußgänger
waren der Verzweiflung nahe; wir wateten wiederholt
bis über die Knie im Wasser, in der Angst, jeden
Augenblick niedergestoßen zu werden und zu ertrinken.
Endlich gelangten wir in einen Bahnhof, der wieder
ganz verrammelt war. Viele durchbrachen die Ver-
rammlung, die anderen sprangen darüber hinweg —
ich lief mit Tausenden Infanteristen hinterher. Jetzt
kamen wir zu einem Fluß — durchwateten ihn; dann
sprangen wir über Palissaden, gingen abermals bis
an den Hals über einen zweiten Fluß, kletterten über
Anhöhen hinauf, sprangen über gefällte Bäume und

langten um 1 Uhr nachts in einem Wäldchen an, wo
wir vor Erschöpfung und Fieber niedersanken. Um
3 Uhr marschierten wir — das heißt ein Teil von
uns, ein anderer Teil von uns mußte zurückbleiben,
da zu sterben — marschierten wir, noch triefend vor
Nässe und Kälte, weiter. Die Dörfer alle leer —
keine Menschen, keine Lebensmittel, nicht einmal Trink=
wasser — die Luft verpestet. Tote auf den zer=
stampften Getreidefeldern, kohlschwarze Körper, die
Augen aus den Höhlen — — —"

„Genug, genug!" schrieen die Mädchen.

„Solche Sachen sollte die Censur gar nicht er=
lauben", bemerkte mein Vater. „Es könnte einem die
Freude an dem Soldatenstand verleiden —"

„Und besonders die Freude an dem Krieg, das
wäre wirklich schade," schaltete ich halblaut ein.

„Überhaupt", fuhr er fort, „die Fluchtepisoden
sollten diejenigen, welche dabei waren, anständigerweise
verschweigen, denn es ist wahrlich keine Ehre, ein all=
gemeines ‚sauve qui peut' mitgemacht zu haben. Der
Wicht, der mit dem Rufe ‚Rettet euch' das erste Signal
zum Reißaus gibt, sollte sofort niedergeschossen werden.
Ein Feiger ruft es und tausend Tapfere werden da=
durch demoralisiert und müssen mitlaufen."

„Gerade so", entgegnete Friedrich, „wie wenn ein
Tapferer ‚Vorwärts!' ruft, tausend Feige voranstürmen
müssen, — und dabei auch wirklich von momentaner
Tapferkeit durchglüht werden. Es lassen sich die
Menschen überhaupt nicht so scharf in mutige und

mutlofe trennen; sondern ein jeder hat seine mehr oder
minder kouragierten, sowie mehr oder minder feigen
Augenblicke. Und besonders, wo es sich um Scharen
handelt, hängt jeder einzelne von dem Zustand seiner
Gefährten ab. Wir sind Herdengeschöpfe und werden
von Herdengefühlen beherrscht. Wo ein Schaf hinüber-
springt, springen die anderen nach; wo einer „Hurrah‘
schreiend voransprengt, schreien die anderen nach-
sprengend mit; und wo einer die Flinte ins Korn
wirft, um zu laufen, laufen die anderen auch. In
dem einen Fall wird die ‚tapfere Truppe‘ laut gepriesen.
im zweiten wird über ihr Vorgehen — geschwiegen,
und es sind doch dieselben Leute. Ja, dieselben Menschen sind es, die je nach der Masseneinwirkung mutig
oder mutlos sich gebärden und fühlen. Nicht als
anhaftende Eigenschaften sind Tapferkeit und Furcht
zu betrachten, vielmehr als Gemütszustände, gerade so
wie Fröhlichkeit und Trauer. Ich bin während meines
ersten Feldzuges einmal in den Wirbel einer solchen
wilden Flucht geraten. In den offiziellen Aufzeichnungen des Generalstabs wurde das Ding zwar als
‚wohlgeordneter Rückzug‘ mit einigen Worten abgethan
— es war aber eine richtige Deroute. Das tobte
und kollerte und raste fort, in namenloser Verwirrung:
die Waffen, die Tornister, die Tschakos und die Mäntel
wurden weggeschleudert — kein Kommandowort mehr
zu hören — keuchend, schreiend, verzweiflungsgepeitscht
stoben die aufgelösten Bataillone dahin, der nach-
sprengende und nachfeuernde Feind hinterher. . . . Das
ist unter den vielen grausamen Phasen des Krieges

die grausamste: wenn die beiden Gegner nicht als
Kämpfer, sondern als Jäger und Wild fungieren.
Hier kommt für den Jäger die roheste Mordlust, für
das Wild die bitterste Todesfurcht zum Vorschein.
Gehetzt und furchtgespornt, geraten die Verfolgten in
eine Art Delirium; all die anerzogenen Gefühle und
Gesinnungen, welche den in den Kampf sich Stürzenden
beleben — Vaterlandsliebe, Ehrgeiz, Thatendurst —
die gingen dem Fliehenden verloren. Ihn erfüllt nun
noch ein zu ganzer Gewalt entfesselter Trieb und
zwar der heftigste, der ein lebendes Wesen beherrschen
kann: der Selbsterhaltungstrieb. Dieser steigert sich —
je näher die Gefahr — bis zum höchsten Paroxysmus
der Qual. Auch wer solches niemals durchgemacht,
kann — wenn anders er die Extasen der Liebeswonnen
kennt — sich einen Begriff von jener Schmerzenswut
machen. Was für den auf das äußerste aufgestachelten
Gattungstrieb der Augenblick der Wollust ist, das ist
für den Erhaltungstrieb — gleichgradig, nur auf dem
anderen Ende der Skala — der Augenblick, da das
erschöpfte Wild unter den Fängen der Meute zusammen-
bricht."

„Aber Tilling" kam es nun wieder in vorwurfs-
vollem Tone von Tante Marie — „vor den Mädchen!
Worte wie Wol—"

„Und vor einem Jüngling", fügte mein Vater
ebenso vorwurfsvoll hinzu, „vor einem angehenden
Soldaten, Worte wie Todesfurcht —"

Friedrich zuckte die Achseln:

„Ich würde raten", entgegnete er, „aus dem Lexikon vor allem das Wort Natur zu streichen."

*   *   *

Friedrichs Genesung machte sichere Fortschritte. Auch die fiebernde Welt draußen schien ihrer Gesundung näher zu kommen: immer öfter und immer lauter ward das Wort Friede gesprochen. Der Vormarsch der Preußen, welche auf ihrem Wege keinen Widerstand mehr fanden und welche über Brünn — dessen Schlüssel der Bürgermeister dem König Wilhelm überreicht hatte — ruhig gegen Wien zogen, dieser Vormarsch glich eher einem militärischen Spaziergang, als einem Kriegszug — und am 26. Juli wurde denn auch richtig zu Nikolsburg ein Waffenstillstand mit Friedenspräliminarien abgeschlossen.

Eine große Freude erlebte mein Vater an der eingelaufenen Nachricht von Admiral Tegethoffs Sieg bei Lissa. Italienische Schiffe in die Luft gesprengt — der „Affundatore" zerstört: welche Genugthuung! Ich konnte mich an dem Entzücken nicht so recht beteiligen. Überhaupt konnte ich nicht recht verstehen, warum diese Seeschlachten noch geliefert wurden. Aber so viel ist gewiß, über das Ereignis brach — nicht nur bei meinem Vater — sondern in allen Wiener Blättern, der hellste Jubel aus. Der Ruhm eines kriegerischen Sieges ist etwas durch Jahrtausende lange Tradition zu solcher Größe Aufgebauschtes, daß auf die Kunde eines solchen für das ganze Volk ein Stolzanteil entfällt. Wenn irgendwo ein vaterländischer General einen fremden General geschlagen hat, so wird jedem einzelnen Angehörigen des betreffenden Staates gratuliert, und da jeder hört, daß sich alle anderen freuen — was allerdings er= freulich ist — so freut sich schließlich in der That ein jeder. „Heerdengefühle" würde das Friedrich genannt haben.

Ein anderes politisches Ereignis jener Tage war, daß sich Österreich nunmehr dem Genfer Vertrage an= schloß:

„Nun — bist Du jetzt zufrieden?" fragte mein Vater, als er diese Nachricht gelesen: — „siehst Du ein, daß der Krieg, den Du immer eine Barbarei nennst, mit der fortschreitenden Civilisation immer humaner wird? Ich bin ja auch für das menschliche Kriegführen: den Verwundeten gebührt die sorgfältigste Pflege und alle mögliche Erleichterung . . . Schon aus strategischen Gründen, welche schließlich in Kriegs= sachen doch das Wichtigste sind; durch eine gehörige Behandlung der Kranken können sehr viele in kurzer Zeit wieder kampffähig und in die Reihen zurück ver= setzt werden."

„Du hast recht, Papa: wieder brauchbares Material — das ist die Hauptsache . . . Aber nach den Dingen, die ich gesehen, kann kein rotes Kreuz ausreichen — und hätte es zehnmal mehr Leute und Mittel, — um das Elend abzuwehren, welches eine Schlacht im Ge= folge hat —"

„Abwehren freilich nicht, aber mildern. Was sich nicht verhüten läßt, muß man eben zu mildern trachten."

„Die Erfahrung lehrt, daß eine ausreichende Milderung nicht möglich ist. Ich wollte daher, der Satz würde umgekehrt: Was sich nicht mildern läßt, soll man verhüten!"

Es fing bei mir an, eine fixe Idee zu werden: Die Kriege müssen aufhören. Und jeder Mensch muß beitragen, was er nur immer kann, auf daß die Menschheit diesem Ziele — sei's auch nur $^1/_{1000}$ Linie — näher rücke. Die Bilder wurde ich nicht mehr los, die ich da oben in Böhmen geschaut. Besonders des Nachts, wenn ich aus festem Schlafe auffuhr, fühlte ich jenes wunde Weh im Herzen, und zugleich im Gewissen eine Pflichtmahnung — als erteilte mir jemand den Befehl: „Verhindere, verhüte, duld' es nicht!" Erst wenn ich vollends wach geworden und mich besann, was ich war, kam mir die Einsicht meiner Ohnmacht: Was soll denn ich verhindern und verhüten können? Da könnte mir einer ebensogut angesichts des flut- und sturmbrohenden Meeres befehlen: Duld' es nicht! Schöpfe es aus! — Und mein nächster Gedanke war — besonders wenn ich seine Atemzüge hörte — war ein tiefglückliches: „Friedrich hab' ich wieder", und ich versenkte mich in diese Vorstellung, so lebhaft als nur möglich. Da legte ich den Arm um den neben mir Liegenden, auch auf die Gefahr, ihn aufzuwecken, und küßte ihn auf den Mund.

Mein Sohn Rudolf hatte eigentlich recht, auf seinen Stiefvater eifersüchtig zu sein — dieses Gefühl war nämlich seit letzter Zeit im Herzen des Kleinen erwacht. Daß ich von Grumitz abgereist war, ohne ihm adieu zu sagen, daß ich bei meiner Rückkunft nicht zuerst ihn zu umarmen verlangt; — daß ich überhaupt fast den ganzen Tag nicht von des Gatten Seite wich — das alles zusammengenommen hatte das arme Bürschchen veranlaßt, mir eines schönen Morgens weinend an den Hals zu sinken und zu schluchzen:

„Mama, Mama, Du hast mich gar nicht mehr lieb!"

„Was sprichst Du für Unsinn, Kind?"

„Ja . . . nur . . . nur Pa—pa . . . Ich . . ich will gar nicht . . . groß werden, wenn Du mich . . . nicht mehr magst . . ."

„Nicht mehr mögen? Dich, mein Kleinod!" — Ich küßte und herzte das weinende Kind — „Dich, mein einziger Sohn, mein Stolz, meine Zukunftsfreude! Ich habe Dich ja so, ich habe Dich ja über — nein, nicht über alles, aber so unendlich lieb."

Nach diesem kleinen Auftritt war mir die Liebe zu meinem Buben wieder lebhafter zum Bewußtsein gekommen. In der letzten Zeit war ich in der That von der Angst um Friedrich so sehr eingenommen gewesen, daß der arme Rudolf ein wenig in den Hintergrund gedrängt worden.

Die Pläne, welche wir miteinander, Friedrich und
ich, für die Zukunft schmiedeten, waren folgende: nach
Beendigung des Krieges Austritt aus dem Militärdienst und Zurückziehung nach einem kleinen, billigen
Ort, wo Friedrichs Obersten=Pension und meine Zu-
lage genügen konnten, unseren kleinen Haushalt zu
bestreiten. Wir freuten uns auf dieses einsame, selbst-
ständige Beisammensein, wie ein Paar junge Verliebte.
Durch die zuletzt durchgemachten Ereignisse hatten wir
wieder so recht gelernt, daß wir uns gegenseitig
die Welt bedeuteten. Der kleine Rudolf war
übrigens aus dieser Gemeinschaft nicht ausgeschlossen.
Seine Erziehung sollte als eine Hauptaufgabe unsere
geplante Existenz ausfüllen. Nicht müßig und zwecklos
wollten wir die Tage dahinleben; da hatten wir unter
Anderem eine ganze Liste von Studien aufgestellt, die
wir gemeinschaftlich pflegen wollten. Unter den Wissen-
schaften war es namentlich ein Zweig der Rechts-
wissenschaft, nämlich das Völkerrecht, dem sich Friedrich
ganz besonders zu widmen vornahm. Er beabsichtigte,
fern von allen utopistischen und sentimentalen Theorien,
die praktische, die reale Seite des Völkerfriedens zu
untersuchen. Durch die Lektüre Buckles — zu welcher
ich ihm den Anstoß gegeben — durch die Bekannt-
machung mit den neuesten naturwissenschaftlichen Errungenschaften, welche ihm durch die Bücher Darwins,
Büchners und Anderer geoffenbart worden, hatte sich
ihm die Überzeugung erschlossen, daß die Welt einer
neuen Erkenntnisphase entgegen geht; und diese Erkenntnis in möglichster Fülle sich anzueignen, das schien

ihm nunmehr — neben den Freuden der Häuslichkeit
— Lebensinhalt genug.

Mein Vater, der von unseren Absichten vorläufig
nichts wußte, machte ganz andere Zukunftspläne für
uns:

„Du wirst jetzt ein junger Oberst sein, Tilling,
und in zehn Jahren bist Du sicher General. Bis
dahin wird schon wieder ein Krieg ausbrechen und
Du kannst das Kommando eines ganzen Armeekorps
— oder, wer weiß? die Würde eines Generalissimus
erlangen, und es wird Dir vielleicht das große Glück
beschieden, Österreichs Waffen wieder zu ihrem vollen
— momentan verdunkelten — Glanz zu verhelfen.
Wenn wir einmal das Zündnadelgewehr, oder viel=
leicht noch ein wirksameres System eingeführt haben,
dann werden wir die Herren Preußen schon drunter
kriegen."

„Wer weiß," meinte ich, „vielleicht wird die Feind=
schaft mit Preußen aufhören, vielleicht schließen wir
einst mit ihnen ein Bündnis —"

Mein Vater zuckte die Achseln:

„Wenn nur die Frauen nicht über Politik reden
wollten!" sagte er verächtlich. „Nach dem Vorgefallenen
müssen wir die Übermütigen züchtigen, wir müssen den
annektierten (so nennen sie's — ich sage „geraubten")
Staaten wieder zu ihrem zertretenen Recht verhelfen,
das erfordert unsere Ehre und das Interesse unserer
europäischen Machtstellung. Freundschaft — Allianz
mit diesen Frevlern? Nimmermehr. Außer sie kämen
demütig gekrochen."

„In biesem Fall," bemerkte Friedrich, würde man wohl den Fuß auf ihren Nacken setzen; Bündnisse sucht und schließt man nur mit Jenen, die einem imponieren, ober die gegen einen gemeinschaftlichen Feind Schutz leisten können. In der Staatskunst ist Egoismus das oberste Prinzip."

„Nun ja," gab mein Vater zurück, „wenn das ergo „Vaterland heißt, so ist solchem Egoismus boch alles Andere unterzuordnen, so ist boch Alles er- laubt unb geboten, was dem Interesse dieses Ichs dien- lich erscheint."

„Es ist nur zu wünschen," entgegnete Friedrich, „baß im Verkehr der Gemeinwesen dieselbe erhöhte Gesittung erlangt werbe, welche im Verkehr der Ein- zelnen ben rohen, faustrechtlichen Ich-Kultus verbrängt hat, und bie Einsicht immer mehr Platz greife, baß bie eigenen Interessen auch ohne Schädigung ber fremden, vielmehr im Verein mit biesen, am wirksamsten zu förbern finb."

„Was?" fragte mein Vater, bie Hanb ans Ohr legenb.

Natürlich mochte Friedrich seinen langen Satz nicht wiederholen unb erläutern — unb bie Diskussion war zu Ende.

*   *   *

„Ich komme morgen 1 Uhr nach Grumitz, Konrab."
Den Jubel kann man sich vorstellen, den biese Depesche bei Lilli hervorrief. So entzückt unb freubig

wird wohl kein anderer Ankömmling empfangen, wie
einer, der aus dem Kriege heimkehrt. Freilich war es
in diesem Falle nicht auch, wie es in den betreffenden
Balladen und Kupferstichen am liebsten dargestellt
wird: „die Heimkehr des Siegers"; aber die mensch=
lichen Gefühle der liebenden Braut ließen sich von den
patriotischen nicht beeinträchtigen, und hätte Vetter
Konrad die Stadt Berlin „genommen" — ich glaube,
es hätte dies die Herzlichkeit von Lillis Empfang nicht
zu steigern vermocht.

Ihm natürlich wäre es lieber gewesen, wenn er
mit siegenden Truppen heimgekehrt wäre; wenn er dazu
beigetragen hätte, seinem Kaiser die Provinz Schlesien
zu erobern. Indessen: überhaupt sich geschlagen zu
haben ist ja für den Soldaten schon eine Ehre, auch
wenn er der Geschlagene — ja sogar der Gefallene
ist; Letzteres ist ganz besonders rühmlich. So erzählte
Otto, daß in der Wien=Neustädter Akademie auf einer
Ehrentafel die Namen aller jener Zöglinge eingetragen
sind, welchen der Vorzug zu teil wurde, vor dem
Feinde zu bleiben. „Tué à l'ennemi", sagt man in
Frankreich, und es ist dies dort zu Lande — wie
überall — eine, besonders bei den Ahnen, sehr ge=
schätzte Eigenschaft. Je mehr man in seiner Familie
Vorfahren aufweisen kann, die in Schlachten — gleich=
viel ob gewonnenen oder verlorenen — ihr Leben
gelassen haben, desto stolzer ist der Enkel darauf, desto
mehr Wert kann er auf seinen Namen, desto weniger
Wert darf er auf sein Leben legen. Um sich getöteter
Ahnen würdig zu zeigen, muß man an der Töterei

— an der aktiven und passiven — seine helle Freude haben.

Nun, desto besser, daß, so lange es Kriege gibt, doch auch Leute vorkommen, welche darin Erhebung, Begeisterung, ja sogar Genuß finden. Die Zahl solcher Leute wird jedoch täglich geringer, während die Zahl der Soldaten täglich größer wird ... wohin muß das endlich führen?

Zur Unerträglichkeit.

Und wohin führt diese?

So weit dachte Konrad nicht. Seine Auffassung stimmte noch vortrefflich zu der bekannten Lieutenants-arie aus der weißen Dame: „Ha, welche Lust, Soldat zu sein, ha, welche Lust . . ." Wenn man ihn reden hörte, konnte man ihn förmlich um die Expedition be-neiden, welche er eben mitgemacht. Mein Bruder Otto war auch von solchem Neide ganz erfüllt. Dieser aus der Blut- und Feuertaufe zurückgekehrte Krieger, der in seiner Husarenuniform von jeher schon so ritterlich ausgesehen und jetzt auch noch mit einer ehrenvollen Schramme über das Kinn geziert war, der mitten im Kugelregen dringewesen, der vielleicht so manchem Feind den Garaus gegeben — der erschien ihm jetzt von einem heldenhaften Nimbus umstrahlt.

„Es war keine glückliche Campagne, das muß ich zugeben," sprach Konrad, „dennoch habe ich ein paar herrliche Erinnerungen davon mitgebracht."

„Erzähle, erzähle," drängten Lilli und Otto.

„Ich kann da nicht viel Einzelheiten erzählen — das Ganze liegt hinter mir wie ein Taumel . . . das

Pulver steigt einem ganz sonderbar zu Kopfe. Eigent=
lich beginnt der Rausch oder das Fieber — das
kriegerische Feuer mit einem Wort — schon beim Ab=
marsch. Zwar ist der Abschied vom Liebchen schwer
gefallen — es war das eine Stunde, welche das Herz
mit weichem Weh erfüllte — aber wenn man einmal
draußen ist, mit den Kameraden, dann heißt es: jetzt
wird an die höchste Aufgabe gegangen, welche das Leben
an den Mann stellen kann, nämlich das geliebte Vater=
land verteidigen ... Als dann die Spielleute den
Radetzky=Marsch intonierten und die seidenen Falten
der Fahnen im Winde flatterten: ich muß gestehen,
in diesem Augenblick hätt' ich nicht umkehren mögen —
auch in den Arm der Liebe nicht ... Da fühlte ich,
daß ich dieser Liebe nur dann würdig wäre, wenn ich
da draußen an der Seite der Brüder meine Pflicht
gethan ... Daß wir zum Siege marschierten, bezweifelten
wir nicht. Was mußten wir von den abscheulichen
Spitzkugeln? Die allein waren an den Niederlagen
schuld — ich sag' euch, die schlugen in unsere Reihen
ein wie Hagel ... Und auch schlechte Führung hatten
wir — der Benedek, ihr werdet sehen, wird noch vor
ein Kriegsgericht gestellt ... Attakieren hätten wir
sollen ... Wenn ich jemals Feldherr würde — meine
Taktik wäre: angreifen, immer angreifen, „das Prä=
veniere spielen", ins feindliche Land einfallen ... Das
ist ja auch nur eine Art, und zwar die schwerere, der
Verteidigung:

> Muß es sein — komm zuvor, komm zuvor,
> Im rücksichtslosen Angriff liegt der Sieg."

jagt der Dichter. — Doch das gehört nicht hierher: mir hatte der Kaiser den Oberbefehl nicht übergeben, also bin ich auch an den taktischen Mißerfolgen un= schuldig — die Generäle sollen sehen, wie sie sich mit ihrem obersten Kriegsherrn und wie mit ihrem eigenen Gewissen abfinden — wir Offiziere und Truppen haben unsere Pflicht gethan; es hieß sich schlagen, und wir haben uns geschlagen. Und das ist ein eigenes Hoch= gefühl ... Schon die Erwartung, schon diese Spannung, wenn man auf den Feind stößt und wenn es heißt: jetzt geht es los ... Dieses Bewußtsein, daß in dem Augenblicke ein Stück Weltgeschichte sich abspielt — und dann der Stolz, die Freude am eigenen Mut — rechts und links der Tod, der große, geheimnisvolle, dem man männlich trotzt —"

„Ganz wie der arme Gottfried Tessow", murmelte Friedrich für sich ... „nun ja — es ist ja dieselbe Schule —"

Konrad fuhr mit Eifer fort:

„Das Herz schlägt höher, die Pulse fliegen, es erwacht — und das ist die eigentliche Verzückung — es erwacht die Kampflust, es lodert die Wut — der Feindeshaß — zugleich die brennendste Liebe für das bedrohte Vaterland, und das Voranstürmen, das Drein= hauen wird zur Wonne. Man fühlt sich in eine andere Welt versetzt, als die, in der man aufgewachsen, eine Welt, in der alle die gewohnten Gefühle und An= schauungen in ihr Gegenteil verwandelt worden sind: das Leben wird zum Plunder, Töten wird zur Pflicht. Die Ehre, das Heldentum, die großartigste Selbst=

aufopferung sind allein noch übrig, alle anderen Begriffe sind in dem Gewirre untergegangen. Dazu der Pulverdampf, das Kampfgeschrei ... ich sage euch, es ist ein Zustand, der sich mit nichts Anderem vergleichen läßt. Höchstens kann einem dieses selbe Feuer auf der Tiger= oder Löwenjagd durchlobern, wenn man der wildgewordenen Bestie gegenübersteht und —"

„Ja", unterbrach Friedrich, „der Kampf mit dem tobbräuenden Feind, der heiße, sehnende und stolze Wunsch, ihn zu überwinden, erfüllt mit einer eigenen Wollust — pardon, Tante Marie — wie ja alles, was das Leben erhält oder weitergibt, von der Natur durch Freudenlohn gesichert wird. So lange der Mensch von wilden — vier= und zweibeinigen — Angreifern bedroht war und sich nur durch Erlegung derselben das Leben fristen konnte, ward ihm der Kampf zur Wonne. Wenn uns Kulturmenschen im Kriege mitunter noch dieselbe Lust durchrieselt, so ist dies eine angeerbte Reminiscenz. Und damit jetzt, wo es in Europa weder Wilde noch Raubtiere gibt, uns jene Wonne nicht ganz entgehe, haben wir uns künstliche Angreifer geschaffen. Da heißt es: Paßt auf: ihr habt blaue Röcke und die dort drüben haben rote Röcke; sobald dreimal in die Hände geklatscht wird, verwandeln sich für euch die Rotröcke in Tiger, während für jene ihr Blauröcke zu wilden Bestien werdet. Also Achtung: Eins, zwei, drei — Sturm geblasen — Attake getrommelt — jetzt kann's losgehen — freßt euch auf! — Und haben sich zehntausend, oder je nach dem gesteigerten Heeresstand, hunderttausend Kunsttiger unter gegenseitigem Kampfeswonne-Geheul bei Xdorf aufgefressen, so gibt das die „historisch" zu werden bestimmte Xdorfer Schlacht; die Händellatscher versammeln sich alsdann um einen grünen Kongreßtisch in Xstadt, regeln auf der Karte verschobene Grenz- marken, feilschen über Kontributionsbeträge, unter- schreiben ein Papier, welches in die Geschichtsjahrbücher als der Xstädter Frieden eingetragen wird; klatschen abermals dreimal in die Hände und sagen den übrig- gebliebenen Rot- und Blaujacken: umarmt euch, Menschenbrüder!

✳ ✳ ✳

In der Umgebung waren überall Preußen ein- quartiert, und jetzt sollte auch Grumitz an die Reihe kommen.

Obgleich der Waffenstillstand schon in Kraft und der Friede beinahe gesichert war, so hegte die Be- völkerung noch allgemein Angst und Mißtrauen. Die Idee, daß die Pickelhauben-Tiger sie zerreißen würden, wenn sie könnten, war den Leuten nicht so leicht weg- zunehmen; die drei Handschläge von Nikolsburg hatten die Wirkung der drei Handschläge der Kriegserklärung noch nicht aufzuheben vermocht, und nicht ausgereicht, um dem Landvolk in den „Preußen" wieder Menschen- brüder sehen zu machen. Der bloße Namen des gegnerischen Volkes bekommt zu Kriegszeiten eine ganze Schar von hassenswerten Nebenbedeutungen — ist

nicht mehr der Gattungsname einer augenblicklich be=
kriegten Nation, es wird synonym mit „Feind" und
faßt allen Abscheu in sich, den dieses Wort aus=
drückt.

So geschah es, daß die Leute in der Gegend
zitterten, wie vor einbrechenden Wölfen, wenn ein
preußischer Quartiermeister daher kam, um Unterkunft
für einen Truppenteil zu schaffen. Bei manchen äußerte
sich neben der Furcht auch der Haß, und diese wähnten,
eine patriotische Pflicht zu erfüllen, wenn sie einem
Preußen 'was zu leide thaten — wenn sie aus einem
Versteck heraus dem „Feind" eine Flintenkugel sandten.
Es war dies öfters vorgekommen, und wenn man den
Schuldigen faßte, wurde er ohne viel Umstände hin=
gerichtet. Diese Beispiele bewirkten, daß die Leute
ihren Haß verbissen und die einquartierten Soldaten
ohne Widerstand aufnahmen. Dann gewahrten sie zu
ihrem nicht geringen Erstaunen, daß der „Feind"
eigentlich aus lauter gutmütigen, freundlichen und ehrlich
zahlenden Mitmenschen bestand.

Eines Morgens — es war in den ersten Tagen
des August — saß ich im Erker des Bibliothekzimmers
und schaute durch die offenen Fenster hinaus. Von
hier hatte man einen weiten Fernblick über die Gegend.
Mir war's, als sähe ich von weitem einen Reitertrupp,
der sich auf der Landstraße nach unserer Richtung be=
wegte.

„Preußische Einquartierung", war mein erster Ge=
danke. Ich setzte ein im Erker stehendes Fernrohr zu=
recht und schaute nach dem betreffenden Punkt. Richtig:

eine Gruppe von ungefähr zehn Reitern mit wehenden schwarz-weißen Fähnlein an den Lanzenspitzen. Darunter ein Fußgeher — im Jagdanzug. Warum ging der so zwischen den Pferden? . . . Ein Gefangener? . . . Das Glas war nicht scharf genug — ich konnte nicht erkennen, ob der vermeintliche Gefangene nicht etwa einer unserer Forstbeamten war.

Doch es hieß, die Schloßbewohner von dem kommenden Verhängnis in Kenntnis setzen. Ich verließ eilig das Bibliothekzimmer, um meinen Vater und Tante Marie aufzusuchen. Ich fand sie beide im Salon:

„Die Preußen kommen, die Preußen kommen!" meldete ich atemlos. Man ist immer froh, eine wichtige Nachricht als erster mitteilen zu können.

„Hol' sie der Teufel," war meines Vaters wenig gastliche Äußerung, während Tante Marie das Richtige traf, indem sie sagte:

„Ich will sogleich der Frau Walter Befehle zu den nötigen Vorbereitungen geben."

„Und wo ist Otto?" fragte ich. „Den muß man benachrichtigen und ihn warnen, daß er nicht etwa seinen Preußenhaß leuchten lasse . . . daß er mit den Gästen nicht unhöflich sei."

„Otto ist nicht zu Hause," antwortete mein Vater, „er ist heute früh auf Rebhühner ausgegangen. Du hättest ihn sehen sollen, wie Schmuck ihm der Jagdanzug steht . . . das wird ein prächtiger Bursch — an dem hab' ich meine Freude."

9*

Indessen wurde es im Hause laut; man hörte hastige Schritte und aufgeregte Stimmen.

„Sie kommen schon, die Windbeutel!" seufzte mein Vater.

Die Thür wurde aufgerissen und Franz, der Kammerdiener, stürzte herein:

„Die Preußen, die Preußen!" rief er in dem Tone wie man „Feuer, Feuer!" ruft.

„Die werden uns nicht fressen," bemerkte mein Vater mürrisch.

„Aber sie bringen einen mit," fuhr der Mann mit zitternder Stimme fort, „einen Grumitzer — ich weiß nicht wer — der auf sie geschossen hat — und wer soll auf solches Pack nicht gern schießen? . . . aber der ist verloren." —

Jetzt vernahm man den Laut von Pferdegetrampel mit Stimmengewirr vermengt. Wir traten auf den Flur und schauten durch die nach den Hof gehenden Fenster. Soeben kamen die Ulanen hereingeritten und in ihrer Mitte — mit trotzigem, bleichem Gesicht — Otto, mein Bruder.

Der Vater stieß einen Schrei aus und eilte die Treppe hinab. Mir stand das Herz still. Was da bevorstand, war entsetzlich. Wenn Otto wirklich auf die preußischen Soldaten geschossen hatte — und das sah ihm sehr ähnlich — . . . ich vermochte den Fall gar nicht auszudenken . . .

Dem Vater nachzugehen, fehlte mir der Mut. Trost und Beistand in allen Kümmernissen suchte ich stets nur bei Friedrich. Also raffte ich mich auf, um mich

in Friedrichs Zimmer zu begeben. Ehe ich jedoch dahin
gelangte, kam mein Vater wieder zurück, und Otto
hinter ihm. An ihren Mienen sah ich, daß die Gefahr
vorüber war.

Das Verhör hatte folgendes ergeben: der Schuß
war zufällig losgegangen. Als die Ulanen herangeritten
kamen, wollte Otto sie von der Nähe sehen; er lief
querfeldein, stolperte, fiel am Straßengraben nieder und
dabei entlub sich sein Gewehr. Im ersten Augenblick
war die Aussage des jungen Jägers von den Leuten
bezweifelt worden; sie nahmen ihn in ihre Mitte und
brachten ihn als ihren Gefangenen in das Schloß. Als
sich aber herausstellte, daß der Jüngling der Sohn
des General Althaus und selber ein Militärzögling
sei, ließen sie seine Rechtfertigung gelten. „Der Sohn
eines Soldaten und selber angehender Soldat, wird
auf gegnerische Soldaten wohl im ehrlichen Kampfe,
nicht aber zur Zeit der Waffenruhe und nicht meuchlings
schießen." Auf diese Worte meines Vaters hin, hatte
der preußische Unteroffizier den jungen Menschen frei
gegeben.

„Und bist Du wirklich unschuldig?" fragte ich Otto
„bei Deinem Preußenhaß würde es mich nicht wundern,
wenn —"

Er schüttelte den Kopf:

„Ich werde hoffentlich im Leben noch genug Gelegenheit haben," antwortete er, „ein paar solchen
draufzuschießen — aber nicht aus dem Hinterhalte
— nicht, ohne auch meine Brust ihren Kugeln auszusetzen."

„Brav, mein Junge!" rief mein Vater, von biefen Worten entzückt.

Ich konnte das Entzücken nicht teilen. Alle biefe Phrasen, in welchen mit dem Leben — dem der anderen und dem eigenen — so geringschätzig und prahlerisch herumgeworfen wird, haben mir einen wider= lichen Klang. Doch war ich von Herzen froh, daß die Sache so abgelaufen. Wie entsetzlich wäre es doch für meinen armen Vater gewesen, wenn biefe Leute den vermeintlichen Miffethäter ohne weitere Umstände gleich abgeftraft hätten. Da würde der unfelige Krieg, von dem unfer Haus bisher verfchont geblieben, es doch noch ins Unglück gestürzt haben . . .

Die betreffende Abteilung war richtig gekommen, Quartier zu machen. Schloß Grumitz war ausersehen, zwei Oberfte und fechs Offiziere des preußifchen Heeres zu beherbergen. Im Dorfe follte die Mannschaft unter= gebracht werden. Zwei Mann wurden im Schloßhof als Wache aufgestellt.

Ein paar Stunden nach den Quartiermachern zogen die unfreiwilligen und ungeladenen Gäfte fchon bei uns ein. Wir waren feit mehreren Tagen auf den Fall vorbereitet gewesen und Frau Walter hatte dafür ge= forgt, daß alle Gaftzimmer und =Betten bereit standen. Auch der Koch hatte genügende Vorräte herbeigefchafft und der Keller barg eine erklecliche Anzahl voller Fäffer und alten Flafchen: den Herren Preußen follte es bei uns an nichts fehlen.

*   *   *

Als sich an diesem Tage die Schloßgesellschaft auf das Zeichen der Tischglocke im Salon versammelte, bot dieser ein glänzendes und lebensfrohes Bild. Die Herren — bis auf Minister „Allerdings", welcher augenblicklich unser Gast war — sämtlich in Uniform; die Damen in Putz. Seit langer Zeit hatten wir uns zum ersten Mal wieder „aufgedonnert"; Lori namentlich — die kokette Lori — welche am selben Tag von Wien gekommen war, hatte auf die Nachricht hin, daß fremde Offiziere anwesend seien, ihre schönste Toilette ausgepackt und sich mit frischen Rosen geschmückt. Gewiß war es darauf abgesehen, dem einen oder dem anderen Vertreter des feindlichen Heeres den Kopf zu verdrehen. Nun meinethalben mochte sie sämtliche preußische Bataillone erobern — aber Friedrich unbehelligt lassen . . . Lilli, die glückliche Braut, trug ein lichtblaues Kleid; Rosa — wahrscheinlich auch sehr froh, wieder einmal jungen Kavalieren sich zeigen zu können — war in rosa Mousseline gehüllt; nur ich in der Ansicht, daß Kriegszeit, auch wenn man niemanden zu betrauern hat, immer Trauerzeit sei, hatte eine schwarze Toilette angelegt.

Ich erinnere mich noch an den eigentümlichen Eindruck, den es mir machte, als ich an jenem Tag den Salon, in welchem die übrigen schon versammelt waren, betrat. Glanz, Heiterkeit, vornehmer Luxus — die geputzten Frauen, die schmucken Uniformen: welcher Kontrast zu den noch vor so kurzer Zeit gesehenen Bildern von Jammer, Schmutz und Schrecken. Und die Glänzenden, Heiteren, Vornehmen selber sind es

ja, welche freiwillig den Jammer in Scene setzen,
welche nichts thun wollen, ihn abzuschaffen, welche, im
Gegenteil, ihn glorifizieren und mit ihren Goldborten
und Sternen den Stolz bekunden, den sie darein
setzen, die Träger und Stützen des Jammersystems
zu sein! . . .

Mein Eintritt unterbrach die in den verschiedenen
Gruppen geführte Unterhaltung, da mir nun unsere
preußischen Gäste sämtlich vorgestellt werden mußten;
— zumeist vornehm klingende Namen auf — „ow“ und
auf „witz“; viele „von“ und sogar ein Prinz — ein
Heinrich, ich weiß nicht der wievielte, aus dem Hause
Reuß.

Das also waren unsere Feinde: Vollendete Gent-
lemen mit den geschliffensten Gesellschaftsformen. Nun
freilich: das weiß man ja, wenn heutzutage mit einer
benachbarten Nation Krieg geführt wird, so hat man
es nicht mit Hunnen und Vandalen zu thun; aber
doch: es wäre viel natürlicher, sich den Feind als eine
wilde Horde vorzustellen, und es gehört eine gewisse
Anstrengung dazu, ihn als ebenbürtigen Kulturbürger
aufzufassen. „Gott, der du die Widersacher derer, die
dir vertrauen, durch die Kraft deiner Verteidigung
zurückwirfst, höre uns, die wir um deine Erbarmnisse
flehen, gnädig an, damit wir nach der unterdrückten
Wut des Feindes dir in Ewigkeit danken können.“
So hatte allsonntäglich der Grumitzer Pfarrer gebetet.
Wie mußte da die Gemeinde sich den „wütenden Feind“
vorstellen? Gewiß nicht so, wie diese höflichen Edel-
leute, die jetzt den anwesenden Damen den Arm boten,

um sie zu Tische zu führen ... Überdies hatte Gott
diesmal das Gebet der Anderen erhört und u n s e r e
Wut unterdrückt — der schäumende, mordgierige Feind,
der durch die Kraft der göttlichen Verteidigung (wir
nannten es zwar Zündnadelgewehr) zurückgeworfen
worden, das waren ja wir — O du heiliger Widersinn! ... Das waren so ungefähr meine Gedanken,
während wir an der mit Blumen und Fruchtschalen
reich geschmückten Tafel uns in bunter Reihe nieder-
ließen. Auch das Silber war auf des Hausherrn Befehl aus dem Versteck wieder hervor geholt. Ich saß
zwischen einem stattlichen Obersten auf — ow und
einem schlanken Lieutenant auf — itz. Lilli selbstverständlich an der Seite ihres Bräutigams; Rosa war
von dem prinzlichen Heinrich zu Tisch geführt worden,
und der bösen Lori war es doch wieder gelungen,
meinen Friedrich zum Nachbar zu haben. Nur zu!
Eifersüchtig würde ich doch nicht werden: — er war
ja „mein" Friedrich, am meinsten ...
   Es wurde sehr viel und sehr heiter gesprochen.
Die „Preußen" fühlten sich offenbar höchst vergnügt,
nach den durchgemachten Strapazen und Entbehrungen
wieder einmal an wohlbesetzter Tafel und in guter
Gesellschaft zu sesten; und das Bewußtsein, daß der
überstandene Feldzug ein siegreicher gewesen, trug jedenfalls dazu bei, ihre Stimmung zu heben. Aber auch
wir, die Besiegten, ließen von Groll und Beschämung
nichts merken und bemühten uns, die möglichst liebens-
würdigen Hauswirte zu spielen. Meinem Vater mußte
dies zwar — wie ich seine Gesinnung kannte —

einige Überwindung koſten, aber er führte ſeine Rolle
mit muſterhafter Courtoiſie durch. Der niederge-
ſchlagenſte war Otto. Seinem in der letzten Zeit ge-
nährten Preußenhaß, ſeiner Sehnſucht, den Feind aus
dem Land zu jagen, ging es ſichtlich gegen den Strich,
dieſem ſelben Feind nun höflichſt Pfeffer und Salz
hinüberreichen zu müſſen, ſtatt ihn mit dem Bajonett
durchbohren zu dürfen. Dem Thema Krieg wurde
im Geſpräch ſorgfältig ausgewichen; die Fremden
wurden von uns behandelt, als wären ſie unſere
Gegend zufällig beſuchende Vergnügungsreiſende, und
ſie ſelbſt vermieden es noch ängſtlicher, auf die Sach-
lage — daß ſie nämlich als unſere Überwinder hier
hauſten — anzuſpielen. Mein junger Lieutenant ver-
ſuchte ſogar recht angelegentlich, mir den Hof zu
machen. Er ſchwor auf Ehre und auf Taille, daß es
nirgends ſo gemütlich ſei, wie in Öſterreich, und daß
daſelbſt (mit ſeitwärts abgeſchoſſenem Zündnadelblick)
die reizendſten Frauen der Welt zu finden ſeien. Ich
leugne nicht, daß ich mit dem ſchmucken Marsſohne
auch ein wenig kokettierte; es geſchah, um der Lori
Griesbach und ihrem Nachbar zu zeigen, daß ich ge-
gebenen Falles mich einigermaßen rächen könnte . . .
aber der da drüben blieb ebenſo ruhig — wie ich es
im Grunde meines Herzens eigentlich auch war. Vernünftiger und zweckmäßiger wäre es jedenfalls geweſen,
wenn mein „ſchneidiger" Lieutenant ſeine mörderiſchen
Augengeſchoſſe auf die ſchöne Lori gezielt hätte. Konrad
und Lilli, in ihrer Eigenſchaft als Verlobte (ſolche
Leute ſollte man eigentlich immer hinter Gitter ſetzen),

wechselten ganz auffällig verliebte Blicke und flüsterten und stießen heimlich miteinander ihre Gläser an und was dergleichen Salonturteltauben-Manöver mehr sind. Und, wie mir schien, noch eine dritte Flirtation begann da sich zu entspinnen. Der deutsche Prinz nämlich — Heinrich der so und so vielte — unterhielt sich auf das Angelegentlichste mit meiner Schwester Rosa und dabei malte sich in seinen Zügen unverhohlene Bewunderung.

Nach aufgehobener Tafel begab man sich in den Salon zurück, in welchem jetzt der angesteckte Kronleuchter ein festliches Licht verbreitete.

Die Terrassenthür stand offen. Draußen war die laue Sommernacht von mildem Mondlicht durchflutet. Ich trat hinaus. Das Nachtgestirn warf seine Strahlen auf die heuduftenden Rasenflächen des Parkes und spiegelte sich silberfunkelnd auf dem im Hintergrunde ausgedehnten Teich . . . War das wirklich derselbe Mond, welcher mir vor kurzer Zeit den an eine Kirchhofsmauer gelehnten, vom kreischendem Raubgevögel umkreisten Leichenhaufen gezeigt hatte? Und waren das dieselben Leute drinnen — eben öffnete ein preußischer Offizier den Flügel, um ein Mendelssohnsches Lied ohne Worte vorzutragen — waren das dieselben, die vor kurzem noch mit dem Säbel um sich schlugen, um Menschenschädel zu spalten? . . .

Nach einer Weile kamen auch Prinz Heinrich und Rosa heraus. Sie sahen mich nicht in meiner dunklen Ecke und gingen an mir vorüber. Jetzt standen sie, an das Geländer gelehnt, nah, sehr nah nebeneinander.

Ich glaube sogar, der junge Preuße — der Feind —
hielt die Hand meiner Schwester in der seinen. Sie
sprachen leise, dennoch drang einiges von des Prinzen
Rede zu mir herüber: „Holdseliges Mädchen . . . plötz=
liche, sieghafte Leidenschaft . . . Sehnsucht nach häus=
lichem Glück . . . Würfel gefallen . . . aus Barm=
herzigkeit nicht ,nein‘! . . . Flöße ich Ihnen denn Ab=
scheu ein?" Rosa schüttelt verneinend den Kopf. Da
führt er ihre Hand an seine Lippen und versuchte, den
Arm um ihre Mitte zu schlingen. Sie, die Wohl=
erzogene, entwindet sich rasch.

Ach, mir wäre es beinah lieber gewesen, wenn mir
der sanfte Mondstrahl da einen Liebeskuß beleuchtet
hätte . . . Nach all den Bildern des Hasses und des
bitteren Jammers, die ich vor kurzem hatte schauen
müssen, wäre mir jetzt ein Bild von Liebe und süßer
Lust wie etwas Vergütung erschienen. —

„Ach — Du bist es, Martha!"

Jetzt war Rosa meiner gewahr geworden — zuerst
sehr erschrocken, daß Jemand diese Scene belauscht, dann
aber beruhigt, daß nur ich es war.

Im höchsten Grade verlegen und bestürzt war
jedoch der Prinz. Er trat an mich heran:

„Ich habe Ihrer Schwester soeben meine Hand
angeboten, gnädige Frau. Legen Sie gütigst ein Wort
für mich ein! Meine Handlungsweise wird Ihnen
Beiden etwas rasch und kühn erscheinen. Zu einer
anderen Zeit würde ich wohl auch überlegter und be=
scheidener vorgegangen sein — aber in den letzten
Wochen habe ich es mir angewöhnt, schnell und keck

voranzusprengen — da war kein Zögern und Zagen
erlaubt ... und was ich im Kriege geübt, das habe
ich jetzt unwillkürlich in der Liebe wieder ausgeführt ...
Verzeihen Sie — und seien Sie mir gnädig. Sie
schweigen, Komtesse? Verweigern Sie mir Ihre Hand?"

„Meine Schwester kann doch nicht auch so rasch
über ihr Schicksal entscheiden," kam ich Rosa, welche
tiefbewegt und abgewandten Hauptes dastand, zu Hilfe.
„Ob unser Vater seine Einwilligung zur Heirat mit
einem „Feinde' geben, ob Rosa die so plötzlich einge=
flößte Neigung auch erwidern wird — wer kann das
heute wissen?"

„Ich weiß es," antwortete sie und reichte dem
jungen Manne beide Hände hin. Er aber riß sie
stürmisch an sein Herz.

„O, ihr närrischen Kinder!" sagte ich und zog
mich leise einige Schritte zurück, bis zur Saalthür,
um zu wachen, daß — wenigstens in dies em Augen=
blick — Niemand herauskomme.

*   *   *

Am folgenden Tag ward die Verlobung gefeiert.
Mein Vater leistete keinen Widerstand. Ich hätte
geglaubt, daß sein Preußenhaß es ihm unmöglich
machen würde, einen der feindlichen Krieger und Sieger
in seine Familie aufzunehmen; aber sei es, daß er die
individuelle von der nationalen Frage gänzlich trennte
— (ein gebräuchliches Vorgehen: „Ich hasse Jene als
Nation, nicht als Individuen" hört man häufig be=

teuern, obschon es keinen Sinn hat, ebensowenig Sinn,
als wollte Einer sagen: „Ich hasse den Wein als Ge=
tränk, aber jeden Tropfen verschlucke ich gern" —
doch vernünftig braucht ja eine landläufige Phrase
nicht zu sein — im Gegenteil) sei es, daß der Ehrgeiz
die Oberhand gewann und eine Verbindung mit dem
fürstlichen Hause Reuß ihm schmeichelte; sei es endlich,
daß die so romantisch geäußerte, plötzliche Liebe der
jungen Leute ihn rührte: kurz, er sprach ein ziemlich
bereitwilliges Ja. Weniger einverstanden war Tante
Marie. „Unmöglich!" war ihr erster Ausruf. „Der
Prinz ist ja lutherischer Konfession." Aber schließlich
tröstete sie sich mit der Aussicht, daß Rosa ihren
Gatten wahrscheinlich bekehren werde. Im Herzen
Ottos grollte es am tiefsten. „Wie, wollt ihr," sprach
er, „wenn wieder Krieg ausbricht, daß ich meinen
Schwager aus dem Lande verjage?" Aber auch ihm
wurde die famose Theorie von dem Unterschiede zwischen
Nation und Individuum erläutert und — zu meinem
Staunen, denn ich habe sie nie begriffen — er be=
griff sie.

Wie schnell und leicht man doch unter freudigen
Umständen das durchgemachte Elend vergißt! Zwei
Liebespaare — oder, ich kann es kühnlich sagen, drei,
denn Friedrich und ich, die Vermählten, schwärmten
nicht viel weniger füreinander, als die Verlobten —
also so viele Liebespaare in der kleinen Gesellschaft,
das ergab doch eine glückgehobene Stimmung. Schloß
Grumitz war in den folgenden paar Tagen eine Stätte
der Heiterkeit und Lebenslust. Allmählich fühlte auch

ich die Schreckensbilder der vergangenen Wochen aus
meinem Gedächtnis entweichen. Nicht ohne Gewissensbiß
wurde ich gewahr, wie mein vor kurzer Zeit noch so
brennender Mitschmerz in manchen Augenblicken ganz
entschwand. — Von der Außenwelt klang wohl noch
immer Trauriges herüber: die Klagen der Leute, die
in dem Kriege Hab und Gut oder teure Häupter
verloren; Nachrichten von drohenden Finanzkatastrophen,
von ausbrechenden Seuchen: die Cholera, hieß es, habe
sich unter den preußischen Mannschaften gezeigt —
sogar in unserem Dorfe wurde ein Fall signalisiert —
freilich ein zweifelhafter: „Es wird die Ruhr sein —
die tritt ja jeden Sommer auf", tröstete man sich.
Nur immer verjagen — die trüben Gedanken und die
bösen Befürchtungen: „Es ist nichts" — „es ist vorbei" — „es wird nichts kommen" — das ist so leicht
gedacht. Man braucht nur eine heftig schüttelnde Kopf-
bewegung zu machen und die unliebsamen Vorstellungen
sind verscheucht . . .

„Hörst Du, Martha," sagte mir eines Tages die
glückliche Braut, „dieser Krieg war freilich etwas
Schauderhaftes, aber ich muß ihn doch noch segnen.
Wäre ich ohne ihn so maßlos glücklich geworden, wie
ich es jetzt bin? Hätte ich Heinrich jemals kennen gelernt? Und er — hätte er jemals eine so liebende
Braut gefunden?"

„Nun gut, liebe Rosa, ich will gern diese Auffassung mit Dir teilen: — es mögen eure zwei be-
glückten Herzen gegen die vielen tausende gebrochenen
in die Wagschale fallen . . ."

„Nicht nur um Einzelschicksale handelt es sich, Martha. Auch im Großen und Ganzen bringt der Krieg — für Jene, die siegen — einen großen Gewinn, also einem ganzen Volke. Man muß Heinrich darüber reden hören. Er sagt, Preußen stehe jetzt groß da — in dem Heere herrsche allgemeiner Jubel und begeisterte Dankbarkeit und Liebe zu den Feldherren, die es zum Siege geführt ... daburch warb der deutschen Gesittung, dem Handel, oder sagte er dem deutschen Wohlstand — ich weiß nicht mehr genau ... die historische Mission ... kurz, man muß ihn reden hören.“

„Warum spricht Dein Bräutigam nicht lieber von eurer Liebe, statt von politischen und militärischen Dingen?“

„O wir sprechen von Allem — und Alles, was er sagt, klingt mir wie Musik ... Ich fühle es ihm so gut nach, daß er stolz und selig ist, diesen Krieg für König und Vaterland mitgefochten —“

„Und sich dabei als Beute ein so verliebtes Bräutchen geholt zu haben,“ ergänzte ich.

Dem Vater gefiel sein künftiger Schwiegersohn sehr gut — und wem hätte der prächtige junge Mensch nicht gefallen sollen? Er erteilte ihm jedoch seine Sympathie und seinen Segen unter allerlei Verwahrungen und Vorbehalt:

„Sie sind mir als Mensch und Soldat und als Prinz in jeder Hinsicht schätzenswert, lieber Reuß“ so sagte er zu wiederholten Malen und in verschiedenen Redewendungen, „aber als preußischer Offizier kann ich Sie natürlich nicht leiden und ich behalte mir — trotz aller Familienverbindung — das Recht vor, nichts so sehr zu wünschen, als einen kommenden Krieg, in welchem Österreich die jetzige Überrumpelung tüchtig heimzahlt. Die politische Frage ist von der persön= lichen ganz zu trennen. Mein Sohn wird einst — Gott walte — daß ich's erlebe — gegen das Land Preußen zu Felde ziehen; ich selbst, wenn ich nicht zu alt wäre und wenn mein Kaiser mich dazu beriefe, übernähme gleich ein Kommando, um Wilhelm I. und besonders, um Ihren arroganten Bismarck zu bekriegen. Dies verschlägt nicht, daß ich die militärischen Tugenden der preußischen Armee und die strategische Kunst ihrer Führer anerkenne und daß ich es ganz natürlich finden würde, wenn Sie im nächsten Feldzug, an der Spitze eines Bataillons, unsere Hauptstadt erstürmen wollten und das Haus anzünden ließen, in welchem Ihr Schwiegervater wohnt — kurz —"

„Kurz, die Konfusion der Gefühle ist eine heil= lose," unterbrach ich, einmal eine solche Rhapsodie — „die Widersprüche und Gegensätze verschlingen einander darin wie die Infusorien in einem faulenden Wasser= tropfen . . . So geht es immer, wenn widerstreitende Begriffe zusammengepfercht werden. Ein Ganzes hassen und seine Teile lieben; — als Mensch so und als Landesangehöriger so denken wollen — das geht nicht: entweder — oder. Da lobe ich mir den Botokuden= häuptling: der empfindet für die Anhänger eines anderen Stammes — von denen er nicht einmal weiß, daß sie „Individuen" sind — weiter nichts, als den Wunsch, sie zu skalpieren."

„Aber Martha, mein Kind, solche wilde Gefühle passen doch nicht zu dem gesitteten und humaner gewordenen Stand unserer Kultur.“

„Sage lieber, der Staub unserer Kultur paßt nicht zu der aus alten Zeiten uns überkommenen Wildheit. So lange diese — das heißt so lange der Kriegsgeist nicht abgeschüttelt ist, läßt sich unsere vielgepriesene „Humanität“ nicht vernünftig vertreten. Denn Du wirst doch Deine eben gehaltene Rede, in welcher Du dem Prinzen Heinrich versicherst, daß Du ihn als Schwiegersohn lieben und als Preußen hassen willst, als Menschen hochschätzen und als Oberlieutenant verabscheuen, daß Du ihm gern Deinen väterlichen Segen gibst und zugleich ihm das Recht einräumst, gelegentlich auf Dich zu schießen — verzeih', lieber Vater, aber diese Rede wirst Du doch nicht für vernünftig ausgeben?“

„Was sagst Du? Ich versteh' kein Wort . . .“

Die beliebte Schwerhörigkeit hatte sich wieder rechtzeitig eingestellt.

*   *   *

Nach wenigen Tagen wurde es wieder still auf Grumitz. Unsere Einquartierung mußte abziehen und auch Konrad wurde zu seinem Regiment befohlen. Lori Griesbach und der Minister waren schon früher abgereist.

Die Hochzeit meiner beiden Schwestern ward auf den Oktober verlegt. Beide sollten am selben Tage in Grumitz getraut werden. Prinz Heinrich wollte den

Dienst verlassen; jetzt nach diesem glorreichen Feldzuge, in welchem er sich Beförderung geholt, konnte er dies leicht thun, um sich auf seinen Lorbeeren und seinen Besitzungen auszuruhen.

Der Abschied der zwei Liebespaare war ein schmerzlicher und glücklicher zugleich. Man versprach, sich täglich zu schreiben, und die sichere Aussicht auf das nahe Glück ließ das Scheideweh nicht recht aufkommen.

Sichere Aussicht auf Glück? ... Die gibt es eigentlich nie — doch zu Kriegszeiten am allerwenigsten. Da schwebt das Unglück so dicht wie Heuschreckenschwärme in der Luft; und die Chancen, auf einem Fleckchen zu stehen, welches von der niedergehenden Geißel verschont bleibt, sind gar geringe.

Freilich — der Krieg war aus. Das heißt, man hatte erklärt, daß der Frieden geschlossen sei. Ein Wort genügt, die Schrecknisse zu entfesseln, und da meint man wohl auch, ein Wort könne genügen, dieselben sogleich wieder aufzuheben — doch dies vermag kein Machtspruch. Die Feindseligkeiten werden eingestellt, aber die Feindseligkeit dauert fort. Der Samen für künftige Kriege ist gestreut und die Frucht des eben beendigten Krieges entfaltet sich weiter: Elend, Verwilderung, Seuchen. Ja, da half kein Leugnen und Nicht-dran-denken mehr: — die Cholera wütete im Lande.

Es war am Morgen des 8. August. Wir saßen Alle um den Frühstückstisch unter der Veranda und lasen unsere eben eingelaufenen Postsachen. Die zwei

10*

Bräute fielen auf die an sie gerichteten Liebesbriefe
her — ich blätterte in den Zeitungen Aus Wien die
Nachricht:

„Die Cholera-Sterbefälle mehren sich bedenklich; nicht nur
in den Militär- auch in den Civilspitälern sind schon viele Er-
krankungen signalisiert, die als echte cholera asiatica bezeichnet
werden müssen, und die energischsten Maßregeln werden allenthalben ergriffen, um der Verbreitung der Epidemie zu steuern."

Ich wollte die Stelle laut vorlesen, als Tante
Marie, welche den Brief einer Freundin aus einem
Nachbarschlosse in Händen hielt, erschreckt aufschrie:

„Entsetzlich! Betti schreibt mir, daß in ihrem Hause
zwei Personen an der Cholera gestorben sind und jetzt
auch ihr Mann erkrankt sei."

„Excellenz, der Lehrer wünscht zu sprechen."

„Hinter dem Diener trat auch schon der Gemeldete
heran. Er sah bleich und verstört aus:

„Herr Graf, ich zeige ergebenst an, daß ich die
Schule schließen muß. Gestern sind zwei Kinder erkrankt und heute — gestorben.

„Die Cholera?" riefen wir.

„Ich denke wohl . . . wir müssen's beim Namen
nennen. Die sogenannte „Ruhr", welche unter den
Soldaten, die hier einquartiert wurden, ausbrach und
der schon zwanzig Mann erlegen sind — es war die
Cholera. Im Dorf herrscht großer Schrecken, denn
der Doktor, der aus der Stadt hierher gekommen, hat
unverhohlen gesagt, daß die schreckliche Krankheit nunmehr zweifellos die hiesige Bevölkerung ergriffen hat."

„Was ist das?" fragte ich aufhorchend — man hört läuten."

„Das ist das Sterbeglöcklein, Frau Baronin," antwortete der Schulmeister. „Es wird wohl wieder Jemand in den letzten Zügen liegen . . . Der Doktor hat erzählt, daß in der Stadt die Sterbeglocke gar nicht mehr aufhört zu klingen —"

Wir blickten einander alle in der Runde an — stumm und bleich. Hier war er also wieder — der Tod — und Jeder von uns sah dessen knöcherne Hand nach dem Haupte eines Teuern ausgestreckt.

„Fliehen wir!" schlug Tante Marie vor.

„Fliehen, wohin?" entgegnete der Lehrer. „Rings- um ist ja das Übel schon verbreitet."

„Weit, weit weg — über die Grenze —"

„Da wird wohl ein Cordon errichtet werden, über den man nicht hinauskann."

„Das wäre ja entsetzlich! Man wird doch die Leute nicht hindern, ein verseuchtes Land zu verlassen?"

„Gewiß — die gesunden Gegenden werden sich gegen Einschleppung verwahren."

„Was thun, was thun?!" Und Tante Marie rang die Hände.

„Den Willen Gottes abwarten," antwortete mein Vater mit einem tiefen Seufzer. „Du bist doch sonst so bestimmungsgläubig, Marie — ich verstehe Deine Fluchtsehnsucht nicht. Eines jeden Menschen Schicksal erreicht ihn, wo er immer sei . . . Aber immerhin — mir wäre es auch lieber, wenn ihr Kinder abreisen

würdet — und Du Otto, daß Du mir kein Obst mehr
anrührst."

„Ich werde sogleich an Bresser telegraphieren,"
sagte Friedrich, „daß er uns Desinfektionsmittel sende" ..

Was dann später folgte, ich kann es nicht mehr
in seinen Einzelheiten erzählen, denn die Frühstückstisch-
Episode war die letzte, die ich zu jener Zeit in die
roten Hefte eingetragen. Nur aus dem Gedächtnis
kann ich die Ereignisse der nächsten Tage berichten.
Furcht und Bangen erfüllte uns Alle, Alle. Wer könnte
zur Zeit der Epidemie nicht zittern, wenn man unter
teuern Wesen lebt? Über dem lieben Haupte eines
Jeden schwebt ja das Damoklesschwert — und auch
selber sterben, so furchtbar und so unnütz sterben —
wem sollte der Gedanke nicht Grauen einflößen? Der
Mut besteht höchstens d a r i n, nicht daran zu denken.

Fliehen? Diese Idee war mir auch gekommen —
besonders, meinen kleinen Rudolf in Sicherheit zu
bringen . . .

Mein Vater, trotz allem Fatalismus, bestand auf
der Flucht der Anderen. Am kommenden Tage sollte
die ganze Familie fort. Nur er wollte bleiben, um
seine Hausleute und die Einwohnerschaft des Dorfes
in der Gefahr nicht zu verlassen. Friedrich erklärte
auf das Bestimmteste, auch bleiben zu wollen, und da
war mein Entschluß gleichfalls gefaßt: von des Gatten
Seite würde ich freiwillig nimmer weichen.

Tante Marie mit den beiden Mädchen und mit
Otto und Rudolf sollten schleunigst abreisen. Wohin?
— das war noch nicht bestimmt — vorläufig nach

Ungarn, so weit wie möglich. Die Bräute widersetzten sich durchaus nicht, sondern halfen emsig packen ...
Sterben — wenn in naher Zukunft die Erfüllung heißer Liebessehnsucht, das heißt verzehnfachte Lebenswonne winkt, das hieße ja zehnfach sterben.

Die Koffer wurden in den Speisesaal gebracht, damit, unter der Beihilfe Aller, die Arbeit schneller von statten gehe. Ich brachte einen Pack von Rudolfs Kleidern auf dem Arm herbei.

„Warum thut das nicht Deine Jungfer?" fragte der Vater.

„Ich weiß nicht, wo die Netti steckt ... ich klingelte ihr schon mehrere Male und sie kommt nicht ... So bediente ich mich lieber selber —"

„Du verdirbst Deine Leute," sagte mein Vater aufgebracht und er gab einem anwesenden Diener Befehl, das Mädchen überall zu suchen und augenblicklich hierher zu führen.

Nach einer Weile kam der Ausgesandte zurück — mit verstörter Miene.

„Die Netti liegt in ihrem Zimmer ... sie ist... sie hat ... sie ist ..."

„Kannst Du nicht sprechen?" donnerte ihn mein Vater an. „Was ist sie —?"

„— Schon — ganz schwarz."

Ein Schrei kam aus unser Aller Munde. Und so war es denn da — das grause Gespenst — in unserem Hause selber ...

„Was nun thun? Konnte man das unglückliche Mädchen hilflos sterben lassen? Aber, wer sich ihr

nahte, holte sich fast sicher den Tod — und nicht nur
sich — er gab ihn dann wieder den Anderen weiter
— Ach, so ein Haus, in welches die Seuche ein=
gezogen, das ist, als wäre es von Räubern umzingelt
oder als stände es in Flammen — überall, an allen
Ecken und Enden — auf jedem Schritt und Tritt —
grinst der Tod. — —

„Hole augenblicklich den Arzt,“ befahl mein Vater
zunächst. „Und ihr, Kinder, beschleunigt eure Ab=
fahrt“ . . .

„Der Herr Doktor ist seit einer Stunde nach der
Stadt zurückgefahren,“ antwortete der Diener auf meines
Vaters Weisung.

„Weh . . . mir wird übel!“ kam es jetzt von Lilli,
welche bis in die Lippen erbleichte und sich an eine
Sessellehne anklammerte.

Wir sprangen ihr bei:

„Was hast Du? . . . Sei nicht thöricht . . . das
ist die Angst . . .“

Aber es war nicht die Angst, es war — kein
Zweifel: wir mußten die Unglückliche auf ihr Zimmer
bringen, wo sie sogleich von heftigen Erbrechungen und
den übrigen Symptomen ergriffen wurde — es war
an diesem Tage der zweite Cholera=Fall im Schlosse.

Entsetzlich war es anzusehen, was die arme Schwester
litt. Und kein Doktor da! Friedrich war der Einzige,
der, so gut es ging, das Amt eines Solchen versah. Er
ordnete das Nötige an: warme Umschläge. Senfteig
auf den Magen und an die Beine — Eisstückchen —
Champagner. Nichts half. Die für leichte Cholera=

anfälle ausreichenden Mittel, hier konnten sie nicht
retten. Wenigstens gaben sie der Kranken und den
Umstehenden den Trost, daß etwas geschah. Nachdem
die Anfälle nachgelassen, kamen die Krämpfe an die
Reihe — ein Zucken und Zerren der ganzen Gestalt,
daß die Knochen krachten. Die Unselige wollte
jammern: sie konnte nicht, — denn die Stimme versagte . . . die Haut wurde bläulich und kalt — der
Atem stockte — —

Mein Vater rannte händeringend auf und nieder.
Einmal stellte ich mich ihm in den Weg:

„Das ist der Krieg, Vater!" sagte ich. „Willst
Du den Krieg nicht verfluchen?"

Er schüttelte mich ab und gab keine Antwort.

Nach zehn Stunden war Lilli tot. — Netti, das
Stubenmädchen war schon früher gestorben — allein
auf ihrem Zimmer; wir Alle waren um Lilli beschäftigt gewesen und von der Dienerschaft hatte sich
Niemand in die Nähe der „schon ganz Schwarzen"
gewagt. . . .

Mittlerweile war Doktor Bresser angekommen.
Die telegraphisch verlangten Medikamente brachte er
selber. Ich hätte ihm die Hand küssen mögen, als er
unerwartet in unsere Mitte trat, um den alten Freunden
seine aufopfernden Dienste zu weihen. Er übernahm
sofort den Oberbefehl des Hauses. Die zwei Leichen
ließ er in eine entfernte Kammer schaffen, sperrte die
Zimmer ab, in welchen die Armen gestorben und unter-
zog uns alle einer kräftigen desinfizierenden Prozedur.

Ein intensiver Karbolgeruch erfüllte nunmehr alle Räume, und heute noch, wenn mir dieser Geruch entgegenweht, steigen jene Cholera-Schreckenstage vor meinem Geiste auf.

Die geplante Flucht mußte ein zweites Mal unterbleiben. Schon stand am Tage nach Lillis Tode der Wagen bereit, welcher Tante Marie, Rosa, Otto und meinen Kleinen fortführen sollte, als der Kutscher — von dem unsichtbaren Würger erfaßt, wieder vom Kutschbock absteigen mußte.

„Also will ich euch fahren," sagte mein Vater, als ihm diese Nachricht gebracht wurde. „Schnell — ist Alles bereit?" ...

Rosa trat vor:

„Fahret," sagte sie — „ich muß bleiben ... ich ... folge der Lilli — —"

Und sie sprach wahr. Bei Tagesanbruch wurde auch diese zweite junge Braut in die — Leichenkammer gebracht.

Natürlich war in dem Schrecken dieses neuen Unglücksfalles die Abreise der Anderen nicht ausgeführt worden.

Mitten in meinem Schmerze, meiner tobenden Angst, ergriff mich auch wieder der tiefste Zorn gegen jene Riesenthorheit, welche solches Übel freiwillig heraufbeschwört. Mein Vater war, als sie Rosas Leichnam hinausgetragen, in die Knie gefallen, den Kopf an die Mauer ...

Ich trat hin und faßte ihn beim Arme:

„Vater," sagte ich — „das ist der Krieg."

Keine Antwort.

„Hörst Du, Vater? — Jetzt oder nie: willst Du jetzt den Krieg verfluchen?"

Er aber raffte sich auf:

„Du erinnerst mich daran . . . dieses Unglück will mit Soldatenmut getragen werden . . . Nicht ich allein! das ganze Vaterland hat Blut- und Thränenopfer bringen müssen —"

„Was hat denn dem Vaterland Dein und Deiner Brüder Leid gefrommt? Was frommen ihm die verlorenen Schlachten, was diese beiden geknickten Mädchenleben? — Vater — o thue mir die Liebe: fluche dem Krieg! Sieh her," ich zog ihn zum Fenster hin — eben wurde auf einem Karren ein schwarzer Sarg in den Hof gerollt: „sieh her — das ist für unsere Lilli — und morgen ein gleicher für unsere Rosa . . . und übermorgen vielleicht ein dritter — und warum, warum?!"

„Weil Gott es so gewollt, mein Kind —"

„Gott — immer Gott! . . . Daß sich doch alle Thorheit, alle Wildheit, alle Gewaltthätigkeit der Menschen stets hinter diesem Schilde birgt! Gottes Wille."

„Lästere nicht, Martha, jetzt läst're nicht, da Gottes strafende Hand so sichtbar —"

Ein Diener kam hereingerannt:

„Ex'lenz — der Tischler will den Sarg nicht in die Kammer tragen, wo die Komtessen liegen — und Niemand traut sich hinein —"

„Auch Du nicht, Feigling?“

„Ich kann nicht allein —“

„So werde ich Dir helfen — ich will meine Tochter selber . . .“ Und er schritt zur Thür. „Zurück!“ schrie er mich an, da ich ihm folgen wollte. „Du darfst nicht mit — Du darfst mir nicht auch noch sterben . . . und denke an Dein Kind!“

Was thun? Ich schwankte . . . Das ist das quälendste in solchen Lagen; nicht einmal zu wissen, wo die Pflicht liegt. Leistet man den Kranken und den Toten die Liebesdienste, zu welchem das Herz drängt, so schleppt man den Keim des Übels wieder weiter und bringt den anderen, den noch verschonten, die Gefahr. Man wollte sich opfern, weiß aber, daß man mit diesem Wagnis auch andere hinzuopfern wagt.

Über solches Dilemma kann nur eines hinaushelfen: mit dem Leben abschließen — nicht nur mit dem eigenen, sondern auch mit demjenigen seiner Teuren — annehmen, daß alle zu Grunde gehen — und eins dem anderen, so lange es geht, in den Leidensstunden beistehen. Rücksicht, Vorsicht — das alles muß auf= hören: Zusammen! — an Bord eines untergehenden Schiffes — Rettung gibt es keine — „halten wir uns umfangen, eng, recht eng aneinander — bis zum letzten Augenblick — und: schöne Welt, ade!“

Diese Resignation war über uns alle gekommen; die Fluchtpläne hatte man aufgegeben; jeder ging an jedes Kranken und an jedes Toten Lager; sogar Bresser versuchte nicht mehr, uns dieses Verhalten — das einzig menschliche — zu wehren. Seine Nähe, sein

energisches, rastloses Schalten gab uns das einzige
Sicherheitsgefühl: wenigstens war unser sinkendes Schiff
nicht ohne Kapitän.

Ach, diese Cholerawoche in Grumitz! ... Über
zwanzig Jahre sind seither vergangen, aber noch
schaudert es mir durch Mark und Bein, wenn ich daran
zurückdenke. Thränen, Wimmern, herzzerreißende Sterbe-
scenen — der Karbolgeruch, das Knochenknarren der
Krampfbefallenen, die ekelhaften Symptome, das un-
aufhörliche Geklingel des Totenglöckleins, die Begräb-
nisse — nein: Verscharrungen — denn in solchen Fällen
gibt es keinerlei Trauerpomp; — die ganze Lebens-
ordnung aufgegeben: keine Mahlzeiten — die Köchin
war gestorben — kein Schlafengehen des Nachts —
hier und da ein stehend eingenommener Bissen, und in
den Morgenstunden ein sitzendes Einnicken. Draußen,
wie eine Ironie der gleichgültigen Natur, das herrlichste
Sommerwetter, fröhlicher Amselschlag, üppiges Farben-
glühen der Blumenbeete ... Im Dorfe ununterbrochenes
Sterben — die zurückgebliebenen Preußen alle tot.
„Ich bin heute dem Totengräber begegnet,“ erzählte
Franz der Kammerdiener, „wie er mit einem leeren
Wagen vom Friedhof zurückfuhr. „Wieder ein paar
hinausgeschafft?“ habe ich ihn gefragt. „Ja, wieder
sechs oder sieben ... alle Tag, so ein halb’ Dutzend,
manchmal auch mehr ... es kommt auch vor, daß
einer oder der andere im Wagen drin noch a bissl
muckst — aber thut nix — nur ’nein in die Gruben
mit die Preußen!“

Am folgenden Tage starb der Unmensch selber und

ein anderer mußte sein Amt — zur Zeit das ange=
strengteste im Ort — übernehmen. Die Post brachte
nur trübes; von überall her Nachrichten über das
Wüten der Seuche und Liebesbriefe — ewig unbe=
antwortet zu bleibende Liebesbriefe — von dem nichts
ahnenden Prinzen Heinrich. An Konrad hatte ich, um
ihn auf das fürchterliche vorzubereiten, eine Zeile geschickt: „Lilli sehr krank." Er konnte nicht augenblicklich
kommen — der Dienst hielt ihn zurück. Erst am vierten
Tage kam der Unselige ins Haus gestürzt:

„Lilli?" rief er —„ist es wahr?" Unterwegs hatte
er das Unglück erfahren.

Wir bejahten.

Er blieb unheimlich still und thränenlos. „Ich
habe sie viele Jahre geliebt," sprach er nur leise vor
sich hin. Dann laut:

„Wo liegt sie? — Auf dem Friedhofe? . . . Ich
will sie besuchen . . . lebt wohl . . . sie erwartet
mich . . ."

„Soll ich mitkommen?" frug ihm jemand an.

„Nein, ich gehe lieber allein."

„Er ging — und wir sahen ihn nicht wieder. Am
Grabe der Braut hat er sich eine Kugel durch den
Kopf gejagt.

So endete Konrad Graf Althaus, Oberstlieutenant
im 4. Husarenregiment, im siebenundzwanzigsten Lebens=
jahre.

Zu einer andern Zeit hätte die Tragik dieses Vor=
falls viel erschütternder gewirkt, aber jetzt: wie viele
junge Offiziere hatte der Krieg unmittelbar weggerafft

— diesen mittelbar. Und in dem Augenblick, als wir
von der That erfuhren, war in unserer Mitte ein
neues Unglück ausgebrochen, das unsere ganze Herzens-
angst in Anspruch nahm: Otto — meines armen
Vaters angebeteter, einziger Sohn — war von dem
Würgeengel gepackt.

Die ganze Nacht und den folgenden Tag dauerte
sein Leiden — unter wechselndem Hoffen und Verzagen — um sieben Uhr Abends war alles vorbei.

Mein Vater warf sich auf die Leiche mit einem
so markerschütternden Schrei, daß es das ganze Haus
durchdröhnte. Wir hatten Mühe, ihn von dem Toten
fortzureißen. Ach, und dieser Schmerzensjammer, der
jetzt folgte: heulende, brüllende, röchelnde Laute der
Verzweiflung waren es, die der alte Mann stunden-
und stundenlang ausstieß . . . Sein Sohn, sein Stolz,
sein Otto, sein alles!

Auf diese Ausbrüche folgte plötzlich starre, stumme
Apathie. Dem Begräbnis seines Liebling hatte er
nicht beiwohnen können. Er lag auf einem Sopha
regungslos und — beinahe schien es — bewußtlos.
Bresser ordnete an, daß er entkleidet und zu Bett gebracht werde.

Nach einer Stunde schien er sich zu beleben.
Tante Marie, Friedrich und ich waren an seiner
Seite. Er schaute eine Zeit lang mit fragendem Blick
herum, dann setzte er sich auf und versuchte zu
sprechen. Doch brachte er kein Wort hervor und
rang mit schmerzverzerrtem Gesicht nach Atem. Da

begann es ihn zu schütteln und zu werfen, als wäre
er von jenen schauerlichen Krämpfen befallen, welche
die letzten Symptome der Cholera sind, und doch
hatten sich vorher keine der anderen Erscheinungen bei
ihm gezeigt. Endlich brachte er ein Wort hervor:
„Martha".

Ich fiel kniend an der Bettseite nieder:

„Vater, mein teurer armer Vater! . . ."

Er erhob seine Hand über meinem Scheitel:

„Dein Wunsch" . . . sprach er mühsam — „sei
erfüllt . . . ich flu— ich verfluch—"

Er konnte nicht weiter reden und sank in die
Kissen zurück.

Mittlerweile war Bresser herbeigekommen und gab
auf unser ängstliches Fragen Bescheid:

Ein Herzkrampf hatte meinen Vater getötet.

„Das Fürchterlichste ist," sagte Tante Marie, nachdem wir ihn begraben, „daß er mit einem Fluch auf
dem Lippen verschied."

„Laß das gut sein, Tante," beruhigte ich sie.
„Wenn dieser Fluch erst von Aller — Aller Lippen
fiele, so wäre das der Menschheit größter Segen.

Das war die Cholerawoche von Grumitz! In einem Zeitraum von sieben Tagen zehn Bewohner des Schlosses dahingerafft: Mein Vater, Lilli, Rosa, Otto, meine Jungfer Netti, die Köchin, der Kutscher und zwei Stalljungen. Im Dorfe starben in derselben Zeit über achtzig Personen.

Wenn man das so trocken hersagt, klingt es wie eine beachtenswerte statistische Notiz; wenn es in einem erzählenden Buche steht — wie ein übertreibendes Phantasiespiel des Autors. Aber es ist weder so trocken wie das Eine, noch so schauerromantisch, wie das Andere, es ist kalte, greifbare trauerreiche Wirklichkeit.

Nicht Grumitz allein war in unserer Gegend so hart mitgenommen worden. Wer in den Annalen der nachbarlichen Ortschaften und Schlösser, nachblättern will, könnte daselbst viele ähnliche Fälle von Massenunglück finden. Da ist zum Beispiele — in der Nähe des Städtchens Horn — das Schloß Stockern. Von der Familie, die es bewohnte, sind in der Zeit vom 9. bis 13. August 1866, gleichfalls nach Abmarsch der preußischen Einquartierung, vier Mitglieder — der zwanzigjährige Rudolf, dessen Schwestern Emilie und Bertha, Onkel Candid — und außerdem fünf Personen Dienerschaft — der Seuche erlegen. Die jüngste Tochter, Pauline von Engelshofen, blieb verschont. Dieselbe hat sich in der Folge mit einem Baron Suttner vermählt — auch sie erzählt heute noch mit Schaudern von der Cholerawoche in Stockern.

Es war damals eine solche Trauer- und Sterbe-
resignation über mich gekommen, daß ich stündlich erwartete, der Tod — in dessen Zeichen das Land seit
zwei Monaten stand — werde nun mich selber und
meine anderen Lieben dahinraffen. Mein Friedrich —
mein Rudolf: ich beweinte sie schon im voraus. —
Bei alledem, mitten in meinem Harme, hatte ich
doch süße Augenblicke. Das war, wenn ich an meines
Gatten Brust gelehnt, von ihm liebend umschlungen,
mein Leid an seinem treuen Herzen ausweinen durfte.
Wie sanft er da — nicht Trost-, aber Worte des
Mitschmerzes und der Liebe zu mir sprach, es wurde
mir dabei so warm und weit ums eigene Herz . . .
Nein, die Welt ist nicht so schlecht — mußte ich unwillkürlich denken — die Welt ist nicht ganz Jammer
und Grausamkeit: es lebt in ihr das Mitleid und
die Liebe . . . freilich erst in einzelnen Seelen, nicht
als allgültiges Gesetz und als obwaltender Normal-
zustand — aber doch v o r h a n d e n; und so wie diese
Regungen uns zwei durchglühen, mit ihrer milden
Rührung selbst diese Schmerzenszeit versüßend — so
wie sie noch in vielen anderen, ja in den m e i s t e n
Seelen wohnen, so werden sie einst zum Durchbruch
gelangen und das allgemeine Verlangen der Menschenfamilie beherrschen: die Zukunft gehört der Güte.

— — — — — — — — — — — — — — —

Wir verbrachten den Rest des Sommers in der
Nähe von Genf. Es war Doktor Bressers Über-
redungskunst doch gelungen, uns zur Flucht aus der
verseuchten Gegend zu bewegen. Anfangs sträubte ich

mich. dagegen, die Gräber der Meinen so rasch zu verlassen und war überhaupt, wie gesagt, von solcher
Todesergebung erfüllt, daß ich ganz apathisch geworden
und jeden Fluchtversuch für unnütz hielt; — aber
schließlich mußte Bresser dennoch siegen, als er mir
vorhielt, daß es meine Mutterpflicht sei, den kleinen
Rudolf so gut wie möglich der Gefahr zu entreißen.

Daß wir als Zufluchtsort die Schweiz gewählt,
geschah auf Friedrichs Wunsch. Er wollte sich mit
den Männern bekannt machen, welche das „Rote
Kreuz“ ins Leben gerufen und an Ort und Stelle
über den Verlauf der stattgehabten Konferenzen, so
wie über die weiteren Ziele der Konvention sich unter-
richten.

Seinen Abschied vom Militärdienst hatte Friedrich
eingereicht, und vorläufig, bis zur Erledigung des
Gesuches, einen halbjährigen Urlaub erhalten. Ich
war nun reich geworden, sehr reich. Der Tod meines
Vaters und meiner drei Geschwister hatte mich in den
Besitz von Grunitz und des sämtlichen Familienver-
mögens gesetzt.

„Sieh her,“ sagte ich zu Friedrich, als mir vom
Notar die Besitzdokumente übermittelt wurden. „Was
würdest Du dazu sagen, wenn ich den stattgehabten
Krieg nun preisen wollte, wegen dieses durch seine
Folgen mir zugefallenen Vorteils?“

„Dann wärst Du meine Martha nicht! Doch —
ich verstehe, was Du sagen willst. Der herzlose Egoismus, der sich über materiellen Gewinn zu freuen vermag, welcher aus dem Verderben Anderer sproßt —

11*

diese Regung, die der Einzelne, wenn er wirklich niedrig
genug ist, sie zu fühlen, doch sorgfältig zu verbergen
trachtet — zu der bekennen sich stolz und offen Nationen
und Dynastien: Tausende sind unter unsäglichem Leid
zu Grunde gegangen — aber wir haben dadurch an
Territorium, an Macht gewonnen: dem Himmel sei
Preis und Dank für den glücklichen Krieg."

Wir lebten sehr still und zurückgezogen in einer
kleinen, am Ufer des Sees gelegenen Villa. Ich war
von den durchgemachten Ereignissen so gedrückt, daß
ich durchaus mit keinem fremden Menschen Umgang
haben wollte. Friedrich respektierte meine Trauer und
versuchte gar nicht, das banale Mittel „Zerstreuung"
dagegen vorzuschlagen. Ich war es den Grumitzer
Gräbern schuldig — das sah mein zartfühlender Gatte
wohl ein — ihnen eine Zeit lang in aller Stille nach-
zuweinen. Die der schönen Welt so rasch und grausam
Entrissenen sollten nicht auch noch der Erinnerungs-
stätte, die sie in meinem trauernden Herzen hatten,
ebenso rasch und kalt beraubt werden.

Friedrich selber ging oft in die Stadt, um dort
den Zweck seines hiesigen Aufenthaltes, das Studium
der Rote-Kreuz-Frage zu betreiben. Von den Ergeb-
nissen dieses Studiums habe ich keine klare Erinnerung
mehr; ich führte damals kein Tagebuch, und so ist mir
meist wieder entfallen, was mir Friedrich von seinen
betreffenden Erfahrungen mitteilte. Nur eines Ein-
druckes erinnere ich mich deutlich, den mir die ganze
Umgebung machte: die Ruhe, die Unbefangenheit, die
heitere Geschäftigkeit aller Leute, die ich zufällig sah

— als lebte man mitten in frieblichster, gemütlichster
Zeit. Fast nirgens ein Echo von dem stattgehabten
Krieg, höchstens in anekbotischem Tone, wie wenn der=
selbe ein interessantes Ereignis mehr abgegeben hätte
— weiter nichts — das neben dem übrigen Europa=
llatsch vorteilhaft Gesprächsstoff lieferte; — als hätte
das grausige Kanonenbonnern auf den böhmischen
Schlachtfeldern nichts Tragischeres an sich, als eine
neue Wagnersche Oper. Das Ding gehörte nunmehr
der Geschichte an, hatte einige Landkarten=Umänberungen
zur Folge — aber dessen Schauerlichkeit war aus dem
Bewußtsein geschwunden — in das der Unbeteiligten
vielleicht niemals gedrungen ... vergessen, verschmerzt,
verwischt. Ebenso die Zeitungen — ich las zumeist
französische Blätter: — alles Interesse auf die für
1867 sich vorbereitende pariser Weltausstellung, auf
die Hoffeste in Compiègne, auf litterarische Persönlich=
keiten (es tauchten ein paar neue vielbestrittene Talente
auf: Flaubert, Zola), auf Theaterereignisse: eine neue
Oper von Gounod — eine von Offenbach der Hortense
Schneider zugebachte Glanzrolle u. dgl. gerichtet. Das
kleine pikante Duell, welches die Preußen und Öster=
reicher là-bas en Bohème ausgefochten, das war schon
eine etwas verjährte Angelegenheit ... O, was drei
Monate zurückliegt oder breißig Meilen entfernt ist,
was nicht im Bereich des Jetzt und des Hier sich
abspielt, dort reichen die kurzen Fühlhörnchen des
menschlichen Herzens und des menschlichen Gedächtnisses
nicht hin.
Gegen Mitte Oktober verließen wir die Schweiz.

Wir begaben uns nach Wien zurück, wo die Abwicke-
lung der Verlassenschaftsangelegenheiten meine Anwesen-
heit erheischte. Nach Erledigung dieser Geschäfte beabsichtigten wir, uns auf längere Zeit in Paris
niederzulassen. Friedrich führte im Sinn, der Idee
der Friedensliga nach Kräften die Wege zu ebnen und
er war der Ansicht, daß die bevorstehende Weltausstellung die beste Gelegenheit biete, einen Kongreß der
Friedensfreunde zu veranstalten; auch hielt er Paris
für den geeignetsten Ort, eine internationale Sache
wirksam zu vertreten.

„Das Kriegshandwerk habe ich niedergelegt," sagte
er, „und zwar habe ich das aus einer im Kriege selber
gewonnenen Überzeugung gethan. Für diese Überzeugung
nun will ich wirken. Ich trete in den Dienst der
Friedensarmee. Freilich noch ein ganz kleines Heer,
dessen Streiter keine andere Wehr und Waffen haben,
als den Rechtsgedanken und die Menschenliebe. Doch
Alles, was in der Folge groß geworden, hat klein und
unscheinbar begonnen.

„Ach," seufzte ich dagegen, „es ist ein hoffnungs-
loses Beginnen. Was willst Du — Einzelner — erreichen, gegen jenes mächtige, jahrtausendalte, von
Millionen Menschen verteidigte Bollwerk?"

„Erreichen? Ich? . . . Wahrlich, so unvernünftig
bin ich nicht, zu hoffen, daß ich persönlich eine Um-
gestaltung herbeiführen werde. Ich sagte ja nur, daß
ich in die Reihen der Friedensarmee eintreten wolle.
Habe ich etwa, als ich im Kriegsheer stand, gehofft,
daß ich das Vaterland retten, daß ich eine Provinz

erobern würde? Nein, der Einzelne kann nur dienen. Mehr noch; er muß dienen. Wer von einer Sache durchglüht ist, der kann nicht anders als für sie wirken, als für sie sein Leben einsetzen — wenn er auch weiß, wie wenig dieses Leben an und für sich zum Siege beitragen kann. Er dient, weil er muß: nicht nur der Staat — auch die eigene Überzeugung, wenn sie begeistert ist, legt eine Wehrpflicht auf."

„Du hast recht. Und wenn endlich Millionen Begeisterter dieser Wehrpflicht genügen, dann muß jenes von seinen Verteidigern verlassene, jahrtausendalte Bollwerk auch zusammenfallen."

Von Wien aus machte ich eine Pilgerfahrt nach Grumitz — dessen Herrin ich nun geworden. Doch ich betrat gar nicht das Schloß. Nur auf dem Friedhof legte ich vier Kränze nieder und fuhr wieder zurück.

Nachdem meine wichtigsten Geschäfte geordnet waren, schlug Friedrich eine kleine Reise nach Berlin vor, um der beklagenswerten Tante Kornelie einen Besuch zu machen. Ich willigte ein. Für die Dauer unserer Abwesenheit übergab ich meinen kleinen Sohn der Aufsicht Tante Mariens. Letztere war durch die Ereignisse der Grumitzer Cholerawoche unbeschreiblich niedergedrückt. Ihre ganze Liebe, ihr ganzes Lebensinteresse übertrug sie jetzt auf meinen kleinen Rudolf. Ich hoffte auch, daß es sie ein wenig zerstreuen und aufrichten werde, das Kind eine Zeit lang bei sich zu haben.

Am 1. November verließen wir Wien. In Prag unterbrachen wir unsere Reise, um zu übernachten

Tags darauf, statt die Reise nach Berlin fortzusetzen, machten wir eine neue Pilgerfahrt.

„Allerseelentag!" sagte ich, als mein Blick auf das Datum eines mit dem Frühstück in unser Hotelzimmer gebrachten Zeitungsblattes fiel.

„Allerseelen" — wiederholte Friedrich. „Wieviel arme Tote hier auf den nahen Schlachtfeldern, denen nicht einmal dieser Gräber-Ehrentag zu gute kommt — weil sie keine Gräber haben ... Wer wird sie besuchen?"

Ich sah ihn eine Weile schweigend an. Dann halblaut:

Willst Du?"

Er nickte. Wir hatten uns verstanden, und eine Stunde später waren wir auf dem Weg nach Chlum und Königgrätz.

* * *

Welch ein Anblick!
Eine Elegie Tiedges kam mir in den Sinn:

> „Welch ein Anblick! Hierher, Volksregierer!
> Hier bei dem verwitternden Gebein
> Schwöre, deinem Volk ein sanfter Führer,
> Deiner Welt ein Friedensgott zu sein.

> Hier schau' her, wenn dich nach Ruhme dürstet,
> Zähle diese Schädel, Völkerhirt,
> Vor dem Ernste, der dein Haupt, entfürstet,
> In die Stille niederlegen wird.

> Laß im Traum das Leben dich umwimmern,
> Das hier unterging in starres Grauen;
> Ist es denn so lockend, sich mit Trümmern
> In die Weltgeschichte einzubauen?"

Leider ja, es ist verlockend, so lang die Weltgeschichte — das heißt Diejenigen, welche sie schreiben
— die Heldenstandbilder aus Kriegstrümmern aufbauen,
so lang sie den Titanen des Völkermordes Kränze
reichen. Auf den Lorbeerkranz verzichten, dem Ruhme
entsagen, wäre edel — meint der Dichter! Erst werde
das Ding, auf das zu verzichten so wohlthätig erschiene,
seines Nimbus entkleidet und kein Ehrgeiziger wird
mehr darnach greifen.

Es dämmerte schon, als wir in Chlum ankamen
und von da, Arm in Arm, in schweigendem Schauer,
dem nahen Schlachtfelde zuschritten. Es fiel ein mit
ganz kleinen Schneeflocken gemischter Nebel und die
kahlen Äste der Bäume bogen sich unter dem schrill
klagenden Pfeifen eines kalten Novemberwindes. Massen
von Gräbern und Massengräber rings umher. Aber
ein Friedhof? Nein. Da hatte man keine müden
Lebenspilger zur Ruhe frieblich hingebettet, da wurden
mitten in ihrem jugendlichen Lebensfeuer, in ihrer
vollsten Mannesfraft strotzende Zukunftsanwärter gewaltsam niedergeworfen und mit Grabeserde über-
schaufelt. Verschüttet, erstickt, auf ewig stumm gemacht
— alle die brechenden Herzen, die blutig zersetzten
Glieder, die bitterlich weinenden Augen — die wilden
Verzweiflungsschreie, die vergeblichen Gebete . . .

Einsam war es auf diesem Kriegsacker nicht.

Viele, Viele hatte der Allerseelentag hierhergebracht —
aus Freundes- und aus Feindesland — welche gekommen waren, auf der Stätte niederzuknieen, wo ihr
Liebstes gefallen. Schon der Zug, mit dem wir gekommen, war mit anderen Trauernden gefüllt gewesen
— und so hatte ich schon mehrere Stunden lang um
mich jammern und klagen gehört. „Drei Söhne —
drei Söhne ... einer schöner und besser und lieber
als der andere — habe ich bei Sadowa verloren!"
erzählte uns ein ganz gebrochen aussehender alter Mann.
Noch mehrere andere der Wagengenossen mischten ihre
Klagen dazu: um den Bruder, den Gatten, den Vater.
— Aber von allen diesen hat mir keiner solchen Eindruck gemacht, wie das thränenlose, dumpfe „Drei
Söhne, drei Söhne!" des armen Alten.

Auf dem Felde selbst sah man von allen Seiten,
auf allen Wegen schwarze Gestalten, gehen, oder knieen
— oder mühsam weiter schwanken, mitunter laut auf-
schluchzend zusammenbrechen. Es waren nur wenig
Einzelgräber da, nur wenig inschrifttragende Kreuze
oder Steine. Wir bückten uns und entzifferten, so
gut das Dämmerlicht es noch gestattete, einige Namen.

Major von Neuß vom 2. preußischen Garderegi-
ment.

„Vielleicht ein Verwandter vom Bräutigam unserer
armen Rosa," bemerkte ich.

Graf Grünne — Verwundet 3. Juli — gestorben
6. Juli ...

Was mag er in den zwei Tagen gelitten haben!...
Ob das wohl ein Sohn des Grafen Grünne war, der

vor dem Krieg den bekannten Satz geäußert: „Mit
nassen Fetzen werden wir die Preußen verjagen?" Ach
wie wahnwitzig und frevlerisch, wie schrill mißtönig
klingt doch jedes vor dem Kriege gesprochene Auf-
reizungswort, wenn man sich's an solcher Stelle
wiederholt! Worte: — weiter nichts — Prahlworte,
Hohnworte, Drohworte — gesprochen, geschrieben und
gedruckt — die nur haben dieses Feld bestellt . . .

Wir gehen weiter. Überall mehr oder minder
hohe, mehr oder minder breite Erdhügel . . . auch da,
wo der Boden nicht erhaben ist, auch unter unseren
Füßen modern vielleicht Soldatenleichen — — —

Immer dichter rieselt der Nebel:

„Friedrich — setze doch Deinen Hut auf: Du
wirst Dich erkälten."

Friedrich aber blieb unbedeckt — und ich wiederholte meine Mahnung kein zweites Mal.

Unter den Leidtragenden, die hier umher wandelten,
befanden sich auch viele Offiziere und Soldaten; wahrscheinlich solche, die den heißen Tag von Königgrätz
selber mitgemacht und jetzt an die Stelle gepilgert
waren, wo ihre gefallenen Kameraden ruhten.

Jetzt waren wir an den Platz gelangt, wo die
meisten Krieger — Freund und Feind nebeneinander
— begraben lagen. Der Platz war — wie ein Kirch-
hof — umfriedigt. Hierher strömte die größte Anzahl
der Trauernden, denn auf dieser Stelle war es am
wahrscheinlichsten, daß die von ihnen Beweinten da
begraben seien. An dieser Umfriedigung knieten und

schluchzten die Beraubten, hier hingen sie ihre Kränze und ihre Grablaternen auf.

Ein großer, schlanker Mann, von vornehmer jugendblicher Gestalt, in einen Generalsmantel gehüllt, kam auf den Tumulus zu. Die Anderen wichen von der Stelle ehrerbietig zurück und ich hörte einige Stimmen flüstern:

„Der Kaiser . . .“

Ja, es war Franz Joseph. Der Landesherr, der oberste Kriegsherr war es, der da am Allerseelen= tag gekommen war, für seine toten Landeskinder, für seine gefallenen Krieger ein stilles Gebet zu verrichten. Auch er stand unbedeckten, gebeugten Hauptes da, in schmerzerfüllter Ehrerbietung von der Majestät des Todes.

Lange, lange blieb er unbeweglich. — Ich konnte mein Auge nicht von ihm wenden. Was mochten für Gedanken durch seine Seele ziehen — was für Gefühle durch sein Herz, welches doch — das wußte ich — ein gutes und ein weiches Herz war? Es überkam mich, als könnte ich ihm nachfühlen, als könnte ich gleich= zeitig mit ihm die Gedanken denken, die seinen ge= senkten Kopf durchkreuzten:

. . . Ihr, meine armen Tapferen . . . gestorben . . . und wofür? . . . Wir haben ja nicht gesiegt . . . mein Venedig! Verloren . . . so Vieles, so Vieles verloren . . . auch euer junges Leben . . . Und ihr habt es so opfer= mutig hergegeben . . . für mich . . . O könnte ich es euch zurückgeben! Ich, für mich, habe ja das Opfer nicht begehrt — für euch, für euer Land, ihr meine

Landeskinder, seid ihr in diesen Krieg geführt worden
... Und nicht durch mich ... wenn es auch auf
meinen Befehl geschehen — hab' ich denn nicht befehlen
müssen? Nicht meinetwillen sind die Unterthanen da
— nein, ihretwillen bin ich auf den Thron berufen ...
und jede Stunde wäre ich bereit, für meines Volkes
Wohl zu sterben ... O, hätte ich meinem Herzens=
drang gefolgt und nimmer „ja" gesagt, wenn sie Alle
um mich herum riefen: „Krieg, Krieg!" ... Doch —
konnte ich mich widersetzen? Gott ist mein Zeuge, ich
konnte nicht ... Was mich drängte, was mich zwang
— ich weiß es selbst nicht mehr genau — nur so viel
weiß ich — es war ein unwiderstehlicher Druck von
außen — von euch selber, ihr toten Soldaten ...
O wie traurig, traurig traurig — was habt ihr nicht
Alles gelitten und jetzt liegt ihr hier und auf anderen
Wahlstätten — von Kartätschen und Säbelhieben, von
Cholera und Typhus hingerafft ... O hätte ich „nein"
sagen können ... du hast mich darum gebeten, Elisa=
beth ... O hätte ich's gesagt! Der Gedanke ist un=
erträglich, daß ... ach, es ist eine elende, unvoll=
kommene Welt ... zu viel, zu viel des Jammers! ...

Immer noch, während ich so für ihn dachte,
haftete mein Auge an seinen Zügen, und jetzt — ja
es war „zu viel, zu viel des Jammers" — jetzt be=
deckte er sein Gesicht mit beiden Händen und brach in
heftiges Weinen aus.

So geschehen am Allerseelentag 1866 auf dem
Totenfelde von Sadowa.

Fünftes Buch.

Friedenszeit.

Die Stadt Berlin fanden wir in hellem Jubel.
Jeder Ladenschwengel und jeder Eckensteher trug ein
gewisses Siegesbewußtsein zur Schau. „Wir haben
die Andern drunter gekriegt"! das scheint doch eine
sehr erhebende und unter der ganzen Bevölkerung
verteilbare Empfindung zu sein. Dennoch, in den
Familien, die wir aufsuchten, fanden wir so manche
tiefniedergeschlagene Leute, solche nämlich, welche einen
unvergeßlichen Toten auf den deutschen oder böhmischen
Schlachtfeldern liegen hatten. Am meisten fürchtete
ich mich, Tante Kornelie wiederzusehen Ich wußte,
daß ihr herrlicher Sohn Gottfried ihr Abgott, ihr
Alles gewesen, und ich konnte den Schmerz ermessen,
der die arme beraubte Mutter jetzt erdrücken mußte —
ich brauchte mir nur vorzustellen, daß mein Rudolf,
wenn ich ihn großgezogen hätte . . . nein, den Gedanken wollte ich gar nicht ausdenken.

Unser Besuch war angesagt. Mit Herzklopfen
betrat ich Frau von Tessows Wohnung. Schon im
Vorzimmer bekundete sich die im Hause herrschende
Trauer. Der Diener, der uns einließ, trug schwarze

Livree; im großen Empfangszimmer, dessen Sitzmöbel mit Überzügen bedeckt waren, war kein Feuer angezündet und die Spiegel und Bilder an den Wänden waren sämtlich mit Flor verhängt. Von hier wurde uns die Thüre nach Tante Korneliens Schlafzimmer geöffnet, wo sie uns erwartete. Dasselbe, ein sehr großer, durch einen Vorhang — hinter welchem das Bett stand — geteilter Raum, diente Tante Kornelie jetzt als beständiger Aufenthalt; sie verließ nie mehr das Haus, außer um allsonntäglich in den Dom zu gehen — und nur selten das Zimmer, nur täglich eine Stunde. welche sie in Gottfrieds gewesenem Studierkabinett verbrachte. In diesem war Alles auf derselben Stelle stehen und liegen geblieben, wie er es am Tage seiner Abreise verlassen. Sie führte uns im Laufe unseres Besuches hinein und ließ uns einen Brief lesen, den er auf seine Mappe gelegt:

„Meine einzige, liebe Mutter! Ich weiß ja, meine Herzliebste Du, daß Du nach meiner Abfahrt hierherkommen wirst — und da sollst Du dieses Blatt finden. Der persönliche Abschied ist vorbei. Desto mehr wird es Dich freuen und überraschen, noch ein Zeichen zu entdecken, noch ein letztes Wort von mir zu hören, und zwar ein frohes, hoffnungsvolles. Sei guten Muts: ich komme wieder. Zwei so aneinander hängende Herzen, wie die unseren, wird das Schicksal nicht auseinander reißen. Meine Bestimmung ist es, jetzt einen glücklichen Feldzug zu überstehen, Sterne und Kreuze zu erringen — und dann: Dich zur sechsfachen Großmutter machen. Ich küsse Deine Hand, ich küsse Deine liebe sanfte Stirn — o Du aller Mütterchen angebetetstes.

Dein Gottfried."

Als wir bei Tante Kornelie eintraten, war die-selbe nicht allein. Ein Herr in langem, schwarzem Rocke, auf den ersten Blick als Pastor erkenntlich, saß ihr gegenüber.

Die Tante erhob sich und kam uns entgegen; der Pastor stand gleichfalls von seinem Sitze auf, blieb aber im Hintergrunde stehen.

Was ich erwartet, geschah: als ich die alte Frau umarmte, brachen wir beide, sie und ich, in lautes Schluchzen aus. Auch Friedrich blieb nicht trockenen Auges, indem er die Trauernde an sein Herz drückte. Gesprochen wurde in dieser ersten Minute gar nichts. Was man sich in solchen Augenblicken — beim ersten Wiedersehen nach einem schweren Unglücksfall — zu sagen hat, das drücken Thränen vollständig aus . . .

Sie führte uns an ihren Sitzplatz zurück und wies uns nebenstehende Sessel an. Dann, nachdem sie die Augen getrocknet:

„Mein Neffe, Oberst Baron Tilling, — Herr Militäroberpfarrer und Konsistorialrat Mölser," stellte sie vor.

Stumme Verneigungen wurden gewechselt.

„Mein Freund und geistlicher Berater," ergänzte sie, „der es sich angelegen sein läßt, mich in meinem Schmerze aufzurichten —"

„Dem es aber leider noch nicht gelungen ist, Ihnen

12*

die richtige Ergebung, die richtige Freudigkeit des Kreuz=
tragens beizubringen, geschätzte Freundin," sagte Jener.
„Warum mußte ich eben einen neuerlichen, so matt=
herzigen Thränenerguß sehen?"

„Ach, verzeihen Sie mir! Als ich meinen Neffen
und seine liebe junge Frau zum letzten Male sah, da
war mein Gottfried —" Sie konnte nicht weiter reden.

„Da war Ihr Sohn noch auf dieser sündigen
Welt, allen Versuchungen und Gefahren ausgesetzt,
während er jetzt in den Schoß des Vaters eingegangen
ist, nachdem er den rühmlichsten, seligsten Tod für
König und Vaterland gefunden hat. „Sie, Herr Oberst,"
wandte er sich nun an meinen Mann, „die Sie mir
eben auch als Soldat vorgestellt wurden, können mir
helfen, dieser gebeugten Mutter den Trost zu geben,
daß das Schicksal ihres Sohnes ein neidenswertes ist.
Sie müssen es wissen, welche Todesfreudigkeit den
tapfern Krieger beseelt — der Entschluß, sein Leben
auf dem Altar des Vaterlandes zum Opfer zu bringen,
verklärt ihm alles Scheideweh, und wenn er im Sturm
der Schlacht, beim Donner der Geschütze sinkt, so er=
wartet er, zu der großen Armee versetzt zu werden
und dabei zu sein, wenn der Herr der Heerschaaren
droben Heerschau hält. Sie, Herr Oberst, sind unter
Jenen zurückgekehrt, welchen die göttliche Vorsehung den
gerechten Sieg verliehen —"

„Verzeihen Sie, Herr Konsistorialrat — ich habe
in österreichischen Diensten gestanden —"

„O ich dachte . . . Ah so . . ." entgegnete der
Andere ganz verwirrt . . . „Auch eine prächtige, tapfere

Armee, die österreichische." — Er stand auf. „Doch
ich will nicht länger stören ... die Herrschaften wollen
gewiß von Familienangelegenheiten sprechen ... Leben
Sie wohl, gnädige Frau — in einigen Tagen will ich
wieder kommen ... Bis dahin erheben Sie Ihre Gedanken zu dem Allerbarmer, ohne dessen Wille kein
Haar von unserm Haupte fällt und welcher Jenen, die
ihn lieben, alle Dinge zum Besten dienen läßt, auch
Trübsal und Leid, auch Not und Tod. Ich empfehle
mich ergebenst."

Meine Tante schüttelte ihm die Hand:

„Hoffentlich sehe ich Sie bald? Recht bald, ich
bitte —"

Er verneigte sich gegen uns Alle und wollte der
Thüre zuschreiten.

Friedrich aber hielt ihn auf:

„Herr Konsistorialrat — dürfte ich eine Bitte an
Sie richten?"

„Sprechen Sie, Herr Oberst."

„Ich entnehme Ihren Reden, daß Sie ebensosehr
von religiösen, wie von militärischem Geist durch-
drungen sind. Da könnten Sie mir einen großen
Gefallen erweisen —"

Ich horchte gespannt auf. Wo wollte Friedrich
nur hinaus?

„Meine kleine Frau hier," fuhr er fort, „ist
nämlich mit allerlei Skrupel und Zweifel erfüllt ...
sie meint, daß vom christlichen Standpunkte aus der
Krieg nicht recht zulässig sei. Ich weiß zwar das
Gegenteil — denn nichts hält mehr zusammen als der

Priester- und der Soldatenstand — aber mir fehlt
die Beredsamkeit, dies meiner Frau klar zu machen.
Würden Sie sich nun herbeilassen, Herr Konsistorialrat,
uns morgen oder übermorgen eine Stunde der Unterredung zu schenken, um —"

„O sehr gern," unterbrach der Geistliche. „Wollen
Sie mir Ihre Adresse? . . ." Friedrich gab ihm seine
Karte und es wurde sogleich Tag und Stunde des
erbetenen Besuches festgesetzt.

Hierauf blieben wir mit der Tante allein.

„Gewährt Dir der Zuspruch dieses Freundes
wirklich Trost?" fragte sie Friedrich.

„Trost? Den gibt es für mich hinieden nicht
mehr. Aber er spricht so viel und so schön von den
Dingen, von welchen ich jetzt am liebsten höre — von
Tod und Trauer, von Kreuz und Opfer und Ent-
sagung . . . er schildert die Welt, die mein armer
Gottfried verlassen mußte, und von welcher auch ich
mich wegsehne, als ein solches Thal des Jammers,
der Verderbnis, der Sünde, des zunehmenden Ver-
falles . . . und da erscheint es mir denn weniger
traurig, daß mein Kind abberufen worden. — Er ist
ja im Himmel und hier auf dieser Erde —"

„Walten oft Höllengewalten, das ist wahr — das
habe ich jetzt wieder in der Nähe gesehen," erwiderte
Friedrich nachdenklich.

Hierauf wurde er von der armen Frau über die
beiden Feldzüge ausgefragt, wovon er den einen mit —
den andern gegen — Gottfried mitgemacht. Er mußte
hundert Einzelheiten anführen und konnte dabei der

beraubten Mutter denselben Trost geben, den er einst
mir aus dem italienischen Kriege gebracht: nämlich,
daß der Betrauerte eines raschen und schmerzlosen
Todes gestorben sei. Es war ein langer, trauriger
Besuch. Auch die ganzen Einzelheiten der schaurigen
Cholerawoche habe ich da wiedererzählt und meine
Erlebnisse auf den böhmischen Schlachtfeldern. Eh' wir
sie verließen, führte uns Tante Kornelie noch in Gott-
friebs Zimmer, wo ich beim Durchlesen des oben
angeführten Briefes — von dem ich mir später eine
Abschrift erbat — von neuem bittere Thränen ver-
gießen mußte.

*   *   *

„Jetzt erkläre mir," sagte ich zu Friedrich, als
wir unseren vor Frau von Tessow's Villa wartenden
Wagen bestiegen, „warum Du den Konsistorialrat —"

„Zu einer Konferenz mit Dir gebeten? Verstehst
Du nicht? ... Das soll mir als Studienmaterial
dienen. Ich will wieder einmal hören — und diesmal
notieren — mit welchen Argumenten die Priester den
Völkermord verteidigen. Als Führerin des Streites
habe ich Dich vorgeschoben. Einer jungen Frau ge-
ziemt es besser, vom christlichen Standpunkte aus
Zweifel über die Berechtigung des Krieges zu hegen
als einem ‚Herrn Oberst' —"

„Du weißt aber, daß wir solche Zweifel nicht vom
religiösen, sondern vom humanen Standpunkt —"

„Diesen müssen wir dem Herrn Konsistorialrat
gegenüber gar nicht hervorkehren, sonst würde die Streit-

frage auf ein anderes Feld verlegt. Die Friedens
bestrebungen der Freidenkenden leiden an keinem inneren
Widerspruch, und gerade der Widerspruch, welcher
zwischen den Satzungen der Christenliebe und den
Geboten der Kriegsführung besteht, wollte ich von
einem militärischen Oberpfarrer — d. h. also von
einem Vertreter christlichen Soldatentums — erläutern
hören.

Der Geistliche stellte sich pünktlich ein. Offenbar
war ihm die Aussicht verlockend, eine belehrende und
bekehrende Predigt vorbringen zu können. Ich hingegen
blickte der Unterredung mit etwas peinlichen Gefühlen
entgegen, denn es fiel mir darin eine unaufrichtige
Rolle zu. — Aber zum Wohle der Sache, welcher
Friedrich fortan seine Dienste geweiht, konnte ich mir
schon einige Überwindung auferlegen und mich mit
dem Satze trösten: Der Zweck heiligt die Mittel.

Nach den ersten Begrüßungen — wir saßen alle
Drei auf niederen Lehnstühlen in der Nähe des Ofens —
begann der Konsistorialrat also:

„Lassen Sie mich auf den Zweck meines Besuches
eingehen, gnädige Frau. Es handelt sich darum, aus
Ihrer Seele einige Skrupel zu bannen, welche nicht
ohne scheinbare Berechtigung sind, welche aber leicht
als Sophismen dargelegt werden können. Sie finden
z. B, daß das Gebot Christi, man solle seine Feinde
lieben und ferner der Satz: „Wer das Schwert nimmt,
soll durch das Schwert umkommen" in Widerspruch
zu den Pflichten des Soldaten stehen, der ja doch

bemächtigt ist, den Feind an Leib und Leben zu schädigen —"

„Allerdings, Herr Konsistorialrat, dieser Widerspruch scheint mir unlöslich. Es kommt auch noch das ausdrückliche Gebot des Dekalogs hinzu: „Du sollst nicht töten."

„Nun ja — auf der Oberfläche beurteilt, liegt hierin eine Schwierigkeit; aber wenn man in die Tiefe bringt, so schwinden die Zweifel. Was das fünfte Gebot anbelangt, so würde es richtiger heißen (und ist auch in der englischen Bibelausgabe so übertragen) „Du sollst nicht morden." Die Tötung zur Notwehr ist aber kein Mord. Und der Krieg ist ja doch nur die Notwehr im Großen. Wir können und müssen, der sanften Mahnung unseres Erlösers gemäß, die Feinde lieben; aber das soll nicht heißen, daß wir offenbares Unrecht und Gewaltthätigkeit nicht sollten abwehren dürfen."

„Dann kommt es also immer darauf hinaus, daß nur Verteidigungskriege gerecht seien, und ein Schwertstreich erst dann geführt werden darf, wenn der Feind ins Land fällt? Die gegnerische Nation aber geht von demselben Grundsatz aus — wie kann da überhaupt der Kampf beginnen? In dem letzten Krieg war es Ihre Armee, Herr Konsistorialrat, welche zuerst die Grenze überschritt und —"

„Wenn man den Feind abwehren will, meine Gnädige — wozu man das heiligste Recht hat, so ist es durchaus nicht nötig, die günstige Zeit zu versäumen und erst zu warten, bis er uns ins Land ge-

fallen, sondern es muß unter Umständen dem Landes-
herrn frei stehen, dem Gewaltsamen, Ungerechten zuvorzukommen. Dabei befolgte er eben das geschriebene
Wort: Wer das Schwert nimmt, soll durch das Schwert
umkommen. Er stellt sich als Gottes Diener und
Rächer über den Feind, indem er trachtet, Denjenigen,
der gegen ihn das Schwert nimmt, durch das Schwert
umkommen zu lassen —"

„Da muß irgendwo ein Trugschluß stecken," sagte
ich kopfschüttelnd, „diese Gründe können doch unmöglich
für beide Parteien gleich rechtfertigend sein —"

„Was ferner den Skrupel betrifft," fuhr der Geistliche fort, ohne meine Einrede zu beachten, „daß der
Krieg an und für sich Gott mißfällig sei, so fällt
dieser bei jedem bibelfesten Christen weg, denn die
heilige Schrift zeigt zur Genüge, daß der Herr dem
Volke Israel selber befohlen hat, Kriege zu führen,
um das gelobte Land zu erobern, und er verlieh seinem
Volke Sieg und Segen dazu. 4. Mose 21, 14 ist
die Rede von einem eigenen Buche der Kriege Jehovas.
Und wie oft wird in den Psalmen die Hülfe gerühmt,
die Gott seinem Volke im Kriege angedeihen ließ.
Kennen Sie nicht Salomos Spruch (22, 31):

Das Roß steht gerüstet für den Tag der Schlacht,
Aber von dem Herrn kommt der Sieg.

Im 144. Psalm dankt und lobt David den Herrn,
seinen Hort, der „seine Hände lehrt streiten und seine
Fäuste kriegen."

„So herrscht denn der Widerspruch zwischen dem
alten und dem neuen Testament: der Gott der alten

Hebräer war ein kriegerischer, aber der sanfte Jesus verkündete die Botschaft des Friedens und lehrte Nächsten- und Feindesliebe."

„Auch im neuen Testament spricht Jesus im Gleichnis Lukas 14, 31 ohne jeglichen Tadel von einem König, der sich mit einem anderen König in den Krieg begeben will. Wie oft gebraucht auch der Apostel Paulus Bilder aus dem Kriegsleben. Er sagt (Römer 13, 4), daß die Obrigkeit das Schwert nicht umsonst trägt, sondern Gottes Diener und ein Rächer ist, über den, der Böses thut."

„Nun also — dann liegt in der heiligen Schrift selber der Widerspruch, den ich meine. Indem Sie mir zeigen, daß derselbe in der Bibel auch zu finden ist, räumen Sie ihn nicht weg."

„Da sieht man oberflächliche und zugleich an- maßende Urteilsweise, welche die eigene, schwache Ver- nunft über Gottes Wort erheben will. Widerspruch ist etwas Unvollkommenes, Ungöttliches; indem ich also nachweise, daß ein Ding in der Bibel vorkommt, ist der Beweis erbracht, daß es in sich — mag es der menschlichen Einsicht noch so unverständlich sein — keinen Widerspruch enthalten kann."

„Wenn nicht vielmehr durch das Vorhandensein des Widerspruchs der Nachweis geführt wäre, daß die be- treffenden Stellen unmöglich göttlichen Ursprungs sind." Diese Antwort schwebte mir auf den Lippen, doch habe ich sie unterdrückt, um das Streitobjekt nicht gänzlich zu verrücken.

„Sehen Sie, Herr Konsistorialrat," mischte sich

jetzt Friedrich in das Gespräch; „noch viel kräftiger als Sie, hat ein Oberststückhauptmann im 17. Jahrhundert die Zulässigkeit der Kriegsgreuel durch Berufung auf die Bibel dargethan. Ich habe mir das Schriftstück aufgehoben und auch meiner Frau schon vorgelesen, sie wollte sich aber mit dem darin ausgesprochenen Geiste nicht befreunden. Ich gestehe, mir kommt das Ding auch etwas — stark vor ... und ich möchte gern Ihre Ansicht darüber hören. Wenn Sie erlauben so bringe ich das Dokument.“ Er holte aus einem Schubfach ein Papier hervor, entfaltete es und las:

„Der Krieg ist von Gott selbst inventieret und den Menschen gelehret worden. Den ersten Soldaten setzte Gott ein mit einem zweischneidigen Schwert vor das Paradies, um dem ersten Rebellen, Adam, solches zu verbieten. Im Deuteronomium ist zu lesen, wie Gott sein Volk durch Moses zum Sieg encouragieren läßt und ihnen sogar seine Priester als Avantgarde gibt.

Das erste Stratagema ward der Stadt Hai beigebracht. In diesem Judenkrieg mußte die Sonne zwei ganze Tage aneinander am Firmament stehend leuchten, damit der Krieg und die Victori konnte persequieret und viele Tausende erschlagen und die Könige aufgehenkt werden.

Alle Kriegsgreuel sind vor Gott gebilligt, denn die ganze heilige Schrift ist voll davon und beweiset genugsam, daß der rechtmäßige Krieg von Gott selber inventieret, daß also ein jeder Mensch von gutem Gewissen in demselben dienen, leben und sterben kann. Seine Feinde mag er verbrennen oder versengen, schinden, niederstoßen oder in Stücke zerhauen — es ist Alles recht, mögen Andere daran judizieren was sie wollen; Gott hat in diesen Stücken nichts verboten, sondern die grausamsten Manieren, Menschen umzubringen, gebilliget.

Die Prophetin Deborah nagelte dem Kriegsobersten Sissara den Kopf am Erdboden an. Gideon, der von Gott verordnete

Führer des Volks, rächte sich an den Obersten zu Senhot, die ihm etwas Proviant verweigert hatten, soldatisch; Galgen und Rad, Schwert und Feuer waren zu schlecht; sie wurden mit Dornen gedroschen und zerrissen — gleichwohl war es recht vor den göttlichen Augen. Der königliche Prophet David, ein Mann nach dem Herzen Gottes, inventierte die grausamsten Martern über die schon überwundenen Kinder Ammon zu Rabboth: er ließ sie mit Säbeln zerschneiden, mit eisernen Wagen über sie fahren, zerschnitt sie mit Messern, zog sie herdurch wie man Ziegelsteine formieret, und also that er in allen Städten der Kinder Ammon, Ferner hat —"

„Das ist greulich, das ist abscheulich!" unterbrach der Oberpfarrer. „Nur einem rohen Söldling aus der verwilderten Zeit des 30 jährigen Krieges sieht es gleich, solche Beispiele aus der Bibel heranzuziehen, um darauf die Berechtigung der Grausamkeit gegen den Feind zu stützen. Wir verkünden jetzt ganz andere Lehren: im Kriege darf weiter nichts erstrebt werden, als die Unschädlichmachung des Gegners — bis zum Tode — ohne böswillige Absicht gegen das Leben eines Einzelnen. Tritt solche Absicht, oder gar Mordlust und Grausamkeit gegen Wehrlose ein, dann ist das Töten im Kriege gerade so unmoralisch und unzulässig wie im Frieden. Ja, in vergangenen Jahrhunderten, wo Landknechtsführer und fahrendes Volk den Krieg als Handwerk betrieben, da konnte der Oberststückhauptmann solches schreiben; aber heutzutage wird nicht für Sold und Beute und nicht ohne zu wissen, gegen wen und warum, zu Felde gezogen, sondern für die höchsten idealen Güter der Menschheit — für Freiheit, Selbstständigkeit, Nationalität — für Recht, Glaube, Ehre, Zucht und Sitte . . "

„Sie, Herr Konsistorialrat," warf ich ein, „sind
jebenfals sanfter und menschlicher als der Stückhaupt-
mann; Sie haben daher aus der Bibel keine Belege
für die Statthaftigkeit der Greuel — an welchem unsere
mittelalterlichen Vorfahren und vermutlich noch mehr die
alten Hebräer — ihre Lust hatten — beizubringen; aber
es ist doch dasselbe Buch und derselbe Jehova, der
nicht sanfter geworden sein kann, von dem aber Jeder
nur so viel Bestätigung sich holt, als zu seiner An-
schauung paßt."

Auf dieses hin erhielt ich eine kleine Strafpredigt
über meinen Mangel an Ehrerbietung dem Worte
Gottes gegenüber und über meinen Mangel an Urteil
bei dessen Auslegung.

Es gelang mir jedoch, das Gespräch wieder auf
unser eigentliches Thema zurückzuleiten und jetzt erging
sich der Konsistorialrat in lange, diesmal ununterbrochen
bleibende Ausführungen über den Zusammenhang
zwischen solbatischem und christlichem Geiste; er sprach
von der religiösen Weihe, „die dem Fahneneid inne=
wohnt, wenn die Standarten mit Musikbegleitung
feierlich in die Kirche getragen werden unter der Ehren-
bedeckung zweier Offiziere mit gezogenem Degen; da
tritt der Rekrut zum erstenmale öffentlich mit Helm und
Seitengewehr auf und zum erstenmale folgt er der Fahne
seines Truppenteils, die jetzt entfaltet ist vor dem
Altare des Herrn, zersetzt wie sie ist und geschmückt
mit dem Ehrenzeichen der Schlachten, in der sie getragen worden" ... Er sprach von der allsonntäglichen
kirchlichen Fürbitte: „Beschütze das königliche Kriegs-

heer und alle treuen Diener des Königs und des
Vaterlands. Lehre sie, wie Christen ihres Eides ge-
denken und laß dann ihre Dienste gesegnet sein zu
Deiner Ehre und des Vaterlands Besten. „Gott
mit uns," führte er weiter aus, „ist ja auch die In-
schrift auf der Gürtelschnalle, mit der der Infanterist
sein Seitengewehr sich umgürtet, und diese Losung soll
ihm Zuversicht geben. Ist Gott mit uns — wer mag
wider uns sein? Da sind auch die allgemeinen Landes-,
Buß- und Bettage, die beim Beginn eines Krieges
ausgeschrieben werden, damit das Volk im Gebete des
Herrn Hilfe erflehe, zugleich in der getrosten Hoffnung
auf seinen Beistand und im Vertrauen auf den durch
diesen Beistand zu erlangenden glücklichen Ausgang.
Welche Weihe liegt für den ausziehenden Krieger
darin — wie mächtig hebt dies seine Kampfes- und
seine Todesfreudigkeit! Er kann getrost, wenn ihn sein
König ruft, in die Reihen der Kämpfer treten und auf
Sieg und Segen für die gerechte Sache rechnen; Gott
der Herr wird dieselben unserem Volke ebensowenig
entziehen, wie einst seinem Volke Israel, wenn wir
nur zu ihm betend die Arbeit des Kampfes thun.
Der innige Zusammenhang zwischen Gebet und Sieg
zwischen Frömmigkeit und Tapferkeit ergiebt sich leicht
— denn was kann mehr Freudigkeit im Angesicht des
Todes gewähren, als die Zuversicht, wenn im Schlacht-
gewühl die letzte Stunde schlägt, vor dem himmlischen
Richter Gnade zu finden? Treue und Glauben in
Verbindung mit Mannhaftigkeit und Kriegstüchtigkeit
gehören zu den ältesten Traditionen unseres Volkes.

In diesem Ton ging es noch lange fort: bald in öliger Milde, gesenkten Hauptes, mit sanftem Tonfall von Liebe, Himmel, Demut, „Kindlein", Heil und „köstlichen Dingen"; — bald mit militärischer Kommandostimme, bei stolz in die Brust geworfener Haltung, von strenger Sitte und strammer Zucht — scharf und schneidig — Schwert und Wehr. Das Wort „Freude" wurde nicht anders als in den Zusammensetzungen Todes-, Kampfes- und Sterbensfreudigkeit gebraucht. Vom selbprobstlichen Standpunkt scheinen eben Töten und Getötetwerden als die vornehmsten Lebensfreuden zu gelten. Alles Übrige ist erschlaffende, sündhafte Lust. Auch Verse wurden deklamiert. Zuerst das Körnersche:

> Vater, du führe mich
> Führ' mich zum Siege, führ' mich zum Tode!
> Herr, ich erkenne deine Gebote.
> Herr, wie du willst, so führe mich,
> Gott ich erkenne dich!

Dann das alte Volkslied aus dem 30 jährigen Kriege:

> Kein sel'grer Tod ist in der Welt,
> Als wie vom Feind erschlagen,
> Auf grüner Au', im freien Feld,
> Darf nicht hören groß Wehklagen.
> Im engen Bett, da einer allein
> Muß an den Todesreih'n,
> Hier aber find't er Gesellschaft fein —
> Fallen wie Kraut im Maien.

Ferner das Lenausche Lied vom kriegslustigen Waffenschmied:

> Friede hat das Menschenleben
> Still verwahrlost, sanft verwüstet,
> Wie er seiner That sich brüstet,
> Alles hängt voll Spinneweben . . .
> Ha! nun fährt der Krieg dazwischen,
> Klafft und gähnt auch manche Wunde.
> Gähnt man selt'ner mit dem Munde.
> Kampf und Tod die Welt erfrischen.

Und schließlich noch das Wort Luthers:

„Sehe ich den Krieg an als ein Ding, das Weib, Kind. Haus, Hof, Gut und Ehre schützt und Frieden damit erhält und bewahrt, so ist er eine gar köstliche Sache."

„Nun ja — sehe ich den Panther als eine Taube an, so ist der Panther ein gar sanftes Tierchen," bemerkte ich ungehört.

Gern hätte ich auch auf seine poetischen Ergüsse die Verse Bodenstedts entgegnet:

> Ihr mögt von Kriegs= und Heldenruhm
> So viel und wie ihr wollt verkünden,
> Nur schweigt von eurem Christentum,
> Geprebigt aus Kanonenschlünden.
> Bedürft ihr Proben eures Muts,
> So schlagt euch wie die Heiden weiland,
> Vergießt so viel ihr müßt des Bluts,
> Nur redet nicht dabei vom Heiland,
> Noch gläubig schlägt das Türkenheer
> Die Schlacht zum Ruhme seines Allah.
> Wir haben keinen Odin mehr,
> Tot sind die Götter der Walhalla.

Seid was ihr wollt, doch ganz und frei,
Auf dieser Seite wie auf jener,
Verhaßt ist mir die Heuchelei
Der kriegerischen Nazarener.

Aber unser „kriegerischer Nazarener" sah nicht,
was in meinem Geiste vorging; er ließ sich in seinem
Redefluß nicht irre machen und als er sich empfahl,
da hatte er das Bewußtsein, mich zweier Dinge über-
führt zu haben; daß der Krieg vom christlichen Standpunkte aus ein gerechtfertigter — und an und für sich
eine köstliche Sache sei. Durch diesen rhetorischen Sieg
seiner Berufspflicht nachgekommen zu sein und damit
dem fremden Herrn Obersten einen beträchtlichen Dienst
erwiesen zu haben, war ihm sichtlich sehr befriedigend,
denn als er sich zum Gehen erhob und wir ihm unseren
Dank für die bereitwillige Bemühung aussprachen, erwiderte er abwehrend:

„Es ist an mir, Ihnen zu danken, mir die Gelegenheit geboten zu haben, durch mein schwaches
Wort, dessen ganze Wirksamkeit dem vielfach heran-
gezogenen Worte Gottes zuzuschreiben ist, solche Zweifel
zu verscheuchen, welche sowohl der Christin, als der
Soldatenfrau nur quälend sein mußten. Der Friede
sei mit Ihnen!"

„Ach!" stöhnte ich, nachdem er sich entfernt hatte,
„das war eine Qual!"

„Ja, das war es," bestätigte Friedrich. „Besonders unsere Unaufrichtigkeit war mir nicht behag-
lich — die falsche Voraussetzung nämlich, unter welcher

wir ihn zur Entfaltung seiner Beredsamkeit bewogen
haben. Einen Augenblick drängte es mich, ihm zu
sagen: Halten Sie ein, hochwürdiger Herr, ich selber
hege die gleichen Ansichten gegen den Krieg, wie meine
Frau, und was Sie sprechen, soll mir nur dazu dienen,
die Schwäche Ihrer Argumente näher zu untersuchen.
Aber ich schwieg. Wozu eines redlichen Mannes Überzeugung — eine Überzeugung, die noch dazu die
Grundlage seines Lebensberufes ist — verletzen?"

„Überzeugung? — bist Du dessen sicher? Glaubt
er wirklich die Wahrheit zu sprechen, oder bethört er
seine Soldatengemeinde absichtlich, wenn er ihr den
sicheren Sieg verspricht, durch den Beistand eines
Gottes, von dem er doch wissen muß, daß er von dem
Feinde gerade so angerufen wird? Diese Berufungen
auf „unser Volk", auf „unsere", als die einzig gerechte
Sache, die zugleich Gottes Sache ist, die waren doch
nur möglich zu einer Zeit, da ein Volk von allen
übrigen Völkern abgeschlossen, sich für das einzig
Daseinsberechtigte, das einzig Gottgeliebte hielt. Und
dann diese Vertröstungen auf den Himmel, um desto
leichter die Hingebung des irdischen Lebens zu erlangen,
alle diese Ceremonien — Weihen, Eide, Gesänge —
welche in der Brust des in den Krieg Befohlenen die
so beliebte „Todesfreudigkeit" — mir graut vor dem
Worte — erwecken sollen, ist das nicht —"

„Alles hat zwei Seiten, Martha," unterbrach
Friedrich. „Weil wir den Krieg verwünschen, erscheint
uns Alles, was ihn stützt und verschönt, was seine
Schrecken verschleiert, hassenswert."

13*

„Ja, natürlich, denn dadurch wird das Gehaßte erhalten."

„Nicht dadurch allein . . . Alte Einrichtungen stehen mit tausend Fasern festgewurzelt, und so lang sie da waren, war's doch auch gut, daß diejenigen Gefühle und Gedanken bestanden, durch die sie verschönt — durch die sie nicht nur erträglich, sondern sogar beliebt gemacht wurden. Wie viel armen Teufeln half jene anerzogene „Todesfreudigkeit" über das Sterbensweh hinweg; wie viel fromme Seelen bauten vertrauensvoll auf die ihnen vom Prediger zugesicherte Gotteshilfe: wie viel unschuldige Eitelkeit und stolzes Ehrgefühl ward nicht durch jene Ceremonien geweckt, und befriedigt, wie viel Herzen schlugen nicht höher bei den Klängen jener Gesänge? Von allem Leid, das der Krieg über die Menschen gebracht hat, ist doch wenigstens jenes Leid abzurechnen, welches wegzusingen und wegzulügen den Kriegsbarden und den Feldgeistlichen gelungen ist."

* * *

Wir wurden von Berlin sehr plötzlich wieder abberufen. Eine Depesche meldete mir, daß Tante Marie schwer erkrankt sei und uns zu sehen wünsche.

Ich fand die alte Frau von den Ärzten aufgegeben.

„Jetzt ist die Reihe an mir," sagte sie. „Eigentlich gehe ich recht gern . . . Seit mein armer Bruder und seine drei Kinder hingerafft wurden, hat es mich ohnehin auf dieser Welt nicht mehr gefreut — von diesem Schlag konnte ich mich nie mehr erholen … Drüben werde ich die Anderen wiederfinden … Konrad und Lilli sind dort auch vereint … es war ihnen nicht bestimmt, auf Erden vereint zu werden …

„Wäre zu rechter Zeit abgerüstet worden —" wollte ich zu widersprechen beginnen, aber ich hielt mich zurück: mit dieser Sterbenden konnte ich doch keinen Streit anheben und doch nicht an ihrer Lieblingstheorie „Bestimmung" zu rütteln versuchen.

„Ein Trost ist mir," fuhr sie fort, „daß wenigstens Du glücklich zurückbleibst, liebe Martha … Dein Mann ist aus zwei Feldzügen zurückgekehrt — die Cholera hat euch verschont — es hat sich deutlich erwiesen, daß ihr bestimmt seid, miteinander alt zu werden … Trachte nur, aus dem kleinen Rudolf einen guten Christen und einen guten Soldaten heranzuziehen, damit sein Großvater noch da oben seine Freude an ihm haben möge" …

Auch darüber schwieg ich lieber, daß ich fest entschlossen war, aus meinem Sohne keinen Soldaten zu machen.

„Ich werde unaufhörlich für euch beten … damit ihr lange und zufrieden lebt. —"

Natürlich hob ich den Widerspruch nicht auf, daß eine „unverrückbare Bestimmung" durch den Einfluß unaufhörlichen Betens zum Guten gelenkt werden solle, doch unterbrach ich die Arme, indem ich sie bat, sich mit Sprechen nicht anzustrengen und erzählte ihr, um sie zu zerstreuen, von unseren schweizer und berliner

Erlebnissen. Ich berichtete, daß wir auch mit Prinz Heinrich zusammengekommen und daß derselbe in seinem Schloßpark dem Andenken der ebenso schnell gewonnenen als wiederverlorenen Braut ein Marmordenkmal auf- richten lasse.

Nach drei Tagen, ergeben und gefaßt, mit den selbstverlangten — andächtig empfangenen Sterbesakra- menten versehen, entschlief meine arme Tante Marie; — und so waren denn alle die Meinen, Alle, in deren Mitte ich aufgewachsen, von der Erde geschieden . . .

In ihrem Testament war als Universalerbe ihres kleinen Vermögens mein Sohn Rudolf eingesetzt und zum Vormund — Minister „Allerdings“ bestellt.

Dieser Umstand brachte mich nun in häufige Be- rührung mit diesem einstigen Freunde meines Vaters. Er war auch ziemlich der Einzige, der unser Haus besuchte. Die tiefe Trauer, in welche mich die Grumitzer Unglückswoche versetzt hatte, brachte es selbstverständlich mit sich, daß ich ganz zurückgezogen lebte. Unser Plan, nach Paris zu übersiedeln, konnte erst ausgeführt werden, wenn alle meine Geschäfte in Ordnung gebracht waren, was jedenfalls noch einige Monate in Anspruch nehmen mußte.

Unser Freund, der Minister, welcher wie gesagt, beinahe unseren einzigen Umgang bildete, hatte in der letzten Zeit seinen Abschied genommen oder bekommen, — das habe ich nie ergründen können — kurz, er hatte sich ins Privatleben zurückgezogen, liebte es aber noch immer, sich mit Politik zu beschäftigen. Er wußte stets das Gespräch auf dieses sein Lieblingsthema zu lenken und wir gaben ihm auch willig die Replik. Da sich Friedrich jetzt so eifrig mit dem Studium des Völkerrechts befaßte, so war ihm jede Diskussion willkommen, welche dieses Gebiet streifte. Nach dem Speisen (Herr von Allerdings — wir bezeichneten ihn unter uns immer mit diesem Spitznamen — war zweimal wöchentlich bei uns zu Tisch geladen) pflegten die beiden Herren sich in ein langes politisches Gespräch zu vertiefen, wobei mein Mann es jedoch vermied, dieses Gespräch in die ihm so verhaßte Kannegießerei ausarten zu lassen, sondern bemüht war, dasselbe auf verallgemeinernde Standpunkte zu lenken. Hierin konnte ihm „Allerdings" allerdings nicht immer folgen, denn in seiner Eigenschaft als eingewurzelter Diplomat und Büreaukrat hatte er sich angewöhnt, die sogenannte „praktische Politik" oder „Realpolitik" zu betreiben — ein Ding, welches ja nur auf die nächstliegenden Sonderinteressen gerichtet ist und von den theoretischen Fragen der Gesellschaftskunde nichts weiß. Ich saß daneben, mit einer Handarbeit beschäftigt und mischte mich nicht in das Gespräch, was dem Herrn Minister ganz natürlich schien, denn bekanntlich ist für Frauen die Politik ja „viel zu hoch"; er war überzeugt, daß ich dabei an andere Dinge dachte, während ich — im Gegenteil — sehr aufmerksam zuhörte, da es meines Amtes war, mir so gut als möglich den Wortlaut dieser Dialoge in das Gedächtnis zu prägen, um dieselben hernach in die roten Hefte einzutragen. Friedrich machte von seinen Gesinnungen kein Hehl, obwohl er wußte, welche undankbare Rolle es ist,

gegen das allgemein Geltende sich aufzulehnen und
Ideen zu vertreten, so lange dieselben noch in jenem
Stadium sind, wo sie — wenn nicht als umstürzlerisch
verdammt — so doch als phantastisch verlacht werden.

„Ich kann Ihnen heute eine interessante Nachricht
mitteilen, lieber Tilling," sagte der Minister eines
Nachmittags mit wichtiger Miene. „Man geht in Re=
gierungskreisen, das heißt im Kriegsministerium, mit
der Idee um, auch bei uns die allgemeine Wehrpflicht
einzuführen."

„Wie? Dasselbe System, welches vor dem Krieg
bei uns so allgemein geschmäht und verspottet wurde?
„Bewaffnete Schneidergesellen" und so weiter?" . . .

„Allerdings hatten wir vor kurzer Zeit ein Vor=
urteil dagegen — aber es hat sich bei den Preußen
doch bewährt, das müssen Sie zugestehen. Und eigent=
lich — vom moralischen Standpunkt — selbst vom
demokratischen und liberalen Standpunkt, für welchen
Sie ja mitunter zu schwärmen scheinen — ist es doch
eine gerechte und erhebende Sache, wenn jeder Sohn
des Vaterlandes, ohne Rücksicht auf Stand und Bil=
dungsstufe, die gleichen Pflichten zu erfüllen hat. Und
vom strategischen Standpunkt: hätte das kleine Preußen
jemals siegen können, wenn es die Landwehr nicht ge=
habt hätte — und wäre diese bei uns schon eingeführt
gewesen, wären wir jemals besiegt worden?"

„Das heißt also, wenn wir ein größeres Material
gehabt hätten, so hätte dem Feinde das seine nichts
genützt. Ergo — wenn überall die Landwehr einge=
führt wird, ist sie für Niemand mehr zum Vorteil.

Das Kriegsschauspiel wird mit mehr Figuren gespielt, die Partie hängt aber doch wieder von dem Glück und der Geschicklichkeit der Spieler ab. Ich setze den Fall alle europäischen Mächte führen die allgemeine Wehrpflicht ein, so bliebe das Machtverhältnis genau dasselbe — der Unterschied wäre nur der, daß, um zur Entscheidung zu gelangen, statt Hunderttausende, Millionen hingeschlachtet werden müßten."

„Finden Sie es aber gerecht und billig, daß nur ein Teil der Bevölkerung sich opfere, um die höchsten Güter der Andern zu verteidigen, und diese Anderen zumal wenn sie reich sind, ruhig zu Hause bleiben dürfen? Nein, nein — mit dem neuen Gesetz wird das aufhören. Da gibt es kein Loskaufen mehr — da muß jeder mitthun. Und gerade die Gebildeten, die Studenten, solche, die etwas gelernt haben, die geben intelligente und daher auch sieghafte Elemente ab."

„Bei dem Gegner sind dieselben Elemente vorhanden — also heben sich die durch gebildete Unteroffiziere zu gewinnenden Vorteile. Dagegen bleibt — gleichfalls auf beiden Seiten — der Verlust an unschätzbarem geistigen Material, welches dem Lande dadurch entzogen wird, daß die Gebildetsten — diejenigen, welche durch Erfindungen, Kunstwerke oder wissenschaftliche Forschungen die Kultur gefördert hätten — in Reih' und Glied als Zielscheiben feindlicher Geschütze aufgestellt werden."

„Ach was — zu dem Erfindungmachen und Kunstwerkproduzieren und Schädelknochen-Untersuchungen —

Alles Dinge, welche die Machtstellung des Staates um
kein Quentchen vergrößern —"

"Hm!"

"Wie?"

"Nichts, bitte, fahren Sie fort."

"— dazu bleibt den Leuten noch immer Zeit.
Sie brauchen ja nicht ihr ganzes Leben lang zu
dienen — aber ein paar Jahre strammer Zucht, die
thun sicherlich Allen gut und machen sie zur Ausübung
ihrer übrigen Bürgerpflichten nur desto befähigter.
Blutsteuer müssen wir nun einmal zahlen — also soll
sie unter Allen gleich verteilt werden."

"Wenn durch diese Verteilung auf den Einzelnen
weniger käme, so hätte das etwas für sich. Das wäre
aber nicht der Fall — die Blutsteuer würde da nicht
verteilt, sondern vermehrt. Ich hoffe, das Projekt
bringt nicht durch. Es ist unabsehbar, wohin das
führte. Eine Macht wollte dann die andere an Heeres-
stärke überbieten und endlich gäbe es keine Armeen
mehr, sondern nur bewaffnete Völker. Immer mehr
Leute würden zum Dienst herangezogen, immer länger
würde die Dauer der Dienstzeit, immer größer die
Kriegssteuerkosten, die Bewaffnungskosten . . . Ohne
miteinander zu fechten, würden sich die Nationen durch
Kriegsbereitschaft alle selber zu grunde richten."

"Aber lieber Tilling, Sie denken zu weit!"

"Man kann niemals zu weit denken. Alles was
man unternimmt, muß man bis zu seinen letzten Kon-
sequenzen — wenigstens soweit, als der Geist reicht.
auszudenken wagen. Wir verglichen vorhin den Krieg

mit dem Schachspiel — auch die Politik ist ein solches, Excellenz, und das sind gar schwache Spieler, welche nicht weiter denken als einen Zug, und sich schon freuen, wenn sie sich so gestellt haben, daß sie einen Bauer bedrohen. Ich will den Gedanken, der sich unablässig steigernden Wehrmacht und der Verallgemeinerung der Dienstpflicht sogar noch weiter ausspinnen, bis zu der äußersten Grenze — bis zu jener nämlich, wo das Maß übergeht. Wie dann, wenn, nachdem die größten Massen und die äußersten Altersgrenzen erreicht sind, es einer Nation einfiele, auch Regimenter von Frauen aufzustellen? Die Anderen müßten es nachahmen. Oder Kinderbataillone? Die Anderen müßten es nachahmen. Und in der Bewaffnung — in den Zerstörungsmitteln — wo wäre da die Grenze? O dieses wilde, blinde In-den-Abgrundrennen!"

„Beruhigen Sie sich, lieber Tilling . . . Sie sind ein rechter Phantast. Sagen Sie mir ein Mittel, den Krieg abzuschaffen, so wäre es allerdings ganz gut. Nachdem aber das nicht möglich ist, so muß doch jede Nation trachten, sich darauf so gut als möglich vorzubereiten, um sich in dem unausweichlichen Kampf ums Dasein (so heißt das Schlagwort des jetzt so modernen Darwin, nicht wahr?) die größte Gewinnchance zu sichern."

Wenn ich die Mittel, Kriege aufzuheben, vorschlagen wollte, so würden Sie mich noch einen ärgeren Phantasten schelten, einen sentimentalen, von ‚Humanitätsschwindel' (so heißt doch das beliebte Schlagwort der Kriegspartei?) angekränkelten Träumer!" . . .

Allerdings könnte ich Ihnen nicht verhehlen, daß zur Erreichung eines solchen Ideals aller praktischer Untergrund fehlt. Man muß mit den vorhandenen Faktoren rechnen. Dazu gehören die menschlichen Leidenschaften, die Rivalitäten, die Verschiedenheit der Interessen, die Unmöglichkeit, sich über alle Fragen zu einigen —"

„Ist auch nicht nötig: wo die Zwistigkeiten beginnen, hat ein Schiedsgericht — nicht aber die Gewalt — zu entscheiden!"

„Einem Tribunal werden sich die souveränen Staaten, werden sich die Völker niemals fügen wollen."

„Die Völker? Die Potentaten und Diplomaten wollen es nicht. Aber das Volk? Man frage es nur, bei ihm ist der Friedenswunsch glühend und wahr, während die Friedensbeteuerungen, die von den Regierungen ausgehen, häufig Lüge, gleißnerische Lüge sind — oder wenigstens von den anderen Regierungen grundsätzlich als solche aufgefaßt werden. Das heißt ja eben ‚Diplomatie‘. Und immer mehr und mehr werden die Völker nach Frieden rufen. Sollte die allgemeine Wehrpflicht sich verbreiten, so würde in demselben Maße die Kriegsabneigung zunehmen. Eine Klasse von für ihren Beruf begeisterter Soldaten ist noch denkbar: durch ihre Ausnahmestellung, die als eine Ehrenstellung gilt, die ihr für die damit verbundenen Opfer Ersatz geboten; aber wenn die Ausnahme aufhört, hört auch die Auszeichnung auf. Es schwindet die bewundernde Dankbarkeit, welche die Heimgebliebenen den zu ihrem Schutze Hinausgezogenen weihen — weil

es ja Heimgebliebene überhaupt keine mehr gibt. Die
kriegsliebenden Gefühle, die dem Soldaten immer unter-
geschoben — und damit auch häufig erweckt werden,
die werden dann seltener angefacht; denn wer sind
diejenigen, die am heldenmütigsten thun, die am hef-
tigsten von kriegerischen Großthaten und Gefahren
schwärmen? Diejenigen, die davor schon sicher sind —
die Professoren, die Politiker, die Bierhauskannegießer
— der Chor der Greise, wie im „Faust". Nach dem
Verlust der Sicherheit wird dieser Chor verstummen.
Ferner: wenn nicht nur jene dem Militärdienst sich
widmen, die ihn lieben und loben, sondern auch alle
jene zwangsweise dazu herangezogen werden, die ihn
verabscheuen, so muß dieser Abscheu zur Geltung
kommen. Dichter, Denker, Menschenfreunde, sanfte
Leute, furchtsame Leute: alle diese werden von ihrem
Standpunkte aus das aufgezwungene Handwerk ver-
dammen!"

„Sie werden diese Gesinnung aber wohlweislich
verschweigen, um nicht für feige zu gelten — um sich
höheren Orts nicht der Ungnade auszusetzen."

„Schweigen? Nicht immer. So wie ich rede —
obwohl ich selber lange geschwiegen habe — so werden
die Anderen auch mit der Sprache herausrücken. Wenn
die Gesinnung reift, wird sie zum Wort. Ich einzelner bin vierzig Jahre alt geworden, bis meine Überzeugung die Kraft gewann, sich im Ausdruck Luft zu
machen. Und so wie ich zwei oder drei Jahrzehnte
gebraucht — so werden die Massen vielleicht zwei oder

drei Generationen gebrauchen, aber reden werden sie endlich doch."

* * *

Neujahr 67!

Wir feierten Sylvester ganz allein, mein Friedrich und ich. Als es zwölf Uhr schlug:

„Erinnerst Du Dich des Trinkspruches," fragte ich seufzend, „den mein armer Vater voriges Jahr um diese Stunde ausgebracht? Ich wage es gar nicht, Dir jetzt Glück zu wünschen — die Zukunft birgt mitunter so unerwartet Fürchterliches in ihrem Schoß und noch kein Mensch hat solches abzuwenden vermocht . . ."

„So benutzen wir die Jahreswende, Martha, um, statt vorauszudenken, zurückzuschauen, in das eben verflossene Jahr. Was hast Du, meine arme, tapfere Frau da Alles leiden müssen! So viele Deiner Lieben begraben . . . und jene Schreckenstage auf den böhmischen Schlachtfeldern —"

„Ich bedauere nicht, die dortigen Greuel gesehen zu haben — wenigstens kann ich nunmehr mit der ganzen Kraft meiner Seele an Deinen Bestrebungen teilnehmen."

„Wir müssen Deinen — unseren Rudolf dazu erziehen, diese Bestrebungen weiter durchzuführen; in seiner Zeit wird vielleicht ein sichtbares Ziel am Horizont aufsteigen — in unserer schwerlich. — Wie die Leute auf den Straßen lärmen — die bejubeln doch wieder das neue Jahr, troß der Leiden, welche ihnen das — ebenso eingejubelte — alte gebracht. O diese vergeßlichen Menschen!"

Schilt sie nicht zu sehr ob dieser Vergeßlichkeit, Friedrich. Mir fängt auch schon an, das vergangene Leid wie traumhaft aus dem Gedächtnis zu entflattern und was ich gegenwärtig empfinde, ist das Glück der Gegenwart, das Glück, Dich zu haben, Einziger! Ich glaube auch — wir wollen zwar nicht von der Zukunft sprechen — aber ich glaube, wir haben eine schöne Zukunft vor uns ... Einig, liebend, selbständig, reich — wie viel herrliche Genüsse kann uns das Leben noch bieten: wir werden reisen, die Welt kennen lernen, die so schöne Welt... Schön, solange Frieden herrscht, und der kann jetzt viele, viele Jahre ausdauern ... Sollte doch wieder Krieg ausbrechen, so bist Du nicht mehr daran beteiligt ... auch Rudolf ist nicht bedroht, da er nicht Soldat werden soll" ...

„Wenn aber, wie Minister Allerdings berichtet, jeder Mensch wehrpflichtig sein wird —"

„Ach, Unsinn. — Was ich also sagen wollte: wir reisen, wir ziehen uns in Rudolf einen Mustermenschen auf, wir verfolgen unser edles Ziel der Friedenspropaganda, und wir — wir lieben uns!"

„O Du mein holdes Weib!" ... Er zog mich an sich und küßte mich auf den Mund. Es war das erste Mal, nach all der Trennungs-, Schreckens- und Trauerzeit, daß sich der milden Zärtlichkeit seiner Liebkosungen wieder eine Flamme beimischte — eine Flamme, die mich mit süßer Glut umloderte. Vergessen war Krieg, Cholera, Allerseelen in dieser seligen Sylvesternacht

und — — unfer am 1. Oktober 1867 geborenes
Töchterchen haben wir Sylvia getauft.

Der Fasching desselben Jahres brachte wieder
Bälle und Vergnügungen aller Art. Natürlich nicht
für uns — meine Trauer hielt mich von allen solchen
Dingen fern. Was mich aber wunderte, war, daß
nicht die ganze Gesellschaft solchen rauschenden Treiben
entsagte. Es mußte doch beinah in jeder Familie ein
Verlustfall vorgekommen sein; aber, wie es scheint,
man setzte sich darüber hinaus. Zwar blieben einige
Häuser geschlossen, namentlich in der Aristokratie, aber an
Tanzgelegenheiten fehlte es der Jugend nicht und natürlich waren die beliebtesten Tänzer Diejenigen, welche
von den italienischen oder böhmischen Schlachtfeldern
heimgekehrt; und am meisten gefeiert wurden die Ma-
rineoffiziere — namentlich die Mitkämpfer bei Lissa.
In Tegethoff, den jugendlichen Admiral (wie nach dem
Feldzug von Schleswig-Holstein in den schönen General
Gablenz) war die halbe Damenwelt verliebt. „Custozza"
und „Lissa", das waren überhaupt die beiden Trümpfe,
welche in jedem Gespräch über den abgelaufenen Krieg
ausgespielt wurden. Daneben Zündnadelgewehr und
Landwehr — zwei Institutionen, welche schleunigst
eingeführt werden sollten und künftige Siege waren
uns verbürgt. Siege — wann und gegen wen?
Darüber sprach man sich nicht aus; aber der Revanche-
gedanke, der jede verlorene Partie — wenn es auch
nur eine Kartenpartie ist — zu begleiten pflegt, der
schwebte über allen Kundgebungen der Politiker. Wenn
wir auch selber nicht wieder gegen Preußen losziehen

würden, vielleicht würden es Andere auf sich nehmen,
uns zu rächen. Allem Anschein nach wollte Frankreich
mit unseren Überwindern anbinden und da könnte ihnen
so manches heimgezahlt werden — das Ding hatte in
diplomatischen Kreisen sogar schon einen Namen: „La
revanche de Sadowa". So teilte uns Minister
Allerdings befriedigt mit.

Es war zu Anfang des Frühjahrs, daß wieder
so ein gewisser „schwarzer Punkt" am Horizont aufstieg — eine sogenannte „Frage". Auch die Nachrichten von französischen Rüstungen verschafften den
Konjektural-Politikern das so beliebte „Krieg in Sicht".
Die Frage hieß diesmal die Luxemburger.

Luxemburg? Was war denn das wieder so welt-
wichtiges? Da mußte ich erst wieder Studien anstellen,
wie einst über Schleswig-Holstein. Mir war der Name
eigentlich nur aus Suppés „Flotte Burschen" geläufig,
worin bekanntlich ein „Graf von Luxemburg" sein ganzes
Geld verputzt, putzt, putzt . . ." Das Ergebnis meiner
Forschungen war folgendes:

Luxemburg gehörte nach den Verträgen von 1814
und 1816 (ah, da haben wir's: Verträge — da läßt
sich schon ein Völkerprozeß daraus ableiten — eine
hübsche Einrichtung, diese Verträge) — gehörte laut
Vertrag dem König der Niederlande und zugleich dem
deutschen Bunde. Preußen hatte in der Hauptstadt
das Besatzungsrecht. Nun hatte aber Preußen im
Juni 1866 seine Teilnahme am alten Bund gekündigt,
wie sollte es jetzt mit dem Besatzungsrecht gehalten
werden? Da war sie, die Frage. Der prager Frieden

hatte ja ein neues Syſtem in Deutſchland eingeſetzt und mit dieſem war die Zuſammengehörigkeit mit Luxemburg aufgehoben — warum behielten dann die Preußen ihr Beſatzungsrecht? „Allerdings" — das war verwickelt und konnte am vorteilhafteſten und gerechteſten durch Abſchlachtung neuer Hunderttauſende geſchlichtet werden — das muß doch jeder „einſichtige?" Politiker zugeben. Dem holländiſchen Volke hat niemals etwas an dem Beſitz des Großherzogtums gelegen; auch dem König Wilhelm III. lag nichts daran, und er hätte es gern für eine Summe in ſeine Privatkaſſe an Frankreich abgegeben. Da begannen nun geheime Verhandlungen zwiſchen dem König und dem franzöſiſchen Kabinett. Recht ſo: Geheimnis iſt ja der Kern aller Diplomatie. Die Völker dürfen von den Streitigkeiten nichts wiſſen — kommen dieſe erſt zum Austrage, ſo haben ſie das Recht, dafür zu bluten. Warum und wofür ſie ſich ſchlagen — das iſt Nebenſache.

Ende März erſt macht der König die Nachricht offiziell und am ſelben Tage, als er ſein Einverſtändnis nach Frankreich telegraphiert, wird der preußiſche Geſandte im Haag davon unterrichtet. Daraufhin beginnen Unterhandlungen mit Preußen. Dieſes beruft ſich auf die Garantie der Verträge von 1859, auf Grundlage deren das Königreich Holland beſtand. Die öffentliche Meinung (wer iſt das, die öffentliche Meinung? Wohl die Leitartikelſchreiber?) in Preußen iſt entrüſtet, daß das alte deutſche Reichsland losgeriſſen werden ſoll; im norddeutſchen Reichstag — am 1. April — werden über dieſen Gegenſtand feuerige Interpellationen geſtellt.

Bismarck bleibt zwar über Luxemburg kalt, veranstaltet jedoch bei dieser Gelegenheit Rüstungen gegen Frankreich, was natürlich wieder französische Gegenrüstungen zur Folge hat. Ach, wie ich diese Melodie schon kenne! Damals zitterte ich sehr, daß ein neuer Brand in Europa ausbreche. An Schürern fehlte es nicht: in Paris Cassagnac und Emile de Girardin, in Berlin Menzel und Heinrich Leo. Ob denn solche Kriegs-hetzer nur eine entfernte Ahnung haben von der Riesen-haftigkeit ihres Verbrechertums? Ich glaube kaum. Um jene Zeit war es — ich habe das erst viele Jahre später erzählen gehört — daß Professor Simon dem Kronprinzen Friedrich von Preußen gegenüber über die schwebende Frage äußerte:

„Wenn Frankreich und Holland bereits abgeschlossen haben, so bedeutet das den Krieg."

Worauf der Kronprinz in heftiger Erregung und Be-stürzung erwiderte:

„Sie haben den Krieg nicht gesehen . . . hätten Sie ihn gesehen, so würden Sie das Wort nicht so ruhig aussprechen . . . Ich habe ihn gesehen und ich sage Ihnen, es ist die größte Pflicht, wenn es irgend möglich ist, den Krieg zu vermeiden."

Und diesmal wurde er vermieden. In London trat eine Konferenz zusammen, welche am 11. Mai zu dem erwünschten friedlichen Resultate führte. Luxemburg ward als neutral erklärt und Preußen zog seine Truppen fort. Die Friedensfreunde atmeten auf, aber es gab Leute genug, welche sich über diese Wendung ärgerten. Nicht der Kaiser der Franzosen — dieser wünschte den Frieden — aber die französische „Kriegspartei". Auch in Deutschland erhoben sich Stimmen, welche das Ver-

halten Preußens verurteilten: „Aufopferung eines Boll-
werks", „Wie Furcht aussehende Nachgiebigkeit" und
dergleichen mehr. — Auch jebe Privatperson, welche
auf den Rechtsspruch des Gerichtes hin auf irgend
einen Besitz verzichtet, zeigt solche Nachgiebigkeit —
wäre es besser, sie beugte sich keinem Tribunal und
schlüge mit den Fäusten drein? Was die Londoner
Konferenz erreicht, das könnte in solchen strittigen
Fragen immer erreicht werden, und den Staatenlenkern
wäre jene Vermeidung immer möglich, die der nach-
malige Friedrich III., Friedrich der Edle, die größte
Pflicht genannt.

*   *   *

Im Mai begaben wir uns nach Paris, um die
Ausstellung zu besuchen.

Ich hatte die Weltstadt noch nicht gesehen und
war von der Pracht und dem Leben derselben ganz
geblendet. Namentlich damals — das Kaiserreich stand
auf seinem höchsten Glanzpunkte und sämtliche Kronen-
träger Europas hatten sich da zusammengefunden —
namentlich damals bot Paris ein Bild fröhlichster und
friedenssicherster Herrlichkeit. Nicht wie die Hauptstadt eines Landes, sondern wie die Hauptstadt der
Internationalität erschien mir damals die — drei Jahre
später von ihrem östlichen Nachbar bombardierte —
Stadt. Alle Völker der Erde hatten sich in dem großen
Champ de Mars-Palaste zu den friedlichen — einzig
nützlichen, weil schaffenden und nicht zerstörenden —

Kampf des Wettbewerbs versammelt; so viel Kunstwerke und Gewerbewunder waren hier zusammen-
getragen, daß sich in jedem Beschauer der Stolz regen
mußte, in so vorgeschrittener, immer noch weiteren
Fortschritt versprechender Zeit zu leben: und neben
diesem Stolz mußte natürlich auch der Vorsatz entstehen,
den Gang solcher genußspendenden Kulturentwickelung
nicht mehr durch brutales Vernichtungswüten zu hemmen.
Diese hier als Gäste des Kaisers und der Kaiserin
versammelten Könige, Fürsten und Diplomaten konnten
doch bei all' den ausgetauschten Höflichkeiten, Freundlich-
keiten, Glückwünschen nicht daran denken, nächstens mit
ihren Gastgebern oder untereinander Todesgeschosse zu
tauschen? . . . Nein: ich atmete auf. Dieses ganze
blendende Ausstellungsfest schien mir die Bürgschaft,
daß jetzt eine Ära von langen, langen Friedensjahren
begonnen. Höchstens gegen einen Mongolenüberfall
oder so etwas dergleichen konnten diese civilisierten
Leute noch das Schwert ziehen, aber gegeneinander? —
das erlebten wir wohl nimmermehr. Was mich in
dieser Auffassung bestärkte, war die Mitteilung, die mir
über einen Lieblingsplan des Kaisers gemacht wurde:
allgemeine Abrüstung. Ja, das stand bei Napoleon III.
fest — ich habe es aus dem Munde seiner nächsten Verwandten und Vertrauten —: bei nächster passender Gelegenheit würde er sämtlichen europäischen Regierungen
den Vorschlag unterbreiten, ihren Heeresstand auf ein
Minimum herabzusetzen. Das ließ sich hören — das
war wohl eine vernünftigere Idee, als diejenige einer
allgemeinen Heeresverstärkung. Damit wäre die be-

kannte Forderung Kants erfüllt, welche in Paragraph 3 der „Präliminar-Artikel zum ewigen Frieden" also formuliert ist:

„Stehende Heere (miles perpetuus) sollen mit der Zeit ganz aufhören. Dieselben bedrohen andere Staaten unaufhör-lich mit Krieg durch die Bereitschaft, immer dazu gerüstet zu scheinen, reizen diese an, sich einander in Menge der Gerüsteten, die keine Grenzen kennt (o prophetischer Weisenblick!) zu über-treffen, und indem durch die darauf gewendeten Kosten der Friede endlich noch drückender wird, als ein kurzer Krieg, so sind sie selbst Ursachen von Angriffskriegen, um diese Last los zu werden."

Welche Regierung konnte einen Vorschlag, wie der Franzose ihn plante, ablehnen, ohne sich als eroberungs-süchtig zu entlarven? Welches Volk würde gegen solche Ablehnung nicht revoltieren? Der Plan mußte gelingen.

Friedrich teilte meine Zuversicht nicht:

„Vor Allem bezweifle ich," sagte er, „daß Napoleon diesen Vorsatz auch aufrichtig hegt. Und wenn auch: der Druck der Kriegspartei würde ihn an der Aus-führung hindern. Überhaupt werden die Throninhaber an der Bethätigung solcher, aus der Schablone fallender großer Willensmeinungen von ihrer Umgebung immer gehindert. Zweitens läßt sich einem lebenden Wesen nicht so „mir nichts, dir nichts" befehlen, daß es auf-höre zu sein. Da setzt es sich zur Wehr."

„Von welchem lebenden Wesen sprichst Du?"

„Von der Armee. Dieselbe ist ein Organismus und als solcher lebensentfaltungs- und selbsterhaltungs-kräftig. Gegenwärtig steht dieser Organismus gerade in seiner Blüte, und wie Du siehst — das allgemeine

Wehrsystem soll ja auch in anderen Ländern eingeführt werden — ist er eben im Begriffe, sich mächtig aus-zubreiten." —

„Und dennoch willst Du dagegen ankämpfen?"

„Ja, aber nicht, indem ich hintrete und ihm sage: Stirb, Ungeheuer! denn auf das hin würde mir be-sagter Organismus kaum den Gefallen erweisen, sich tot hinzustrecken. Sondern ich kämpfe dagegen, indem ich für ein anderes, noch ganz schwach aufkeimendes Lebensgebilde eintrete, welches, indem es an Kraft und Ausdehnung zunimmt, das andere verdrängen soll. Daß ich in solchen naturwissenschaftlichen Metaphern spreche — daran bist Du ursprünglich schuld, Martha. Du warst es, welche mich zuerst verleitete, die Werke der modernen Naturforscher zu studieren. Dadurch ist mir die Einsicht aufgegangen, daß auch die Erscheinungen des sozialen Lebens nur dann in ihrer Entstehung verstanden und in ihrem künftigen Verlauf voraus-gesehen werden können, wenn man sie als unter dem Einfluß ewiger Gesetze stehend auffaßt. Davon haben die meisten Politiker und hohen Würdenträger keinen blauen Dunst — das löbliche Militär schon gar nicht. Vor einigen Jahren wäre es mir auch nicht in den Sinn gekommen."

Wir wohnten im Grand-Hôtel auf dem Boulevard des Capucines. Dasselbe war zumeist mit Engländern und Amerikanern gefüllt. Landsleute trafen wir nur wenige: der Österreicher ist nicht reiselustig. Wir suchten übrigens auch keinen Anschluß: meine Trauer war noch nicht abgelegt und wir hegten keinen Wunsch

nach geselliger Unterhaltung. Meinen Sohn Rudolf
hatte ich natürlich bei mir. Er war jetzt acht Jahre
alt und ein wunderbar gescheites Männchen. Wir
hatten einen jungen Engländer aufgenommen, der bei
dem Kleinen halb Hofmeister=, halb Kindermädchenstelle
vertrat. Zu unseren langen Stationen im Ausstellungs=
palast, sowie auch unseren zahlreichen Ausflügen in die
Umgebung, konnten wir den Rudi doch nicht immer
mitnehmen und die Zeit des Lernens war ja auch
schon für ihn gekommen.

Neu — neu — neu war mir diese ganze hier
erschlossene Welt! All' die von den vier Himmels=
gegenden zusammengekommenen Menschen, von überall
her die reichsten und vornehmsten; diese Feste, dieser
Aufwand, dieses Gewimmel . . . ich war förmlich be=
täubt davon. Aber so interessant und genußreich es
mir auch war, diese überraschenden und überwältigenden
Eindrücke in mich aufzunehmen, so sehnte ich mich im
Stillen doch wieder aus dem Getöse hinaus, nach irgend
einem abgelegenen, friedlichen Plätzchen, wo ich mit
Friedrich und meinem Kinde — meinen Kindern, ich
sah ja wieder Mutterfreuden entgegen — in ruhiger
Zurückgezogenheit hätte leben können. Es ist doch
sonderbar — ich finde es in den roten Heften öfters
bestätigt —, wie in der Abgeschlossenheit die Sehnsucht
nach Ereignissen und Thaten, nach Erlebnissen und
Vergnügungen entsteht und mitten in diesen wieder die
Sehnsucht nach Einsamkeit und Ruhe.

Von der großen Welt hielten wir uns fern. Nur
bei unserem Gesandten Metternich hatten wir einen

Besuch abgestattet und dabei erwähnt, daß wir unserer Familientrauer wegen keine Einführung bei Hofe und in die Gesellschaft wünschten. Dagegen suchten wir die Bekanntschaft einiger hervorragender politischer und litterarischer Persönlichkeiten; teils aus persönlichem Interesse und zu geistiger Anregung, teils im Hinblick auf Friedrichs „Dienst". Trotz der geringen Hoffnungen, die er auf einen greifbaren Erfolg seiner Bestrebungen hatte, verlor er diese niemals aus dem Auge, und er setzte sich mit verschiedenen einflußreichen Personen in Verkehr, von welchen er Förderung seiner Sache, oder mindestens Auskunft über deren Stand erhalten konnte. Wir haben uns damals ein eigenes Büchelchen angelegt — wir nannten es „Friedenspolitik" — in welches sämtliche, auf diesen Gegenstand bezügliche Urkunden, Notizen, Artikel u. s. w. abschriftlich eingetragen wurden. Auch die Geschichte der Friedens-idee, soweit wir von derselben Kenntnis erlangten, haben wir da zu Protokoll gebracht. Daneben die Aussprüche verschiedener Philosophen, Dichter, Juristen und Schriftsteller über „Krieg und Frieden". Es war bald zu einem stattlichen Bändchen herangewachsen und im Lauf der Zeit — ich habe diese Buchführung bis auf den heutigen Tag fortgesetzt — sind sogar mehrere Bändchen daraus geworden. Wenn man das mit den Bibliotheken vergleicht, die mit Werken strategischen Inhalts gefüllt sind, mit den ungezählten tausenden von Bänden, welche Kriegsgeschichte, Kriegsstudium und Kriegsverherrlichung enthalten, mit den militärwissen-schaftlichen und militärtechnischen Lehrbüchern und Leitfäden über Rekrutenabrichtung und Ballistik, mit den Schlachtenchroniken und Generalstabsberichten, Soldaten- liedern und Kriegsgesängen: ja dann freilich könnte einen der Vergleich mit den paar Heftchen Friedens- litteratur kleinmütig machen — vorausgesetzt, daß man die Kraft und den Gehalt — namentlich den Zukunfts- gehalt — eines Dinges nach dessen Ausdehnung be- messen wollte. Wenn man aber bedenkt, daß e i n e Samenkapsel in sich die virtuelle Möglichkeit birgt, einen Wald entstehen zu machen, der ganze, über weite Felder ausgedehnte Unkrautmassen verdrängen wird; — und ferner bedenkt, daß die Idee im Reiche des Geistes dasselbe ist, was das Samenkorn in Reiche der Pflanzen — dann braucht man um die Zukunft einer Idee nicht besorgt zu sein, weil sich bisher die Geschichte ihrer Entfaltung in einem kleinen Heftchen aufzeichnen läßt.

Ich will hier einige Stellen anführen, wie sie unser Friedensprotokoll im Jahre 1867 aufwies. Auf der ersten Seite stand ein gedrängter historischer Über- blick:

Vierhundert Jahre vor Christus schrieb Aristophanes eine Komödie: „Der Frieden", in welcher eine humanitäre Tendenz vertreten ist.

Die griechische — später nach Rom verpflanzte — Philosophie vertritt das Streben nach „menschlicher Einheit" — von Sokrates an, welcher sich „Weltbürger" nennt, bis zu Terenz, dem „nichts Menschliches fremd" und zu Cicero, der die „caritas generis humani" als den höchsten Grad der Vollkommenheit hinstellt.

Im ersten Jahrhundert unserer Zeitrechnung erscheint Virgil und sein berühmtes 4. Hirtengedicht, welches der Welt den ewigen

Frieden voraussagt, unter dem mythologischen Gewande des
wiedererstandenen goldenen Zeitalters.

Im Mittelalter versuchten die Päpste öfters, sich als Schieds-
richter zwischen den Staaten einzusetzen, aber vergebens.

Im 15. Jahrhundert kam ein König auf die Idee, eine
Friedensliga zu bilden. Es war dies Georg Podiebrad von
Böhmen, der den Kämpfen von Kaiser und Papst ein Ende
machen wollte: er wandte sich dieserhalb an Ludwig XI von
Frankreich, welcher auf diesen Vorschlag jedoch nicht einging.

Zum Schluß des 16. Jahrhunderts faßte König Heinrich IV.
von Frankreich den Plan einer europäischen Staatenföderation
Nachdem er sein Land von den Schrecken der Religionskriege
befreit, wollte er für alle Zukunft die Duldung und den Frieden
gesichert sehen. Er wollte die sechzehn Staaten, welche Europa
bildeten (Rußland und die Türkei zählten noch zu Asien), in einen
Bund vereint wissen. Jeder dieser sechzehn Staaten hätte zwei
Abgeordnete zu einem „europäischen Reichstag" zu schicken gehabt;
diesem aus 32 Mitgliedern bestehenden Reichstag wäre die Aufgabe zugefallen, den religiösen Frieden zu gewährleisten und alle
internationalen Konflikte zu schlichten. Wenn nur jeder Staat
sich verpflichtete, den Entschlüssen des Reichstags sich unterzuordnen, so war damit jedes Element eines zukünftigen europäischen Krieges verschwunden. Der König teilte diesen Plan
seinem Minister Sully mit, der denselben begeistert aufnahm
und sofort mit den anderen Staaten zu verhandeln begann.
Schon war Elisabeth von England, schon der Papst und Holland
und mehrere Andere gewonnen; nur daß Haus Österreich würde
Widerstand geleistet haben, weil ihm territoriale Konzessionen
abgefordert worden wären, in die es nicht gewilligt hätte. Ein
Feldzug wäre nötig gewesen, um diesen Widerstand zu brechen.
Die Hauptarmee hätte Frankreich gestellt, welches von vorn-
herein auf jede Gebietserweiterung verzichtete: einziger Zweck
es Feldzugs und einzige dem Hause Österreich aufzulegende
Friedensbedingung wäre der Beitritt zum Staatenbund gewesen.
Schon waren die Vorbereitungen getroffen und Heinrich IV.
wollte sich selber an die Spitze des Heeres stellen, als er am

18. Mai 1610 — unter der Mordwaffe eines wahnsinnigen Mönches fiel.

Keiner von seinen Nachfolgern und kein sonstiger Souverän hat diesen glorreichen Plan zur Erlangung des Völkerglückes wieder aufgenommen. Die Regenten und Politiker blieben dem alten Kriegsgeist treu; aber die Denker aller Länder ließen die Friedensidee nicht mehr fallen.

Im Jahre 1647 wird die Sekte der Quäker gebildet, deren Grundlage die Verdammung des Krieges bildet. Im selben Jahre veröffentlichte William Penn sein Werk über den zukünftigen Frieden Europas, indem er sich auf den Plan Heinrichs IV. stützt.

Zu Anfang des 18. Jahrhunderts erscheint das berühmte Buch „La paix perpétuelle" von dem Abbé de St. Pierre. Gleichzeitig entwickelt denselben Plan ein Landgraf von Hessen und Leibniz schreibt einen günstigen Kommentar dazu.

Voltaire macht den Ausspruch: „Jeder europäische Krieg ist ein Bürgerkrieg." Mirabeau, in der denkwürdigen Sitzung vom 25. August 1790, sagt folgende Worte:

„Vielleicht ist der Augenblick nicht mehr entfernt, da die Freiheit, als unumschränkte Herrscherin über beide Welten, den Wunsch der Philosophen erfüllen wird: die Menschheit von dem Verbrechen des Krieges zu befreien und den ewigen Frieden zu verkünden. Dann wird das Glück der Völker das einzige Ziel des Gesetzgebers sein, der einzige Ruhm der Nationen."

Im Jahre 1795 schreibt einer der größten Denker aller Zeit, Immanuel Kant, seine Abhandlung „Zum ewigen Frieden" Der englische Publizist Bentham schließt sich den immer zunehmenden Reihen der Friedensvertreter — Fourrier, Saint-Simon u. a. — mit Begeisterung an; Beranger dichtet „Die heilige Allianz der Völker"; Lamartine „La Marseillaise de la Paix". In Genf stiftete der Graf Cellon einen Friedensverein, in dessen Namen er mit allen europäischen Herrschern in propagandistische Korrespondenz tritt. Aus Amerika, Massachusetts, kommt der „gelehrte Grobschmied", Elihu Burritt, daher und streut seine „Oliven-Blätter" und sein „Funken vom Amboß" in Millionen

Exemplaren in die Welt und führt 1849 den Vorsitz in einer Versammlung der englischen Friedensfreunde. In dem Pariser Kongreß, welcher dem Krimkrieg ein Ende machte, hielt die Friedensidee ihren Einzug in die Diplomatie, indem dem Vertrage eine Klausel beigesetzt ward, welche bestimmt, daß die Mächte sich verpflichten, bei künftigen Konflikten sich vorangehenden Vermittlungen zu unterstellen. Diese Klausel enthält ein dem Prinzip des Schiedsgerichts dargebrachte Anerkennung, — befolgt wurde sie aber nicht.

Im Jahre 1863 schlug die französische Regierung den Mächten vor, einen Kongreß zu veranstalten, bei welchem die Grundlage zu allgemeiner Abrüstung und zu einverständlicher Verhütung künftiger Kriege gelegt werden sollte.

Recht spärlich die Eintragungen, die zu jener Zeit mein Protokoll füllten! Das ist später anders geworden. Sie beweisen aber, daß die Möglichkeit des Weltfriedens schon von altersher ins Auge gefaßt worden war. Nur vereinzelt, von großen Zwischenräumen getrennt, erhoben sich die Stimmen und verhallten — nicht nur unbeachtet, sondern zumeist auch ungehört. Mit allen Entdeckungen, allem Fortschritt, allem Wachstum geht's nicht anders:

Naht von ferne sich der Frühling,
Zwitschert's da und dort hervor,
Rückt er weiter in das Land ein,
Schmettert's laut im großen Chor.
So im weiten Kreis der Zeit
Flüstert's lang schon da und dort,
Kommt der richtige Moment
Stimmen Alle ein sofort.

(Märzrot)

Und wieder nahte meine schwere Stunde.

Aber diesmal wie so anders, als zu jener Zeit, da Friedrich mich verlassen mußte — um des Augusten= burgers willen. Diesmal war er an meiner Seite, auf des Gatten richtigem Posten: durch seine Gegen= wart, durch seinen Mitschmerz der Gattin Leiden milbernb. Das Gefühl, ihn da zu haben, war mir ein so beruhigendes und glückliches, daß ich darüber das physische Ungemach beinah vergaß.

Ein Mädchen! Das war unseres stillen Wunsches Erfüllung. Die Freuden, die man an einem Sohne hat, die würde uns ja der kleine Rudolf bieten; jetzt konnten wir dazu auch noch diejenigen Freuden erleben, welche so ein aufblühendes Töchterchen seinen Eltern verschafft. Daß sie ein Ausbund von Schönheit, von Anmut, von Holdseligkeit sein würde, unsere kleine Sylvia, daran zweifelten wir keinen Augenblick.

Wie wir beide nun über der Wiege dieses Kindes selber kindisch wurden, was für süße Albernheiten wir da sprachen und trieben, das will ich gar nicht ver= suchen zu erzählen. Andere als verliebte Eltern ver= stänben es doch nicht, und alle solche sind wohl selber grab' so toll gewesen.

Wie das Glück doch selbstisch macht! Es folgte jetzt eine Zeit für uns, in der wir glücklich alles Andere — was nicht unser häuslicher Himmel war — gar zu sehr vergaßen. Die Schrecken der Cholera= woche nahmen in meinem Gedächtnis immer mehr die Gestalt eines entschwundenen bösen Traumes an, und auch Friedrichs Energie in Verfolgung seines Zieles ließ einigermaßen nach. Es war aber auch entmutigend: überall, wo man mit jenen Ideen anklopfte — Achsel- zucken, mitleidiges Lächeln, wo nicht gar Zurechtweisung. Die Welt will, wie es scheint — nicht nur betrogen, sondern auch unglücklich gemacht werden. So wie man ihr Vorschläge unterbreiten will, das Elend und den Jammer fortzuschaffen, so heißt das „Utopie, kindischer Traum", und sie will nichts hören.

Dennoch ließ Friedrich sein Ziel nicht gänzlich aus den Augen. Er vertiefte sich immer mehr in das Studium des Völkerrechts, setzte sich in brieflichen Verkehr mit Bluntschli und anderen Gelehrten dieses Zweiges. Gleichzeitig — und zwar mit mir in Ge- meinschaft — betrieb er auch fleißig andere, namentlich naturwissenschaftliche Studien. Er plante, über den Gegenstand „Krieg und Frieden" ein größeres Werk zu schreiben. Doch ehe er sich an die Ausführung machte, wollte er durch lange und eingehende Forschungen sich dazu rüsten und schulen. „Ich bin zwar ein alter k. k. Oberst," sagte er, „und die meisten meiner Alters- und Ranggenossen würden es verschmähen, sich mit Lernen abzugeben ... man hält sich gewöhnlich für unbändig gescheit, wenn man ein ältlicher Mann in Amt und Würden ist — ich selber vor einigen Jahren, hatte auch solchen Respekt vor meiner Person ... Nachdem sich mir aber plötzlich ein neuer Gesichtskreis aufgethan, nachdem ich einen Einblick in den modernen Geist gewann, da überkam mich das Bewußtsein meiner Unwissenheit ... Nun ja, von alledem, was jetzt auf allen Gebieten an neuer Erkenntnis gewonnen worden, davon hat man ja in meiner Jugend gar nichts — oder vielmehr das Gegenteil gelernt. Da muß ich jetzt — trotz der Silberfäden an den Schläfen — wieder von vorne anfangen."

Den Winter nach Sylvias Geburt verbrachten wir in aller Stille in Wien. Im folgenden Frühjahr bereisten wir Italien. Weltkennenlernen gehörte ja auch zu unserm neuen Lebensprogramm. Frei und reich waren wir, nichts hinderte uns, es auszuführen. Kleine Kinder sind zwar auf Reisen ein wenig lästig, aber wenn man genügendes Personal von Bonnen und Wärterinnen mitführen kann, so läßt es sich schon machen. Ich hatte eine alte Dienerin zu mir genommen, welche einst meine und meiner Schwester Kindsfrau gewesen, dann einen Wirtschaftsbeamten geheiratet hatte und jetzt verwitwet war. Diese „Frau Anna" war meines vollsten Vertrauens würdig und in ihren Händen konnte ich meine kleine Sylvia mit voller Beruhigung zurücklassen, wenn wir — Friedrich und ich — auf mehrere Tage unser Hauptquartier verließen, um Ausflüge zu machen. Ebensogut war Rudolf bei Mr. Foster, seinem Hofmeister aufgehoben. Doch geschah es häufig, daß wir den achtjährigen kleinen Mann mit uns nahmen.

Schöne, schöne Zeiten! ... Schade, daß ich damals die roten Hefte so stark vernachlässigte. Gerade da hätte ich so viel des Schönen, Interessanten und Heitern eintragen können: aber ich habe es unterlassen, und so sind mir die Einzelheiten jener Jahre meist aus dem

Gedächtnis entschwunden: nur in großen Zügen kann
ich mir noch ein Bild davon zurückrufen.

In das „Friedensprotokoll" fand ich Gelegenheit,
eine erfreuliche Eintragung zu machen. Es war dies
nämlich ein Zeitungsartikel, gezeichnet B. Desmoulins,
worin der französischen Regierung der Vorschlag gemacht
wird, sich an die Spitze der europäischen Staaten zu
stellen, indem sie das Beispiel gäbe, abzurüsten.

„So wird sich Frankreich das Bündnis und die aufrichtige
Freundschaft aller Staaten sichern, welche dann aufhören würden,
sich vor Frankreich zu fürchten, dessen Mithilfe sie benötigten.
So würde sich allgemeine Entwaffnung von selber einstellen,
das Prinzip der Eroberung wäre auf immer aufgegeben und die Konföderation der Staaten würde ganz natürlich einen obersten Gerichtshof internationaler Gerechtigkeit bilden,
welcher im stande sein wird, auf dem Weg des Schiedsrichter-
amtes alle Streitigkeiten zu schlichten, welche der Krieg niemals
zu entscheiden vermocht. Indem es so handelte, würde Frankreich die einzige reelle und einzige dauerhafte Kraft — nämlich
das Recht — auf seine Seite gebracht, und dem Menschenge-
schlecht auf ruhmreiche Weise eine neue Ära eröffnet haben."
(Opinion Nationale 25. Juli 1868.)

Beachtung hat dieser Artikel natürlich wieder
nicht gefunden.

Im Winter 1868 bis 1869 kehrten wir nach Paris
zurück und diesmal — auch von dieser Seite wollten
wir das Leben kennen lernen — stürzten wir uns in
die „große Welt".

Es war ein etwas ermüdendes, aber für einige
Zeit doch recht genußreiches Treiben. Wir hatten —
um ein Zuhause zu haben — uns ein kleines möbliertes
Hotel im Viertel der Champs Elisées gemietet, wo

wir unseren zahlreichen Bekannten, bei denen wir täg=
lich zu irgend welchen Festen geladen waren, auch
manchmal „revanche" bieten konnten. Von unserem
Gesandten beim Tuilerienhofe eingeführt, waren wir
für den ganzen Winter zu den Montagen der Kaiserin
vergeben; außerdem standen uns die Häuser sämtlicher
Botschafter offen, so wie die Salons der Prinzessin
Mathilde, der Herzogin von Mouchy, der Königin
Isabella von Spanien und so weiter. Auch viele
litterarische Größen lernten wir kennen — den größten
freilich nicht, denn dieser, ich meine, Viktor Hugo, lebte
in der Verbannung; doch sind wir Renan, Dumas,
Vater und Sohn, Octave Feuillet, George Sand, Arsène
Houssaye und einigen Anderen begegnet. Bei dem
Letztgenannten haben wir auch einen Maskenball mit=
gemacht. Wenn der Verfasser der „Grandes dames"
in seinem prachtvollen kleinen Hotel der Avenue Fried=
land eines seiner venetianischen Feste gab, so war es
Gewohnheit, daß daselbst die wirklich großen Damen
unter dem Schutze der Maske sich in der Nähe die
„kleinen Damen" — bekannte Schauspielerinnen u. dgl.
— besahen, welche hier ihre Diamanten und ihren Witz
funkeln ließen.

Wir waren auch sehr fleißige Theaterbesucher.
Mindestens dreimal wöchentlich verbrachten wir die
Abende entweder in der italienischen Oper, wo Adelino
Patti — eben mit dem Marquis de Caux verlobt —
die Zuhörerschaft entzückte, oder im Théâtre Francais,
oder auch in einem kleineren Boulevard=Theater, um
Hortense Schneider als Großherzogin von Gerolstein

oder andere Operetten= und Vaudeville=Berühmtheiten
zu sehen.

Es ist doch sonderbar, wie, wenn man in diesen
Wirbel des Glanzes und der Unterhaltungen gestürzt
ist, wie einem diese kleine „große Welt" plötzlich so
schrecklich wichtig vorkommt und die darin waltenden
Gesetze von Eleganz und „chic" (damals hieß es noch
„chic" eine Art ganz ernsthaft genommener Pflichten
auferlegen. Im Theater einen geringeren Platz ein=
nehmen, als eine Projeceniumsloge: in den Bois mit
einem Wagen sich zeigen, dessen Gespann nicht tabellos
wäre; auf den Hofball gehen, ohne eine von Worth
„unterschriebene" 2000 Franks=Toillette zu tragen; sich
zu Tische setzen (Madame la baronne est servie...)
auch wenn man keine Gäste hat, ohne sich von dem
würdevoll amtierenden maître d'hotel und einigen
Lakaien die feinsten Gerichte und edelsten Weine auf=
tragen zu lassen: — das wären alles arge Ver=
stöße . . .

Wie leicht — wie leicht geschieht es einem, wenn
man von dem Räderwerk solcher Existenz erfaßt worden,
daß man alle seine Gedanken und Gefühle auf dieses
im Grunde gedanken= und gefühllose Treiben ver=
wendet; daß man darüber vergißt, Anteil zu nehmen
an dem Gang der wirklichen Welt draußen — ich
meine das Universum — und an dem Bestande der
eigenen Welt da drinnen — ich meine das häusliche
Glück. Mir wäre es vielleicht so ergangen — aber
davor schützte mich Friedrich. Er war nicht der Mann
dazu, sich von dem Strudel der Pariser „haute vie"

15*

hinreißen und verschlingen zu lassen. Er vergaß über
der Welt, in der wir uns bewegten, weder das Uni=
versum, noch unseren Herd. Ein paar Vormittags=
stunden blieben uns nach wie vor der Lektüre und
der Familie geweiht, und so brachten wir das größte
Kunststück fertig, neben dem Vergnügen auch das Glück
zu pflegen.

Für uns Österreicher hegte man in Paris viel
Sympathie. Oft wurde in politischen Gesprächen auf
eine „Revanche de Sadowa" angespielt, so gewiß
als müßte die uns vor zwei Jahren geschehene Unbill
wieder gut gemacht werden. Als ob sich überhaupt
derlei wieder gut machen ließe! Wenn Schläge
nicht anders zu tilgen sind, als wieder durch Schläge
— dann kann das Ding ja niemals aufhören. Gerade
meinem Mann und mir, weil dieser beim Militär ge=
wesen und den böhmischen Feldzug mitgemacht, gerade
uns glaubten die Leute nichts Angenehmeres und Höf=
licheres sagen zu können, als eine hoffnungsvolle An=
spielung auf die bevorstehende Sadowa=Rache, welche
bereits als ein geschichtliches, das „europäische Gleich=
gewicht" sicherndes und durch politisch=diplomatische
Vorkehrungen gesichertes Ereignis behandelt wurde.
Eine bei nächster Gelegenheit den „Preußen" zu gebende
Schlappe war eine völkerpädagogische Notwendigkeit.
Die Sache würde nicht tragisch ausfallen . . . nur so
etwas den Übermut gewisser Leute dämpfen. Vielleicht
genügte zu diesem Zwecke auch schon diese an der Wand
hängende Peitsche: sollte der Übermütige etwa kecke An=
wandlungen bekommen, so war er ja gewarnt, daß sie

auf ihn heruntersausen werde — die Revanche de Sadowa.

Wir lehnten natürlich solche Tröstungen entschieden ab. Altes Unglück wird durch neues Unglück nicht verwischt, ebensowenig als altes Unrecht durch neues Unrecht getilgt werden kann. Wir versicherten, daß wir keinen anderen Wunsch hegten, als den nunmehrigen Frieden nicht mehr gebrochen zu sehen.

Dasselbe war — so behauptete er wenigstens — auch der Wunsch Napoleons III. Wir verkehrten so viel mit Personen, welche dem Kaiser ganz nahe standen, daß wir genügend Gelegenheit hatten, dessen politische Gesinnungen, wie er sie in vertraulichen Aussprüchen laut werden ließ, kennen zu lernen. Nicht nur, daß er den momentanen Frieden wünschte, er hegte den Plan, den Mächten allgemeine Abrüstung vorzuschlagen. Aber um dieses auszuführen, fühlte er sich augenblicklich nicht sicher genug im Innern des Landes. Eine große Unzufriedenheit kochte und gährte unter der Bevölkerung, und in der nächsten Nähe des Thrones gab es eine Partei, welche darzustellen bemüht war, daß dieser Thron nicht anders zu festigen wäre, als durch einen auswärtigen glücklichen Krieg: so eine kleine Triumphpromenade am Rhein, und der Glanz und Bestand der napoleonischen Dynastie wäre gesichert. „Il faut faire grand" meinten diese Ratgeber. Daß der Krieg, welcher im vorigen Jahre über die Luxemburger Frage in Aussicht stand, vereitelt worden, war jenen sehr unlieb: die beiderseitigen Rüstungen waren schon so schön gediehen, und jetzt

wäre das Ding überstanden ... Aber auf die Länge
sei ein Kampf zwischen Frankreich und Preußen doch
unvermeidlich ... Unaufhörlich ward in dieser Richtung
weitergehetzt. Doch nur ein schwaches Echo drang von
solchen Dingen zu uns. Dergleichen ist ja man gewöhnt, in den Zeitungen anschlagen zu hören — so
regelmäßig, wie die Brandung an der Küste. Dabei
braucht man noch nicht an den Sturm zu denken;
man lauscht ganz ruhig der Musikkapelle, die am
Strande ihre lustigen Weisen spielt — die Brandung
giebt nur einen leisen, unbeachteten Grundbaß dazu ab.

✶ ✶ ✶

Das glänzende, von Vergnügungsmühen über-
bürdete Treiben erreichte seinen Höhepunkt in den
Frühlingsmonaten. Da kamen noch die langen Bois-
Fahrten in offenem Wagen, die verschiedenen Gemälde-
ausstellungen, Gartenfeste, Pferderennen, Picknick-Aus-
flüge hinzu — und bei alledem nicht weniger Theater,
nicht weniger Visiten, nicht weniger große Diners und
Soireen, als mitten im Winter. Wir begannen schon
stark, uns nach Ruhe zu sehnen. Diese Art Leben
hat eigentlich nur dann den wahren Reiz, wenn
Koketterie- und Liebschaftsgeschichten damit verbunden
sind. Mädchen, welche eine Partie suchen, Frauen, die
sich den Hof machen lassen und Männer, die Aben-
teuer wünschen — für solche bietet jedes neue Fest,
bei welchem man den Gegenstand seiner Träume begegnen kann, ein lebhaftes Interesse — aber Friedrich

und ich? . . . Daß ich meinem Gatten unwandelbar
treu war, daß ich mit keinem Blick einem anderen gestattete, sich mir mit verwegenen Hoffnungen zu nahen
— das erzähle ich ohne jeglichen Tugendstolz. Es ist
doch ganz selbstverständlich. Ob ich unter anderen
Verhältnissen auch all den Verlockungen widerstanden
hätte, denen in solchem Vergnügungswirbel hübsche
junge Frauen ausgesetzt sind — das kann ich ja nicht
wissen; wenn man aber eine so tiefe und so voll-
beglückte Liebe im Herzen trägt, wie ich sie für meinen
Friedrich empfand, da ist man doch gegen alle Gefahr
gepanzert. Und was ihn anbelangt: war er mir
treu? Ich kann nur so viel sagen: ich hab' es nie
bezweifelt.

Als der Sommer ins Land gezogen kam, der
„grand-prix“ vorüber war und die verschiedenen Mitglieder der Gesellschaft Paris zu verlassen begannen
— die einen nach Trouville und Dieppe, nach Biarritz
und Vichy, die Anderen nach Baden-Baden, die Dritten
auf ihre Schlösser — Prinzessin Mathilde nach St.
Gratien, der Hof nach Compiègne — da wurden wir
mit Aufforderungen, das gleiche Reiseziel zu wählen
und mit Einladungen nach den Landsitzen bestürmt;
aber wir waren durchaus nicht gesonnen, die eben
durchgemachte Luxus- und Vergnügungscampagne des
Winters auch noch ins Sommerliche zu übertragen.
Nach Grumitz wollte ich vor der Hand nicht zurückkehren: ich fürchtete zu sehr das Wiedererwachen der
schmerzlichen Erinnerungen; auch hätten wir dort —
der vielen Verwandten und Nachbarschaften wegen —

nicht die gewünschte Einsamkeit gefunden. So wählten
wir denn abermals als Aufenthaltsort einen stillen
Winkel der Schweiz. Wir versprachen unseren pariser
Freunden im nächsten Winter wiederzukommen, und
traten vergnügt, wie ferienreisende Schüler, unsere
Sommerfahrt an.

Was nun folgte, war wirklich eine Erholungszeit.
Lange Spaziergänge, lange Lesestunden, lange Spiel-
stunden mit den Kindern und keine Eintragungen in
die roten Hefte — letzteres ein Zeichen von Sorglosigkeit
und Seelenruhe.

Auch Europa schien damals so ziemlich sorgenlos
und ruhig zu sein. Wenigstens sah man nirgends
„schwarze Punkte". Selbst von der berühmten Revanche
de Sadowa hörte man nichts mehr verlauten. Den
größten Verdruß, den ich damals empfand, der war
mir durch die seit einem Jahr bei uns in Österreich
eingeführte allgemeine Wehrpflicht bereitet. Daß mein
Rudolf einst werde Soldat sein müssen — das konnte
ich nicht fassen. Und da phantasieren die Leute von
Freiheit!

„Ein Jahr „Freiwilliger" — tröstete mich Friedrich
— „das ist nicht viel."

Ich schüttelte den Kopf:

„Und wäre es nur ein Tag! Keinen Menschen
sollte man zwingen können, ein bestimmtes Amt, das
er vielleicht haßt, auch nur einen Tag zu bekleiden,
denn an diesem Tag muß er das Gegenteil von dem,
was er fühlt zur Schau tragen, muß beschwören, das
mit Freuden zu thun, was er verabscheut — kurz, er

muß lügen — und meinen Sohn wollte ich vor Allem
zur Wahrhaftigkeit erziehen."

„Dann hätte er um ein paar hundert Jahre später
geboren werden müssen, Liebste!" erwiderte Friedrich.
„Ganz wahr kann nur ein ganz freier Mann sein: und
mit diesen Beiden — Wahrheit und Freiheit — ist's noch
schlecht bestellt in unseren Tagen, das wird mir — je
mehr ich mich in mein Studium vertiefe — desto klarer."

Jetzt, in unserer Weltabgeschiedenheit, hatte Friedrich
zu seinen Arbeiten doppelte Muße und er oblag denselben mit wahrem Feuereifer. So glücklich und zufrieden wir in der Einsamkeit lebten, so blieben wir
doch bei dem Entschlusse, den folgenden Winter wieder
in Paris zu verbringen. Diesmal aber nicht in der
Absicht, uns zu belustigen, sondern um für unsere
Lebensaufgabe einigermaßen praktisch zu wirken. Dabei
hegten wir zwar nicht die Zuversicht, etwas zu erreichen — aber wenn einem auch nur die Möglichkeit
des Schattens einer Chance geboten scheint, für eine
Sache, die man als die edelste Sache der Welt erkannt
hat, etwas leisten zu können, so empfindet man es als
unabweisliche Pflicht, diese Chance zu versuchen. Wir
hatten nämlich, wenn wir in unseren traulichen Gesprächen die pariser Erinnerungen rekapitulierten, auch
jenes Planes des Kaisers Napoleon gedacht, der uns
durch die Mitteilungen seiner Vertrauten zu Ohren
gekommen — des Planes, den Mächten Abrüstung
vorzuschlagen. Daran knüpften wir unsere Hoffnungen
und unsere Projekte. Friedrichs Forschungen hatten
ihm die Memoiren Sullys in die Hände gespielt, in

welchen der Friedensplan Heinrichs IV. mit allen
Einzelheiten verzeichnet stand. Davon wollten wir
dem Kaiser der Franzosen eine Abschrift zukommen
lassen; zugleich würden wir versuchen, durch unsere
Verbindungen in Österreich und Preußen diese beiden
Regierungen auf die Vorschläge der französischen Regie-
rung vorzubereiten; ich konnte dies durch Minister
Allerdings bewerkstelligen, und Friedrich besaß in Berlin
einen Verwandten, der in einflußreicher politischer
Stellung und bei Hofe sehr gut angeschrieben war.

Im Dezember, als wir nach Paris übersiedeln
wollten, wurden wir jedoch daran gehindert. Unser Schatz
— unsere kleine Sylvia erkrankte. Das waren bange
Stunden!... Natürlich traten da Napoleon III. und Heinrich IV. in den Hintergrund: unser Kind im Sterben!

Aber es starb nicht. Nach zwei Wochen war alle
Gefahr vorbei. Nur untersagte uns der Arzt, mit der
Kleinen während der ärgsten Winterkälte zu reisen. Wir
verschoben demnach unsere Abfahrt auf den Monat März.

Diese Krankheit und diese Genesung — die Gefahr
und die Rettung —, wie hatten die unsere Herzen
erschüttert und dieselben — ich hätte dies nicht mehr
für möglich gehalten — einander wieder näher gebracht!
Gemeinschaftliches Zittern vor einem gräßlichen Unglück, welches man besonders wegen der Verzweiflung
des andern fürchtet, und gemeinschaftlich geweinte
Freudenthränen, wenn dieses Unglück abgewendet, das
vermag gar mächtig zwei Seelen in eine zu ver-
schmelzen.

Sechstes Buch.

1870/71.

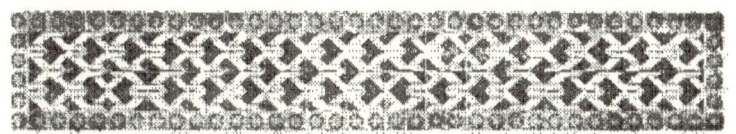

Vorahnungen? Die gibt es nicht. Paris hätte
sonst, als wir an einem sonnigen Nachmittag des
März 1870 dort anlangten, mir keinen so heiteren,
lustversprechenden Eindruck machen können. Man weiß
es heute, was damals in kürzester Frist derselben Stadt
für Schrecknisse bevorstanden — aber mich beschlich
nicht das mindeste trübe Vorgefühl.

Wir hatten schon im Voraus — durch den Agenten
John Arthur — dasselbe kleine Palais gemietet, welches
wir im letzten Jahre bewohnt, und an der Einfahrt
desselben erwartete uns auch unser vorjähriger maître
d'hotel. Als wir, um zu unserer Wohnung zu gelangen, über die elysäischen Felder fuhren — es war
eben die Bois-Stunde — da begegneten wir mehreren
unserer alten Bekannten und tauschten fröhliche Wieder-
sehensgrüße. Die vielen kleinen Veilchenkarren, welche
um diese Jahreszeit in den Straßen von Paris herum-
gerollt werden, füllen die Luft mit tausend Frühlings-
versprechungen: die Sonnenstrahlen funkelten und
spielten regenbogenfarbig in den Springbrunnen des
Rundplatzes und hefteten kleine Fünkchen an die
Wagenlaternen und das Pferdegeschirr der zahlreichen
Gefährte. Unter Anderen fuhr auch die schöne Kaiserin

in einem à la Daumont bespannten Wagen an uns
vorbei und winkte, mich erkennend, einen Gruß mit
der Hand.

Es gibt so einzelne Bilder und Scenen, die sich
in das Gedächtnis einphotographieren und -phono=
graphieren, samt den sie begleitenden Empfindungen
und einigen gleichzeitig gesprochenen Worten. „Schön
ist doch dieses Paris!" rief damals Friedrich aus, —
und meine Empfindung war ein kindisches „Sichfreuen"
auf den kommenden Aufenthalt. Hätte ich gewußt,
was mir, was dieser ganzen, in Glanz und Heiterkeit
getauchten Stadt bevorstand — — —

Diesmal vermieden wir es, uns, wie im ver-
flossenen Jahre, in den Strudel weltlicher Vergnügungen zu werfen. Wir erklärten, keine Balleiu=
ladungen annehmen zu wollen und hielten uns von
den großen Empfängen fern. Auch das Theater be-
suchten wir nicht mehr so häufig — nur wenn irgend
ein Stück besonderes Aufsehen machte — und so
kam es, daß wir die meisten Abende allein oder in
Gesellschaft weniger Freunde, in unserem Heim verbrachten.

Was unsere Pläne in Bezug auf des Kaisers
Abrüstungsidee betraf, so kamen wir eigentlich schlecht
damit an. Napoleon III. hatte zwar seine Idee nicht
ganz aufgegeben, aber der jetzige Moment — hieß es
— sei zu deren Ausführung durchaus ungeeignet. In
der Umgebung des Thrones war man sich bewußt,
daß dieser Thron nicht auf gar festen Füßen stand;
eine große Unzufriedenheit kochte und gährte im Volk,

unb um diese niederzuhalten, wurben alle Polizei- unb
Censurmaßregeln verschärft — was nur um so größere
Unzufriedenheit zur Folge hatte. Das einzige, so
sagten gewisse Leute, was der Dynastie neuen Glanz
unb Bestand geben könnte, wäre ein glücklicher Feldzug ... Dazu lag freilich keine nahe Aussicht vor,
aber von Abrüstung sprechen, wäre ganz unb gar ge-
sehlt; dadurch würde ja der ganze Nimbus der Bona-
parte zerstört, welcher ja auf dem Ruhmeserbe des
großen Napoleon beruhte. Außerdem war uns auch
auf unsere Anfragen aus Preußen unb Österreich kein
ermunternder Bescheid geworden. Man war da in
die Ära der Vergrößerung der Wehrmacht (das Wort:
„Armee" begann aus der Mode zu kommen) getreten
unb da fiele das Wort Abrüstung als grober Mißton
hinein. Im Gegenteil, um die Segnungen des Friedens
zu erhalten, mußte man die „Wehrkraft" nur recht
steigern — den Franzosen war nicht zu trauen ...
den Russen auch nicht ... den Italienern schon gar
nicht; die fielen gleich über Triest unb Trient her,
wenn sich Gelegenheit dazu böte — kurz, nur schön
fleißig das Landwehrsystem pflegen.

„Die Zeit ist nicht reif," sagte Friedrich, wenn
wir solche Mitteilungen erhielten. „Unb die Hoffnung,
daß ich in Person das Reisen der Zeit beschleunigen
könne oder gar die ersehnten Früchte daran sprießen
sehe — die muß ich vernünftiger Weise wohl aufgeben ...
Was ich beitragen kann, ist gar winzig. Aber von
der Stunde an, da ich dieses Winzige als meine Pflicht

erkannt, ist es mir doch zum Größten geworden —
also harre ich aus."

Wenn auch vorläufig das Entwaffnungsprojekt ins
Wasser gefallen war, eine Beruhigung hatte ich doch:
es war kein Krieg in Sicht. Die bei Hofe und auch
in der Bevölkerung vorhandene Kriegspartei, welche
da meinte, daß die „Dynastie in Blut aufgefrischt"
werden sollte und daß dem Lande wieder ein Porti=
önchen Ruhm erwachsen müsse, die mußte auf Angriffs=
pläne und auf den verlockenden „kleinen Feldzug um
die Rheingrenze" verzichten. Denn Frankreich besaß
keine Verbündeten; im Lande herrschte große Trocken=
heit, Futtermangel war vorauszusehen, man mußte
die Militärpferde verkaufen, nirgends eine schwebende
„Frage", das Rekrutenkontingent ward vom gesetz=
gebenden Körper herabgesetzt, kurz — so erklärte bei
dieser Gelegenheit von der Tribüne herab Ollivier: der
Friede Europas ist gesichert.

Gesichert. Ich freute mich über dieses Wort.
In allen Zeitungen ward es wiederholt und viele
Tausende freuten sich mit mir. Was kann es denn
für die meisten Menschen besseres geben, als gesicherten
Frieden?

Wie viel diese Sicherheit aber wert war, die da
am 30. Juni 1870 von einem Staatsmann verkündet
worden, das wissen wir heute Alle. Und das hätten
wir auch schon damals wissen können, daß derlei
staatsmännische Versicherungen — welchen das Publikum
immer wieder mit gleich naivem Vertrauen lauscht —
doch keine, gar keine Bürgschaft enthalten. Die euro=

päische Lage weist keine „schwebende Frage" auf,
darum ist der Friede gesichert: — welche schwache
Logik! Die Fragen können ja jeden Augenblick heran-
geschwebt kommen: — erst wenn man für diesen Fall
ein anderes Mittel in Bereitschaft hielte, als den Krieg,
erst dann wäre man gegen den Krieg gesichert.

* * *

Wieder zerstreute sich die pariser Gesellschaft nach
allen Windrichtungen. Wir aber blieben — Geschäfte
halber — zurück. Es hatte sich uns nämlich ein außer-
ordentlich vorteilhafter Ankauf geboten. Durch die
plötzliche Abreise eines Amerikaners war ein kleines
erst halbvollendetes Hotel in der Avenue de l'Impera-
trice feil geworden, und zwar um einen Preis, der
nicht viel mehr betrug, als die zur Ausschmückung und
Einrichtung des Objektes bereits verwendete Summe.
Da wir nun einmal die Absicht hatten, auch in Zukunft einige Monate des Jahres in Paris zu verbringen und da der betreffende Kauf zugleich ein vor-
treffliches Geschäft war, so schlossen wir den Handel
ab. Die Fertigstellung wollten wir selber überwachen
und zu diesem Behuf blieben wir in Paris. Die
Ausschmückung eines eigenen Nestes ist zudem eine so
genußreiche Arbeit, daß wir dafür die Unannehmlichkeit, den Sommer in der Stadt zu bleiben, gern auf
uns nahmen.

Übrigens blieb uns auch in geselliger Beziehung
noch Ansprache genug. Das Schloß der Prinzessin

Mathilde, St. Gratien, ferner Schloß Mouchy, dann
Baron Rothschilds Besitzung, Ferrières und noch
mehrere andere Sommersitze unserer Bekannten lagen
in der Nähe von Paris, und ein- oder zweimal
wöchentlich statteten wir bald da, bald dort einen Be=
such ab.

Es war, ich erinnere mich, im Salon der Prin=
zessin Mathilde, daß ich zum erstenmale von der „Frage"
hörte, die zur „schwebenden" werden sollte.

Die Gesellschaft saß — nach dem Gabelfrühstück
— auf der Terrasse, mit dem Ausblick nach dem
Park. Wer Alles da war? Dessen kann ich mich nicht
mehr entsinnen — nur zwei der anwesenden Persön=
lichkeiten sind mir im Gedächtnis geblieben; Taine
und Renan. Die geistvolle Herrin von St. Gratien
liebte es, sich mit litterarischen und wissenschaftlichen
Größen zu umgeben.

Die Unterhaltung war eine sehr rege und ich kann
mich erinnern, daß es meist Renan war, der das Wort
führte, geistsprühend und witzig. Wie man unglaublich
häßlich sein kann und dabei doch unglaublichen Zauber
ausüben, davon ist der Verfasser des Leben Jesu ein
merkwürdiges Beispiel.

Jetzt fiel das Gespräch auch auf Politik. Für den
spanischen Thron werde ein Kandidat gesucht ... Ein
Prinz von Hohenzollern solle die Krone erhalten ...
Ich hatte kaum hingehorcht, denn was konnte es mir,
was konnte es Allen hier Gleichgültigeres geben, als
der spanische Königsthron und Derjenige, der darauf
zu sitzen käme? Doch da sagte Jemand:

„Ein Hohenzoller? Das wird Frankreich nicht dulden."

Das Wort schnitt mir in die Seele, denn was heißt dieses „nicht dulden"? Wenn das im Namen eines Landes gesagt wird, so sieht man im Geiste die dieses Land personifizierende Riesenjungfrauen-Statue mit trotzig zurückgeworfenem Kopfe und mit der Hand am Schwertesknauf.

Doch es wurde bald wieder auf ein anderes Ge-sprächsthema übergegangen. Wie folgenschwer diese spanische Thronfrage noch werden sollte, das ahnte unter uns noch Niemand. Ich auch nicht, natürlich. Mir war nur das anmaßende „das wird Frankreich nicht dulden" als ein Mißton im Gedächtnis haften geblieben und damit zugleich die ganze umgebende Scenerie.

Von nun an sollte die spanische Thronfrage immer lauter und aufbringlicher werden. Täglich wurde der Raum größer, den sie in den Zeitungen und in den Salongesprächen einnahm und ich weiß, daß sie mich in hohem Grade langweilte; diese Hohenzollern-Kandidatur: man konnte bald gar nichts Anderes hören. Und mit einer Entrüstung wurde davon gesprochen, als könnte Frankreich nichts Beleidigenderes wider-fahren; die Meisten durchschauten es als eine von Preußen ausgehende Provokation zum Kriege. Es ist doch klar — hieß es — Frankreich konnte die Sache nicht dulden; wenn also die Hohenzollern darauf be-stehen, so ist das die reine Herausforderung. Das verstand ich nicht. Übrigens war ich ohne Sorge.

16*

Wir erhielten Briefe aus Berlin, worin uns von wohl-
unterrichteter Seite mitgeteilt wurde, daß man bei
Hofe nicht den mindesten Wert darauf lege, daß die
spanische Krone einem Hohenzollern zufalle. Wir be-
schäftigten uns demnach weit mehr mit unserem Haus-
bau, als mit der Politik.

Aber allmählich wurden wir doch aufmerksam. So
wie vor dem Sturm ein gewisses Blätterrascheln durch
den Wald geht, so raschelt es vor dem Krieg von gewissen Stimmen durch das Volk. „Nous aurons la
guerre — nous aurons la guerre!“ das tönte durch
die pariser Luft. Da erfaßte mich unsägliches Bangen.
Nicht um die Meinen — denn wir Österreicher waren
ja vorläufig aus dem Spiele; im Gegenteil: uns sollte
ja möglicherweise „Satisfaktion“ geboten werden —
die bekannte Sadowa-Rache. Aber wir hatten es ver-
lernt, den Krieg vom nationalen Standpunkt aus zu
betrachten, und was er vom menschlichen, vom edel-
menschlichen ist — das weiß man ja. Das drücken
folgende Worte aus, die ich einst aus dem Munde
Guy de Maupassants gehört:

„Quand je songe seulement à ce mot „la guerre“ —
il me vient un effarement, comme si l'on me parlait de
sorcellerie, d'inquisition, d'une chose lointaine, finie,
abominable, contre nature.“ . . .

Als die Nachricht eintraf, daß Prim dem Prinzen
Leopold die Krone angetragen, hielt der Herzog von
Grammont im Parlament eine mit großem Beifall auf-
genommene Rede, ungefähr nachstehenden Inhalts:

„Wir mischen uns nicht in fremde Angelegenheiten, aber —
wir glauben nicht, daß die Achtung vor den Rechten eines Nach-

barstaates uns verpflichtet, zu bulben, daß eine fremde Macht, indem sie einen ihrer Prinzen auf den Thron Carls V. setzt, zu unserem Schaden das bestehende Gleichgewicht der Kräfte von Europa (O dieses Gleichgewicht — welcher kriegsdurstige Heuchler hat diese hohle Phrase erfunden?) störe und die Interessen, die Ehre Frankreichs in Gefahr bringe.“

Ich kenne ein Märchen von George Sand, genannt Gribouille. Dieser Gribouille hat die Eigenheit, wenn Regen droht, sich aus Furcht vor dem Naßwerden in den Fluß zu stürzen. Wenn ich höre, daß der Krieg angetragen wird, um drohenden Gefahren vorzubeugen, so muß ich immer an Gribouille denken. Wohl hätte ein ganzer Hohenzollernstamm sich auf Carls V. und noch auf verschiedene andere Throne setzen können, ohne Frankreichs Interessen und Frankreichs Ehre nur den tausendsten Teil von dem Schaden zuzufügen, der ihnen aus dem klugen „Das können wir nicht bulden“ er- wachsen ist.“

„Dieser Fall,“ fuhr der Redner fort, „wir hegen die feste Zuversicht, wird nicht eintreten. Wir rechnen in dieser Be- ziehung auf die Weisheit des deutschen und auf die Freundschaft des spanischen Volkes. Sollte es anders kommen — d a n n, meine Herren, werden wir wissen, stark durch Ihre Unterstützung und die der Nation, unsere Pflicht ohne Schwanken und ohne Schwäche zu thun. (Stürmisches Bravo.)

Von da ab beginnt die Kriegshetze in der Presse. Besonders ist es Girardin, welcher seine Landsleute nicht genug anfeuern kann, die unerhörte Kühnheit, welche in dieser Thronkandidatur liege, gehörig zu züchtigen. Es wäre gegen alle Würde Frankreichs, wenn es da nicht sein Veto einlegte . . . freilich,

Preußen wird nicht nachgeben, denn es ist ihm daran
gelegen, dem Wahnsinnigen, den Krieg heraufzu=
beschwören. Durch seine Erfolge von 1866 berauscht,
glaubt es, jetzt auch über den Rhein seine Sieges=
und Raubeszüge machen zu dürfen — aber da sind
wir da, Gott sei Dank, solche Gelüste den übermütigen
Spitzhelmen zu vertreiben . . . In diesem Tone geht
es fort. Napoleon III. zwar, wie wir durch ihm
nahestehende Personen erfahren, wünscht nach wie vor
die Erhaltung des Friedens ; aber in seiner Umgebung
finden die Meisten, daß ein Krieg jetzt unvermeidlich,
sei, daß — da man im Volke ohnehin mit der Re=
gierung unzufrieden — das Beste, was man thun
könne, um sich den Respekt des ruhmsüchtigen Landes
zu sichern, ein glücklicher Krieg wäre: „il teut faire
grand".

Nun wird in der Runde bei anderen europäischer
Kabinetten über die Angelegenheit angefragt. Jedes
erklärt, daß es den Frieden wünsche. In Deutschland
wird ein aus Volkskreisen stammendes Manifest ver=
öffentlicht, welches unter Anderen auch von Liebknecht
unterzeichnet ist, worin es heißt: „der bloße Gedanke
an einen deutsch=französischen Krieg sei ein Verbrechen "
Bei dieser Gelegenheit erfahre ich und kann es in
mein Friedensprotokoll eintragen: „daß eine große
Verbindung mit hunderttausenden von Mitgliedern
existiert, welche die Abschaffung aller Vorurteile des
Standes und der Nation zum Programmpunkt er=
hoben hat."

Benedetti erhält die Mission, den König von

Preußen aufzufordern, daß dieser dem Prinzen Leopold die Annahme der Krone verbiete. König Wilhelm befand sich augenblicklich zur Kur in Ems — Benedetti begibt sich dahin und erhält am 9. Juli eine Audienz.

Wie wird der Ausgang sein? Ich erwarte die Nachricht mit Zittern.

Die Antwort des Königs lautet einfach: daß er einem volljährigen Prinzen nichts verbieten könne.

Diese Antwort versetzte die Kriegspartei in triumphierende Freude: „Also man will es darauf ankommen lassen? . . . Man will uns bis aufs Äußerste reizen? Das Haupt des Hauses sollte einem Mitglied desselben nichts verbieten und gebieten können? Lächerlich! Das ist offenbar abgemachtes Komplott: die Hohenzollern wollen sich in Spanien festsetzen und dann von Osten und Süden unser Land überfallen. Und das sollten wir abwarten? Die Demütigung sollten wir uns gefallen lassen, daß man unseren Protest nicht beachtet? Nimmermehr: wir wissen, was die Ehre, was der Patriotismus uns gebeut" . . .

Immer lauter und lauter, immer unheimlicher rascheln die Sturmesvorboten. Da, am 12. Juli kommt eine Botschaft, die mich mit Entzücken erfüllt: Don Salusto Olozaga zeigt offiziell der französischen Regierung an, daß Prinz Leopold von Hohenzollern, um keinen Vorwand zu einem Krieg zu bieten, auf die Annahme der angebotenen Krone verzichtet.

Nun Gottlob: die ganze „Frage" war ja damit einfach weggeräumt. Die Nachricht wird um 12 Uhr

Mittags in der Kammer mitgeteilt und Ollivier erklärt, daß dies das Ende des Streites sei. Am selben
Tag wurden jedoch (offenbar die Ausführung früherer
Befehle) Truppen und Material nach Metz dirigiert
und in derselben Sitzung macht Clement Duvernois
folgende Interpellation:

„Was haben wir für Bürgschaften, daß Preußen
nicht wieder ähnliche Verwickelungen heraufbeschwört,
wie diese spanische Kronkandidatur? Dem muß vor-
gebeugt werden."

Schon wieder regt sich Gribouille: Es könnte —
vielleicht — einmal — ein leiser Regen uns naß zu
machen — drohen: also schnell in den Fluß gesprungen:
— und abermals wird Benedetti nach Ems geschickt,
diesmal den König von Preußen aufzufordern, daß er
dem Prinzen Leopold ein- für allemal und für alle
Zukunft verbiete, auf die Kandidatur zurückzukommen.
Kann wohl auf solches Vorschreiben-wollen einer Hand-
lung, zu welcher der Aufgeforderte nicht einmal befugt
ist, etwas Anderes erfolgen als ungeduldiges Achsel-
zucken! Das mußten Diejenigen doch wissen, welche
die Anforderung stellten.

Am 15. Juli wieder eine denkwürdige Sitzung.
Ollivier verlangt einen Kredit von fünfhundert Millionen
für den Krieg. Thiers stimmt dagegen. Ollivier
entgegnet: er nehme die Verantwortung vor der Geschichte auf sich. Der König von Preußen habe sich
geweigert, den französischen Botschafter zu empfangen
und dies durch eine Note der Regierung angezeigt.
Die Linke verlangt diese Note zu sehen. Die Majorität

verbietet tumultuarisch und durch Abstimmung die Vor-
zeigung des (wahrscheinlich gar nicht existierenden) Do-
kuments. Diese Majorität bewilligt Alles, was die
Regierung für den Krieg fordert. Solche patriotische
Opferwilligkeit, die da ohne Zaudern das Verderben
bewilligt, wird natürlich wieder mit den bereitliegenden
Phrasencliché8 gehörig bewundert.

16. Juli. England macht Versuche, den Krieg zu
hindern. Vergebens ... Ja, gäbe es eingesetzte
Schiedsgerichte — wie leicht und einfach wäre da ein
so geringfügiger Konflikt gehoben.

19. Juli. Der französische Geschäftsträger in
Berlin überreicht der preußischen Regierung die Kriegserklärung.

Kriegserklärung. Die vier Silben sprechen
sich ganz gelassen aus. Was ist's auch weiter? Der
Beginn einer äußer-politischen Aktion, und so nebenbei
eine halbe Million Todesurteile.

Auch dieses Aktenstück habe ich in die roten Hefte
eingetragen. Es lautete:

„Die Regierung Sr. Majestät des Kaisers der Franzosen
konnte den Plan, einen preußischen Prinzen auf den spanischen
Thron zu erheben, nur als ein Unternehmen gegen die territoriale Sicherheit Frankreichs betrachten und hat sich daher ge-
nötigt gesehen, von Sr. Majestät dem Könige von Preußen die
Versicherung zu verlangen, daß eine ähnliche Kombination mit
seiner Zustimmung nicht wieder vorkommen werde. Da Se.
Majestät diese Zusicherung verweigert und im Gegenteil unserem
Gesandten erklärt hat, er gedenke sich für dieses Vorkommnis
die Möglichkeit vorzubehalten, die Umstände zu befragen, so hat
die kaiserliche Regierung in dieser Erklärung des Königs einen
Hintergedanken erkennen müssen, welcher für Frankreich und für

das europäische Gleichgewicht (da haben wir's schon wieder, das berühmte Gleichgewicht: „Seht dieses Wandbrett mit den kostbaren Schalen darauf — es schwankt — die Schalen könnten herunterfallen — also schlagen wir hinein . . .) bedrohlich ist Diese Erklärung hat einen noch schwereren Charakter erhalten durch die Mitteilung, welche dem Kabinett gemacht wurde, von der Weigerung, den Gesandten des Kaisers zu empfangen und mit ihm neue Auseinandersetzungen einzuleiten (also durch solche Dinge: mehr oder minder freundlichen Verkehr zwischen Regenten und Diplomaten, wird das Schicksal der Völker bestimmt . . .). Infolgedessen hat die französische Regierung es für ihre Pflicht (!) gehalten, ohne Verzug an die Verteidigung (ja, ja, Verteidigung — niemals Angriff) ihrer verletzten Würde, ihrer verletzten Interessen zu denken, und entschlossen, zu diesem Zwecke alle Maßregeln zu ergreifen, welche von der ihr geschaffenen Lage geboten werden, betrachtet sie sich von jetzt an als im Zustand des Krieges mit Preußen."

Zustand des Krieges . . . Bedenkt Derjenige, der auf dem grünen Tuch seines Schreibtisches dieses Wort zu Papier bringt, daß er seine Feder in Flammen getaucht hat, in blutige Thränen, in Seuchengift? . . .

Also wegen eines für einen vakanten Thron gesuchten Königs und infolge einer zwischen zwei Monarchen gepflogenen Unterhandlung war diesmal der Sturm entfesselt? Sollte Kant doch recht haben mit seinem ersten Definitivartikel zum ewigen Frieden:

„Die bürgerliche Verfassung in jedem Staate soll republikanisch sein?"

Allerdings fielen durch Verwirklichung dieses Artikels manche Kriegsursachen weg, denn die Geschichte zeigt, wie viele Feldzüge dynastischer Fragen willen unternommen wurden, und alle Einsetzung monarchischer

Gewalt beruht ja nur auf glücklicher Kriegführerschaft;
indessen: auch Republiken sind kriegerisch. Der Geist
ist es, der alte, wilde, der in den Völkern — seien
sie nun in dieser oder jener Form regiert — Haß und
Rauflust und Siegesehrgeiz anfacht

Ich erinnere mich, welch eine ganz eigentümliche
Stimme mich selber in jener Zeit erfaßte, da der
deutsch-französische Krieg sich vorbereitete und dann
losbrach. Diese Gewitterschwüle vorher, dieses gewaltige
Sturmwehen nach der Erklärung . . . Die ganze Bevölkerung war in Fieber, und wer kann solcher Epidemie
sich entziehen? Natürlich — nach altem Brauch —
wurde der Beginn des Feldzuges schon als Siegeszug
betrachtet, das ist ja so patriotische Pflicht. „A Berlin —
à Berlin!" jubelte es durch die Straßen und von den
Imperialen der Omnibusse herab; die Marseillaise an
allen Ecken und Enden: Le jour de gloire est arrivé!
in jeder Theatervorstellung mußte die erste Schau-
spielerin oder Sängerin — in der Oper war es Marie
Saß — im Jeanne d' Arc Kostüm vor die Rampe
treten und fahnenschwingend dieses Kampflied singen,
welches vom Publikum stehend angehört und bisweilen
mitgesungen wurde. Auch wir haben das eines Abends
mit angesehen, Friedrich und ich, und auch wir mußten
von unseren Sitzen uns erheben. „Mußten" nicht aus
äußerem Zwang, wir hätten uns ja in den Hintergrund der Loge zurückziehen können — sondern mußten,
weil wir elektrisiert waren.

„Siehst Du, Martha," erklärte mir Friedrich,
„solcher Funke, der da von Einem zum Anderen springt

und diese ganze Menge in einem vereinten und erhöhten Herzschlag erheben macht — das ist Liebe —"

„Meinst Du? es ist doch ein hassendes Lied:

„Daß ihr unreines Blut
Unsere Furchen tränke — —"

„Thut nichts: vereinigter Haß ist auch eine Form von Liebe. Wo sich Zwei oder Mehrere in einem gemeinsamen Gefühl zusammenthun, da lieben sie einander. Laß nur einmal einen höheren Begriff, als den der Nation, nämlich den der Menschheit und der Menschlichkeit, als gemeinsames Ideal aufgefaßt werden, dann —"

„Ach wann wird das sein?" seufzte ich.

„Wann? Das ist sehr relativ. Im Verhältnis zu unserer Existenzdauer — nie; im Verhältnis zu derjenigen unseres Geschlechtes — morgen."

*　*　*

Wenn ein Krieg ausgebrochen ist, so spalten sich alle Anhänger der neutralen Staaten in zwei Lager; die Einen nehmen für diesen, die Anderen für jenen Teil Partei; es ist da wie eine große schwebende Wette, bei der Jeder mithält.

Wir Beide, Friedrich und ich, mit wem sollten wir sympathisieren, wem den Sieg wünschen? Als Österreicher waren wir „patriotisch" vollkommen berechtigt, unsere Überwinder aus dem vorigen Kriege diesmal als Überwundene sehen zu wollen. Ferner ist es auch naturgemäß, daß man Jenen, in deren Mitte

man lebt, von deren Gefühlen man unwillkürlich an-
gesteckt wird, die größere Sympathie zuwendet — und
wir waren ja von Franzosen umgeben. Dennoch:
Friedrich war preußischer Abkunft, und waren nicht
auch mir die Deutschen, deren Sprache ja die meine
ist, stammverwandter als ihre Gegner? Außerdem
war die Kriegserklärung nicht von den Franzosen aus
so nichtigem Grunde — nein, nicht Grunde, Vor-
wande — ausgegangen, mußten wir daher nicht ein-
sehen, daß die Sache der Preußen die gerechte war,
daß diese nur als Verteidiger und dem Zwang ge-
horchend, in den Kampf zogen? Und war die Ein-
mütigkeit nicht erhebend, mit welcher die vor kurzem
noch sich befehdenden Deutschen sich jetzt zusammen-
scharten? Sehr richtig hatte König Wilhelm in seiner
Thronrede vom 19. Juli gesagt:

„Das deutsche und das französische Volk, beide die Segnungen christlicher Gesittung und steigenden Wohlstandes gleich-
mäßig genießend, waren zu einem heilsameren Wettkampfe berufen, als zu dem blutigen der Waffen. Doch die Macht haber
Frankreichs haben es verstanden, das wohlberechtigte aber
reizbare Selbstgefühl unseres großen Nachbarvolks durch be-
rechnete Mißleitung für persönliche Interessen und Leidenschaften
auszubeuten —"

Kaiser Napoleon erließ seinerseits folgende Proklamation:

„Angesichts der anmaßenden Ansprüche Preußens haben wir
Einsprache gethan. Diese ist verspottet worden. Vorgänge*)

---

*) Diese Vorgänge wurden 18 Jahre später wie folgt be-
urteilt. In seinem Werk über den Feldzug von 1870 schreibt
General Boulanger: Après avoir obtenu une satisfaction

folgten, welche Verachtung für uns zeigten. Unser Land ist
dadurch tief aufgeregt und augenblicklich erschallt das Kriegs-
geschrei von einem Ende Frankreichs zum andern. Es bleibt
uns nichts mehr übrig, als unsre Geschicke dem Lose, welches
die Waffen werfen, zu überlassen. Wir bekriegen nicht Deutschland, dessen Unabhängigkeit wir achten. Wir haben die besten
Wünsche dafür, daß die Völker, welche das große deutsche Volks-
tum ausmachen, frei über ihre Geschicke verfügen. Was uns
betrifft, so verlangen wir die Aufrichtung eines Standes der
Dinge, welcher unsere Sicherheit verbürge und unsere Zukunft
sicher stelle. Wir wollen einen dauerhaften Frieden erlangen,
begründet auf die wahren Interessen der Völker; wir wollen,
daß dieser elende Zustand aufhöre, bei dem alle Nationen ihre
Hilfsquellen aufwenden, um sich gegenseitig zu bewaffnen."

Welche Lektion, welche gewalige Lektion spricht
aus diesem Schriftstück, wenn man es mit den folgenden
Ereignissen zusammenhält! Also um Sicherheit, um
dauernden Frieden zu erlangen, wurde dieser Feldzug
von Frankreich unternommen? Und was ist daraus

légitime, nous avons voulu imposer une humiliation au
roi de Prusse; nous en sommes venus à prendre une
attitude diplomatique agressive, presque inconsciente.
La renonciation formelle du Prince Leopold de Hohenzollern nous etait acquise, nous avions en outre l'assen-
timent du roi de Prusse à cette renonciation. La ré-
paration était suffisante car elle demeurait sur le
domaine respectif des interêts de la France, des droits
de le France et des obligations du chef de la famille
Hohenzollern. Nous devions nous en tenir là. Notre
gouvernement poussa plus loin. Il voulut un engage
ment catégorique du roi Guillaume pour l'avenir. En
portant si haut ses prétentions il deplaçait l'objet et le
terrain du litige. Ilen taisait une provocation directe
au souverain de le Prusse.

entstanden? — „L'année terrible" und dauernde — noch immer dauernde — Feindschaft. Nein, nein: — mit Kohle läßt sich nicht weiß färben, mit asa foetida nicht Wohlgeruch verbreiten und mit Krieg nicht Frieden sichern. Dieser „elende Zustand", auf den Napoleon anspielte, wie hat der seither sich noch verschlimmert! Es war dem Kaiser Ernst, voller Ernst mit dem Plane, eine europäische Abrüstung anzubahnen, ich habe es durch seine nächsten Verwandten mit Bestimmtheit erfahren, aber die Kriegspartei hat ihn gedrängt, gezwungen — und er gab nach ... Dennoch konnte er sich nicht enthalten, in der Kriegsproklamation selber seine Lieblingsidee anklingen zu lassen. Es sollte deren Verwirklichung nur hinausgeschoben sein. „Nach dem Feldzug — nach dem Siege ..." sagte er sich zum Trost. Es ist anders gekommen.

Auf welcher Seite also unsere Sympathien standen? Wenn man dazu gelangt, den Krieg an und für sich zu verabscheuen, wie das bei Friedrich und mir der Fall war, so kann das echte, naive „Passionieren" für den Ausgang eines Feldzuges nicht mehr eintreten; die einzige Empfindung ist eben die: Hätte er nur nie begonnen — dieser Feldzug — und wäre er nur schon aus!

Ich glaubte nicht, daß der gegenwärtige Krieg lange dauern und bedeutende Folgen haben werde. Zwei oder drei gewonnene Schlachten hier oder dort und man würde sicherlich parlamentieren und dem Ding ein Ende machen. Um was schlug man sich denn eigentlich? Um gar nichts. Das Ganze war mehr

eine Art Waffenpromenade, von den Franzosen aus
ritterlicher Abenteuerlust, von den Deutschen aus
tapferer Verteidigungspflicht unternommen; ein paar
getauschte Säbelhiebe und die Gegner würden sich
wieder die Hände reichen . . . Thörin, die ich war!
Als ob die Folgen eines Krieges im Verhältnis zu den
Ursachen seines Entstehens blieben. Der Verlauf
ist es, der die Folgen bestimmt.

Gern hätten wir Paris verlassen, denn der ganze
von der Bevölkerung gezeigte Enthusiasmus berührte
uns höchst peinlich. Aber der Weg nach Osten war
nunmehr versperrt; auch hielt uns der Bau unseres
Hauses zurück — kurz: wir blieben. Geselligen Umgang hatten wir beinahe keinen mehr. Alles was
nur konnte, hatte Paris geflohen und unter den ob-
waltenden Umständen dachte auch unter den Zurückgebliebenen keiner daran, Einladungen auszuteilen.
Nur einige unserer Bekannten aus litterarischen Kreisen,
die noch anwesend waren, suchten wir öfters auf.
Gerade in dieser Phase des beginnenden Krieges war
es Friedrich interessant, die betreffenden Urteile und
Ansichten der hervorragenden Geister kennen zu lernen.
Da war ein ganz junger Schriftsteller der später zu
solcher Berühmtheit gelangte Guy de Maupassant, von
dessen Äußerungen, die mir aus der Seele gesprochen
waren, ich einige in die roten Hefte eintrug:

„Der Krieg — wenn ich nur an dieses Wort denke, so über-
kommt mich ein Grauen, als spräche man mir von Hexen, von
Inquisition — von einem entfernten, überwundenen, abscheulichen, naturwidrigen Dinge. Der Krieg — sich schlagen!

Erwürgen, niedermetzeln! Und wir besitzen heute — zu unserer
Zeit mit unserer Kultur, mit dem so ausgedehnten Wissen, auf
so hoher Stufe der Entwickelung, auf der wir angelangt zu sein
glauben — wir besitzen Schulen, wo man lernt zu töten —
auf recht große Entfernung zu töten, eine recht große Anzahl
auf einmal.

. . . Das Wunderbare ist, daß die Völker sich dagegen nicht
erheben, daß die ganze Gesellschaft nicht revoltiert bei dem bloßen
Worte Krieg.

Jeder, der regiert, ist ebenso verpflichtet, den Krieg zu ver=
meiden, wie ein Schiffskapitän verpflichtet ist, den Schiffbruch zu
vermeiden. Wenn ein Kapitän sein Schiff verloren hat, wird er
vor ein Gericht gestellt und verurteilt, falls man erkennt, daß
er sich Nachlässigkeit zu schulden kommen ließ. Warum wird
die Regierung nach jedem erklärten Kriege nicht gerichtet? Wenn
die Völker das verständen, wenn sie sich weigerten, ohne Grund
sich töten zu lassen — dann wäre es mit dem Kriege aus."

Und Erneste Renan ließ sich also vernehmen:

„Ist es nicht herzzerreißend, zu denken, daß Alles, was wir
Männer der Wissenschaft in fünfzig Jahren aufzubauen bestrebt
waren, mit einem Schlage zusammengestürzt ist: die Sympathien
zwischen Volk und Volk, das gegenseitige Verständniß, das frucht-
bare Zusammenarbeiten. Wie tötet ein solcher Krieg die Wahr-
heitsliebe! Welche Lüge, welche Verleumdung des einen Volkes
wird nun nicht aufs Neue in den nächsten fünfzig Jahren von
dem anderen mit Begierde geglaubt werden und sie für unabsehbare Zeiten voneinander trennen! Welche Verzögerung des
europäischen Fortschrittes! In hundert Jahren werden wir nicht
wieder aufrichten können, was diese Menschen an einem Tage
heruntergerissen haben."

Ich hatte auch Gelegenheit einen Brief zu lesen,
den Gustave Flaubert in jenen ersten Julitagen, als
eben der Krieg ausgebrochen war, an George Sand
geschrieben hat. Hier ist er:

„Ich bin verzweifelt über die Dummheit meiner Landsleute. Die unverbesserliche Barbarei der Menschheit erfüllt mich mit tiefer Trauer. Dieser Enthusiasmus, der von keiner Idee beseelt ist, macht, daß ich sterben möchte, um ihn nicht mehr zu sehen. Der gute Franzose will sich schlagen: 1) weil er sich durch Preußen herausgefordert glaubt; 2) weil der natürliche Zustand des Menschen die Wildheit ist; 3) weil der Krieg ein mystisches Element in sich hat, das die Menschen fortreißt Sind wir wieder zu den Rassenkämpfen gekommen? Ich fürchte es . . . Die schrecklichen Schlachten, die sich vorbereiten, haben nicht einmal einen Vorwand für sich. Es ist die Lust, sich zu schlagen, um sich zu schlagen. Ich beklage die gesprengten Brücken und Tunnels. Alle diese menschliche Arbeit, die verloren geht! Sie haben gesehen, daß ein Herr in der Kammer die Plünderung des Großherzogstums Baden vorgeschlagen hat. Ach, daß ich nicht bei den Beduinen sein kann!‟

„Ach,‟ rief ich, als ich diesen Brief zu Ende gelesen, „daß wir nicht fünfhundert Jahre später geboren sind — das wäre noch besser als die Beduinen.‟

„So lange werden die Menschen nicht mehr brauchen, um vernünftig zu werden,‟ entgegnete Friedrich zuversichtlich.

Das wäre jetzt das Stadium der Proklamationen und der Armeebefehle.

Immer wieder die alte Leier und immer wieder das zu Beifall und Begeisterung hingerissene Publikum. Über die in den Manifesten verbürgten Siege wird gejubelt, als wären dieselben bereits erfochten.

Am 28. Juli erließ Napoleon III. vom Hauptquartier in Metz folgende Urkunde. Auch diese habe ich eingetragen — nicht etwa aus geteilter Bewunde-

rung — sondern aus Zorn über das ewig gleiche
hohle Phrasenwerk.

„Wir verteidigen Ehre und Boden des Vaterlandes. Wir
werden siegen. Nichts ist zu viel für die ausharrenden An-
strengungen der Soldaten Afrikas, der Krim, Chinas, Italiens
und Mexikos. Noch einmal werdet ihr beweisen, was eine
französische Armee vermag, die von Vaterlandsliebe durchglüht
ist. Welchen Weg immer wir außerhalb unserer Grenzen ein-
schlagen, wir finden dort die ruhmreichen Spuren unserer Väter.
Wir werden uns ihrer würdig zeigen. Von unseren Erfolgen
hängt das Schicksal der Freiheit und der Civilisation ab.
Soldaten — thue Jeder seine Pflicht und der Gott der Schlachten
wird mit uns sein.“

„Le Dieu des armées“ durfte natürlich nicht
fehlen. Daß die Führer besiegter Heere schon hundert-
mal dasselbe gesprochen, das hindert die Anderen nicht,
bei jedem neuen Feldzug wieder dasselbe zu sprechen,
und damit dasselbe Vertrauen zu wecken. Gibt es
etwas kürzeres und schwächeres als das Gedächtnis
der Völker?

Am 31. Juli verläßt König Wilhelm Berlin und
erläßt nachstehendes Manifest;

„Indem ich heute zur Armee gehe, um mit ihr für die
Ehre und für die Erhaltung unserer höchsten Güter zu kämpfen,
erlasse ich eine Amnestie für politische Verbrecher. Mein Volk
weiß mit mir, daß Friedensbruch und Feindschaft nicht auf
unserer Seite waren. Aber herausgefordert, sind wir entschlossen, gleich unseren Vätern und in fester Zuversicht auf
Gott den Kampf zu bestehen zur Errettung des Vaterlandes.“

Notwehr, Notwehr: das ist die einzig statthafte
Art des Tötens; daher rufen beide Gegner: „Ich
wehre mich“ Ist das nicht Widersinn? — Nicht so
ganz — denn über Beiden waltet eine dritte Macht,

die Macht des überkommenen alten Kriegsgeistes. — Nur gegen den sich zu wehren, sollten alle sich ver= bünden . . .

Neben den obigen Manifesten finde ich in meinen roten Heften eine Eintragung, mit dem sonderbaren Titel überschrieben:

„Hätte Ollivier die Tochter Meyerbeers gehei= ratet, wäre da der Krieg ausgebrochen?"

Die Sache verhielt sich so. Unter unseren pariser Bekannten befand sich auch der Litterat Alexander Weill, und dieser war es, der obige Frage aufwarf, indem er uns Nachstehendes erzählte:

„Meyerbeer suchte einen talentvollen Mann für seine zweite Tochter und seine Wahl fiel auf meinen Freund Emile Ollivier. Ollivier ist Witwer. Er hat in erster Ehe die Tochter Liszts geheiratet, die der berühmte Pianist von der Gräfin d'Agoult (Daniel Stern) hatte, mit der er lange Zeit im ehelichen Ver= hältnis lebte. Diese Ehe war sehr glücklich und Ollivier hatte den Ruf eines tugendhaften Ehemannes. Er besaß kein Vermögen, aber als Redner und Staats= mann war er schon berühmt. Meyerbeer wollte ihn persönlich kennen lernen und zu diesem Zwecke gab ich — es war im April des Jahres 1864 — einen großen Ball, dem die meisten Celebritäten der Kunst und der Wissenschaft beiwohnten und wo natürlich Ollivier, der von mir von der Absicht Meyerbeers unterrichtet war, die erste Rolle spielte. Er gefiel Meyerbeer. Die Sache war nicht leicht in Gang zu bringen. Meyer= beer kannte die unabhängige Originalität seiner zweiten

Tochter, die nie einen anderen Gatten als den ihrer
freien Wahl ehelichen würde. Es wurde verabredet,
daß Ollivier nach Baden komme, um dort dem Mädchen
zufällig vorgestellt zu werden, als Meyerbeer plötzlich
vierzehn Tage nach diesem Ball starb. Ollivier war
es — erinnern Sie sich? — der ihm im Nordbahnhof eine Trauer- und Lobrede hielt. Nun behaupte
ich, ja, ich bin dessen sicher: hätte Ollivier die Tochter
Meyerbeers geheiratet, der Krieg zwischen Frankreich
und Deutschland wäre nicht ausgebrochen! Hier meine
plausiblen Beweise. Vorerst hätte Meyerbeer, der das
Kaisertum bis zur Verachtung haßte, nie seinem Tochter-
mann erlaubt, Minister des Kaisers zu werden. Man
weiß, daß, wenn Ollivier der Kammer gedroht hätte,
eher seine Demission zu geben, als den Krieg zu er-
klären, dieselbe Kammer nie den Krieg erklärt hätte.
Der gegenwärtige Krieg ist das Werk dreier intimer
Stuben- und Geheimminister der Kaiserin, mit Namen:
Jerome David, Paul de Cassagnac und Duc de Grammont. Die Kaiserin, von dem Papste aufgereizt, dessen
religiöse Puppe sie ist, wollte diesen Krieg, an dessen
Sieg sie nicht zweifelte, um die Nachfolge ihres Sohnes
zu sichern. Sie sagte; „C'est ma guerre à moi et
à mon fils!" und die drei obengenannten päpstlichen
„Anabaptisten" waren ihre geheimen Werkzeuge, um
den Kaiser, der keinen Krieg wollte, und die Kammer
durch falsche und verhehlte Depeschen aus Deutschland
zum Krieg zu zwingen!"

„Das nennt man Diplomatie!" unterbrach ich
schaudernd.

„Hören Sie weiter," fuhr Alexander Weill fort.
„Den 15. Juli sagte mir Ollivier, den ich auf der
place de la concorde antraf: ‚Der Friede ist gesichert
— eher gäbe ich meine Demission.' Woher nun kam
es, daß derselbe Mann einige Tage später, statt seine
Demission zu geben, den Krieg selbst d'un coeur léger,
wie er in der Kammer sagte, erklärte?"

„Leichten Herzens!" rief ich mit neuem Schauer.

„Hier liegt ein Geheimnis, das ich aufklären kann.
Der Kaiser, für den das Geld nie einen anderen Wert
hat, als um Liebe und Freundschaft sich zu erkaufen
— er glaubt, wie Jugurtha in Rom, ganz Frankreich
wäre feil, die Männer wie die Weiber — hat die Gewohnheit, wenn er einen Minister annimmt, der nicht
reich ist, ihn durch ein Geschenk von einer Million
Franken näher an sich zu fesseln. Daru allein, der
mir dieses Geheimnis entdeckte, lehnte dieses Geschenk
ab: timeo Danaos et dona ferentes. Und er allein,
nicht gebunden, gab seine Demission. So lange der
Kaiser zauderte, erklärte sich Ollivier, mit der goldenen
Kette an seinen Meister gefesselt, neutral — eher für
den Frieden. Sobald aber der Kaiser von seiner
Frau und den drei ultramontanen Anabaptisten über-
rumpelt ward, erklärte sich auch Ollivier für den Krieg
und entseelte sich lebendig mit ‚leichtem Herzen' und
— voller Tasche."*)

* * *

*) Briefe hervorragender Männer an Alexander Weill.
(Zürich, Verlagsmagazin.)

„O Monsieur, o Madame — welches Glück, welche große Nachricht!" Mit diesen Worten stürzten eines Tages Friedrichs Kammerdiener und hinter ihm der Koch in unser Zimmer. Es war am Tage von Wörth.

„Was gibt's?"

„An der Börse ist eine Depesche angeschlagen: wir haben gesiegt. Die Armee des Königs von Preußen ist so gut wie vernichtet ... Die Stadt schmückt sich mit dreifarbigen Fahnen — es soll heute Abend illuminiert werden."

Im Laufe des Nachmittags stellt sich jedoch heraus, daß die Nachricht eine falsche — ein Börsenmanöver — war. Ollivier hält von seinem Balkon aus eine An- sprache an die Menge.

Nun — desto besser. Wenigstens würde man nicht beleuchten müssen. Diese Freudenkundgebungen anläßlich „vernichteter Armeen" — d. h. anläßlich zahlloser zerrissener Leben und gebrochener Herzen — das hätte in mir auch wieder den Flaubertschen Wunsch erweckt: „Ach wär' ich doch bei den Beduinen!"

Am 7. August Unglücksbotschaft. Der Kaiser eilt aus St. Cloud nach dem Kriegsschauplatz. Der Feind ist ins Land gedrungen. Die Blätter können ihrer Entrüstung über die „Invasion" nicht heftig genug Ausdruck geben. Der Ruf „à Berlin!" — däuchte mir — bedeutete doch auch beabsichtigten Einfall — doch daran war nichts entrüstendes; — daß aber die östlichen Barbaren in das schöne, gottgeliebte Frank-

reich einzufallen sich unterstanden: das war schier
Wildheit, Frevel — dem mußte rasch gesteuert werden.

Der interimistische Kriegsminister erläßt ein Dekret,
daß alle rüstigen Bürger von dreißig bis vierzig
Jahren, welche der Nationalgarde noch nicht angehören,
derselben sofort einverleibt werden müssen. Es bildet
sich ein Ministerium der Landesverteidigung. Die
bewilligte Kriegsanleihe von fünfhundert wird auf
tausend Millionen erhöht. Ganz herzerfrischend ist es,
wie opferfähig die Leute über das Geld und das Leben
der Anderen stets verfügen. Eine kleine finanzielle
Unannehmlichkeit macht sich dem Publikum zwar sogleich
fühlbar: wenn man Banknoten wechseln will, muß
man dem Wechsler zehn Prozent zahlen — es ist nicht
so viel Gold vorhanden, als die Bank von Frankreich
Noten ausgeben darf.

Und jetzt, deutscherseits Sieg auf Sieg . . .

Die Physiognomie der Stadt Paris und ihrer Einwohner verändert sich. Statt der stolzen, prahlerischen
kampfesfrohen Laune tritt Bestürzung und grimmiger
Zorn ein. Immer mehr verbreitet sich das Gefühl,
daß eine Vandalenhorde über das Land niedergegan-
gen — etwas Schreckhaftes, Unerhörtes, wie etwa eine
Heuschreckenwolke oder sonst eine Naturplage. Daß sie
mit ihrer Kriegserklärung diese Plage selber heraufbeschworen, daß sie dieselbe für unerläßlich hielten, —
damit ja nicht etwa ein Hohenzollern in ferner Zukunft
auf die Idee kommen könne, um den spanischen Thron
zu werben — das hatten sie vergessen. Über den Feind
kommen entsetzliche Märchen in Umlauf. „Die Ulanen,

die Ulanen": das hat einen phantastisch-dämonischen
Klang, beinahe als hieße es „das wilde Heer". In
der Einbildung der Leute nimmt diese Truppengattung
ein teuflisches Wesen an. Wo immer von der deutschen
Kavallerie ein kühner Streich ausgeführt wird, wird
er den Ulanen zugeschrieben — eine Art Halbmenschen,
ohne Sold, darauf angewiesen, von Beute zu leben.
Neben den Schauergerüchten entstehen aber auch wieder
Triumphgerüchte. Das Erfolgvorlügen gehört mit zu
den Chauvinistenpflichten. Natürlich: der Mut muß
aufrecht erhalten werden. Das Gebot der Wahrhaftigkeit — wie so viele andere Sittengebote — verliert
seine Gültigkeit im Kriege. Aus der Zeitung Le
Volontaire diktierte mir Friedrich folgende Stelle für
meine roten Hefte:

Bis zum 16. August haben die Deutschen schon 144000 Mann
verloren, der Rest ist dem Verhungern nahe. Aus Deutschland
ziehen die letzten Reserven herbei. „la landwehr et la land-
sturm"; alte Männer von 60 Jahren mit Feuersteingewehren,
an der rechten Seite eine ungeheure Tabaksdose, an der linken
eine noch größere Schnapsflasche, im Munde eine lange thönene
Pfeife; keuchend unter der Last des Tornisters, auf welchem die
Kaffeemühle und in welchem der Fliederthee nicht fehlen darf,
ziehen sie hustend und sich schneuzend vom rechten an das linke
Rheinufer, Diejenigen verfluchend, welche sie den Umarmungen
ihrer Enkel entrissen haben, um sie dem sicheren Tode entgegen
zu führen." — „Was die deutscherseits gebrachten Siegesnachrichten anbelangt — so sind dies die bekannten preußischen Lügen."

Am 20. August verkündet Graf Palikao in der
Kammer, daß drei gegen Bazaine vereinte Armeekorps
in die Steinbrüche von Jaumont geworfen wurden.
(Sehr gut! Sehr gut!) Zwar weiß niemand, was das

für Steinbrüche seien, und wo selbe gelegen sind; und
wie sich die drei Armeekorps darin verhalten, das
macht sich auch niemand klar; aber von Mund zu
Mund geht die frohe Botschaft: „Sie wissen schon?...
In den Steinbrüchen..." — „Ja, ja, von Jaumont."
Keiner äußert einen Zweifel oder eine Frage; es ist,
als ob Alle aus der Gegend von Jaumont gebürtig
wären und die armeeverschlingenden Steinbrüche so
gut kennten, wie ihre Tasche. Um diese Zeit tauchte
auch das Gerücht auf, der König von Preußen sei
aus Verzweiflung über den Zustand seines Heeres
verrückt geworden.

Man hört nur noch Ungeheuerlichkeiten. Die Aufregung, das Fieber der Bevölkerung nimmt stündlich
zu. Der Krieg „là-bas" hat aufgehört, als Waffen-
spaziergang betrachtet zu werden; man fühlt, daß die
losgelassenen Gewalten jetzt Furchtbares über die Welt
bringen — es ist nur noch von vernichteten Heeren,
von wahnsinnigen Führern, von teuflischen Horden, von
Kampf bis aufs Messer die Rede. Ich höre es
donnern und grollen — was sich da erhebt, ist der
Sturm der Wut und der Verzweiflung. Der Kampf
um Bazeilles bei Sedan wird geschildert, als wären
dort von den Bayern die unmenschlichsten Greuel ver-
übt worden.

„Glaubst Du das," fragte ich Friedrich, „glaubst
Du das von den gutmütigen Bayern?"

„Es mag ja sein. Ob Bayer oder Turko, ob
Deutscher, Franzose oder Indianer: der sich seines
Lebens wehrende und zum töten ausholende Krieger

hat allemal aufgehört „menschlich zu" sein. Was in ihm geweckt und gewaltsam aufgestachelt worden, ist ja eben die Bestie.

*　*　*

Metz gefallen ... So lautete an jenem Tage die zwar noch verfrühte aber einige Zeit später doch zur Wahrheit gewordene Nachricht, die in der Stadt wie ein einziger großer Schreckensschrei widerhallte.

Mir ist die Nachricht von der Einnahme einer Festung eher eine Erleichterung bringende Botschaft; denn ich denke: das gibt doch eine Entscheidung. Und darnach nur — daß die blutige Partie aus sei — nur danach geht mein Sehnen. Aber nein: nichts ist noch entschieden — es sind ja noch mehr Festungen da. Nach einer Niederlage heißt es nur, sich aufraffen und doppelt kräftig entgegenhauen — das Glück der Waffen kann ja wechseln. Ja wohl, bald dort, bald hier kann der Vorteil sein; wäre dabei nur nicht auf beiden Seiten der sichere Jammer, der sichere Tod.

Trochu fühlt sich veranlaßt, den Mut der Bevölkerung durch eine neue Proklamation zu heben und beruft sich darin auf einen alten Wahlspruch der Bretagne: „Mit Gottes Hilfe für das Vaterland." Das klingt mir nicht eben neu — ich muß ähnlichem schon in anderen Proklamationen begegnet sein. Es verfehlt eben seine Wirkung nicht: die Leute sind begeistert. Jetzt heißt es, Paris in eine Festung umwandeln.

Paris Festung? Ich kann den Gedanken nicht fassen. Die Stadt, welche Victor Hugo „la ville-

lumière" genannt, welche der Anziehungspunkt der
ganzen civilisierten, reichen, Kunst- und Lebensgenuß
suchenden Welt ist, der Ausgangspunkt des Glanzes,
der Mode, des Geistes — diese Stadt will sich nun
„befestigen", das heißt sich zum Zielpunkt feindlicher
Angriffe, zur Scheibe der Beschießung machen, sich
allem Verkehr abschließen und sich der Gefahr aussetzen
in Brand geschossen oder ausgehungert zu werden? Und
das thun diese Leute „de gaité de coeur", mit Opfermut, mit Freudeneifer, als gelte es die Vollbringung
des nützlichsten, edelsten Werkes? Mit fieberhafter Hast
wird an die Arbeit geschritten. Es müssen Wälle für
Aufstellung von Mannschaften gebaut werden und
Schießscharten eingeschnitten; ferner vor den Thoren
Gräben ausgehoben, Zugbrücken angelegt, Deckwerke
neu errichtet, Kanäle überbrückt und mit Brustwehren
angeschüttet, Pulvermagazine gebaut, und auf der
Seine eine Flotille von Kanonenbooten aufgestellt
werden. Welches Fieber von Thätigkeit, welcher Aufwand von Anstrengung und Fleiß; welche riesige
Kosten von Arbeit und Geld! Wie das Alles, für
Werke der Gemeinnützigkeit verwendet, erfreulich und
erhebend wäre — aber für den Zweck der Schadenzu-
fügung, der Vernichtung — welche nicht einmal Selbst-
zweck, sondern strategischer Schachzug ist — es ist
unfaßlich!

Um einer voraussichtlich langen Belagerung wider-
stehen zu können, verproviantiert sich die Stadt. Bis
jetzt — allen Erfahrungen gemäß — hat es noch keine
uneinnehmbaren Festungen gegeben; die Kapitulation

ift ftets nur eine Frage der Zeit. Und immer wieder
werden Feſtungen errichtet, immer wieder werden ſie
mit Vorräten verſehen, troß der mathematiſchen Unmöglichkeit, ſich auf die Dauer vor Aushungerung
zn ſchüßen.

die getroffenen Maßregeln ſind großartig. Es
werden Mühlen eingerichtet und Viehparks angelegt,
aber ſchließlich muß der Augenblick doch kommen, wo
das Korn ausgeht und das Fleiſch verzehrt iſt. Aber
ſo weit denkt man nicht; bis dahin iſt der Feind über
die Grenze zurückgedrängt oder im Land vernichtet.
Der vaterländiſchen Armee ſchließt ſich ja das ganz
Volk an. Alles meldet ſich zum Dienſt oder wird der
zu herangezogen; ſo werden zur Beſaßung von Paris
ſämtliche Feuerwehrleute des Landes berufen. In der
Provinz mag es unterdeſſen brennen — was liegt
daran? So kleine Unglücksfälle verſchwinden, wo es
ſich um ein National=„desastre“ handelt. Am 17.
Auguſt ſind ſchon 60 000 Pompiers in die Haupt-
ſtadt eingerückt. Auch die Matroſen werden einbe=
rufen, und täglich bilden ſich neue Truppenkörper unter
verſchiedenen Namen: volontaires, éclaireurs, franc-
tireurs . . .

* * *

In immer beſchleunigterer Bewegung folgen ein=
ander nun die Ereigniſſe. Aber nur noch kriegeriſche
Ereigniſſe. Alles Andere iſt aufgehoben. Rings um
uns wird nichts Anderes mehr gedacht als „mort aux
Prussiens“. Ein Sturm des wilden Haſſes ſammelt

sich an; noch ist er nicht losgebrochen, aber man hört ihn rauschen. In allen offiziellen Kundgebungen, in allem Gassenlärm, in allen öffentlichen Vorlehrungen — immer nur das eine Ziel: „mort aux Prussiens". All' diese Truppen, regelmäßige und unregelmäßige, diese Munitionen, diese nach den Befestigungen drängen= den Arbeiter mit ihren Werkzeugen und Karren, diese Waffentransporte: alles was man sieht und was man hört, das deutet in Formen und in Tönen, das blitzt und poltert, das funkelt und tost „mort aux Prussiens"!" — Oder mit anderen Worten — dann klingt es freilich wie ein Ruf der Liebe und durchglüht auch weiche Herzen — „pour la patrie!" — aber es ist dennoch dasselbe.

Ich fragte Friedrich:

„Du bist doch preußischer Abstammung — wie berühren Dich diese von allen Seiten laut werdenden feindlichen Gesinnungen?"

„Dieselbe Frage hast Du schon im Jahre 1866 an mich gerichtet — und damals antwortete ich Dir — wie auch heute — daß ich unter diesen Hassesäußerungen nicht als Landesangehöriger, sondern als Mensch leide. Fasse ich die Gesinnungen der Leute hier vom natio= nalen Standpunkt auf, so kann ich ihnen nur recht geben; sie nennen es la haine sacrée de l'ennemi — und diese Regung bildet einen wichtigen Bestandteil des kriegerischen Patriotismus. In diesem einen Ge= danken gehen sie nun auf: ihr Land von dem feind= lichen Einfall wieder zu befreien. Daß sie die Ein= fallenden durch ihre Kriegserklärung gerufen — das vergessen sie. Sie haben es ja auch nicht selber gethan, sondern ihre Regierung, welcher sie aufs Wort geglaubt, daß sie es thun mußte, und jetzt verlieren sie keine Zeit mit Vorwürfen, mit Erwägungen, wer das Unglück heraufbeschworen; es ist nun einmal da und alle Kraft, alle Begeisterung wird darauf verwendet, es wieder abzuwenden, oder mit sorglosem Opfermut vereint zu Grunde zu gehen. Glaube mir, es liegt viel edle Liebesfähigkeit in uns Menschenkindern, schade nur, daß wir sie in den alten Feindschaftsgeleisen vergeuden ... Und drüben, die Gehaßten, die einfallenden, die rothaarigen, östlichen Barbaren" — was thun die? Sie sind herausgefordert worden und sie bringen in das Land derjenigen ein, welche das ihre zu überfallen drohten: „à Berlin, à Berlin!" Erinnerst Du Dich noch, wie dieser Ruf die ganze Stadt durchschallte, sogar von den Dächern der Omnibusse herab?"

„Nun marschieren jene „nach Paris!" Warum rechnen ihnen das die „à Berlin"-Rufer als Verbrechen an?"

„Weil es keine Logik und keine Gerechtigkeit geben kann in jenem Nationalgefühl, dessen oberster Grundsatz der ist: Wir sind wir — das heißt die ersten, die anderen sind Barbaren. Und jener Vormarsch der Deutschen von Sieg zu Sieg flößt mir Bewunderung ein. Ich bin doch auch Soldat gewesen und weiß. was an dem Begriffe Sieg für ein Zauber haftet. welcher Stolz, welcher Jubel da hineingelegt wird. Ist es doch das Ziel, der Lohn für alle ge-

brachten Opfer, für den Verzicht auf Ruhe und Glück,
für das eingesetzte Leben."

„Warum bewundern aber die überwundenen
Gegner, die ja doch auch Soldaten sind und wissen,
welcher Ruhm den Sieg begleitet, warum bewundern
die ihre Überwinder nicht? Warum heißt es niemals
in einem Schlachtbericht der verlierenden Partei: Der
Feind hat einen glorreichen Sieg errungen!?"

„Weil — ich wiederhole es — der Kriegsgeist und
der patriotische Egoismus die Verneinung aller
Gerechtigkeit ist."

So kam es — ich sehe es aus allen unseren in
den roten Heften eingetragenen Gesprächen aus jenen
Tagen —, daß wir an gar nichts anderes dachten,
denken konnten, als an den Verlauf des gegenwärtigen
Völkerduells.

Unser Glück, unser armes Glück — wir hatten
es, aber wir durften es nicht genießen. Ja, alles besaßen wir, was uns einen lieblichen Himmel auf
Erden schaffen konnte: grenzenlose Liebe, Reichtum,
Rang, den herrlich sich entwickelnden Knaben Rudolf,
unser Herzenspüppchen Sylvia, Unabhängigkeit, reges
Interesse an der Welt des Geistes . . . aber das alles
war wie hinter einen Vorhang gestellt. Wie durften,
wie konnten wir an unseren Freuden uns laben, während
um uns alles litt und zitterte, schrie und tobte? Das
ist, als wollte man sich recht gütlich thun an Bord
eines sturmgepeitschten Schiffes.

„Ein theatralischer Mensch, dieser Trochu," berichtete mir Friedrich eines Tages — es war am

25. August — „Was wurde heute für ein Effekt=Coup ausgeführt? Darauf verfällst Du nimmer."

„Die Frauen zum Militärdienst einberufen?" rief ich.

„Um Frauen handelt es sich wohl, aber sie sind nicht einberufen — im Gegenteil."

„Also die Marketenderinnen abgeschafft — oder die barmherzigen Schwestern?"

„Noch immer nicht erraten. Abschaffung ist zwar dabei — und Marketenderinnen, insofern sie den Becher der Lust reichen, und barmherzig — in gewissem Sinn — sind die Abgeschafften auch); kurz — ohne weitere Charade: die Demimonde wird ausgewiesen "

„Und das hat der Kriegsminister verfügt? Welcher Zusammenhang?" —

„Ich finde auch keinen, aber die Leute sind über die Maßregel entzückt. Einmal sind sie immer froh, wenn etwas geschieht: von jeder neuen Verordnung erwarten sie eine Wendung, wie manche Kranke, die jedes angewandte Mittel als mögliches Heilmittel begrüßen. Wenn das Laster aus der Stadt getrieben ist — meinen die Frommen — wer weiß, ob dann der offenbar erzürnte Himmel nicht wieder seine Huld über die Bewohner ergießt? Und jetzt, da man sich auf die ernste, entbehrungsvolle Zeit der Belagerung vorbereitet, was sollen da die tollen, verschwenderischen Hetären? So erscheint den meisten — die Betroffenen ausgenommen — die Maßregel als eine würdevolle moralische und nebstbei noch eine patriotische, da eine große Anzahl dieser Frauen Fremde sind. Engländerinnen, Südländerinnen, ja sogar Deutsche — vielleicht Spioninnen darunter! „Nein, nein, jetzt hat die Stadt nur Platz für ihre eigenen Kinder und nur für ihre tugendhaften Kinder!"

Am 28. August kam es noch schlimmer. Wieder eine Ausweisung: binnen drei Tagen hatten alle Deutsche Paris zu verlassen.

Das Gift, das tötliche, langwirkende, welches in dieser Maßregel lag, davon hatten die Rezeptschreiber wohl keine Ahnung: damit war der Deutschenhaß geweckt. Wie lange dieses Unglück noch über den Krieg hinaus furchtbare Früchte tragen sollte — das weiß ich heute. Von da ab waren Frankreich und Deutschland — diese zwei großen, blühenden, herrlichen Länder nicht mehr zwei Nationen, deren Heere einen ritterlichen Zweikampf ausfochten: in das ganze Volk drang der Haß für das ganze gegnerische Volk. Die Feindschaft ward zu einer Institution erhoben, die sich nicht auf die Dauer des Krieges beschränkt, sondern als „Erbfeindschaft" ihren Bestand unter kommenden Geschlechtern sichert.

Ausgewiesen — binnen drei Tagen die Stadt verlassen müssen —: ich hatte Gelegenheit zu sehen, wie hart, wie unendlich hart dieser Befehl manche brave, harmlose Familie traf. Unter den Geschäftsleuten, welche uns zu der Ausstattung unseres Heims Waren lieferten, befanden sich mehrere Deutsche: ein Wagenfabrikant, ein Tapezierer und ein Kunsttischler. Seit zehn bis zwanzig Jahren in Paris niedergelassen,

wo sie einen häuslichen Herb gegründet, wo sie sich
durch Heirat mit Parisern verschwägert hatten, wo sie
alle ihre geschäftlichen Verbindungen besaßen — und
jetzt mußten sie fort, binnen drei Tagen fort, ihr Haus
verschließen; alles verlassen, was ihnen lieb und gewohnt war; ihr Vermögen, ihre Kundschaft, ihren Er-
werb einbüßen — — Bestürzt kamen die armen
Wichte zu uns gerannt und teilten uns das Unglück
mit, das sie betroffen; auch die Arbeit, die sie eben
für uns zu liefern im Begriffe waren, mußte eingestellt, die Werkstätte geschlossen werden. Händeringend
und mit Thränen in den Augen klagten sie uns ihr
Leid: „Ich habe einen kranken alten Vater," sagte der
Eine, „und meine Frau sieht täglich ihrer Niederkunft
entgegen und in drei Tagen müssen wir fort? — „Ich
habe keinen Sou im Hause," jammerte der Andere,
„alle meine Kunden, die mir Geld schulden, werden
nicht so schnell ihre Verpflichtungen einhalten, und ich
selbst kann nun meine Arbeiter, welche Franzosen sind,
nicht auszahlen — noch acht Tage und ich hätte eine
große Bestellung erledigt, die mich zum wohlhabenden
Mann gemacht hätte — und jetzt muß ich alles im
Stiche lassen. . . ."

Und warum, warum war Alles das über die
Armen hereingebrochen? Weil sie einer Nation an-
gehörten, deren Heer erfolgreich seine Pflicht that, oder
weil — um in die Ursachenkette weiter zurückzugreifen
— weil ein Hohenzollern vielleicht in Zukunft einen
angetragenen spanischen Thron anzunehmen sich einfallen lassen könnte . . . Nein, auch dieses „weil" ist

nicht bei der letzten Ursache angelangt, dasselbe
deckt nur den Vorwand, nicht die Ursache zu jenem
Kriege. —

Sedan! „Kaiser Napoleon hat seinen Degen
übergeben."

Die Nachricht überwältigte uns. Da war denn
richtig eine große, geschichtliche Katastrophe eingetreten.
Die französische Armee geschlagen — ihr Führer schwach
und matt, so war die Partie denn aus — von Deutschland glänzend gewonnen. „Aus, aus!" jubelte ich;
„gäbe es schon Leute, die das Recht hätten, sich Weltbürger zu nennen, die könnten heute ihre Fenster beleuchten; gäbe es schon Tempel der Humanität, aus
diesem Anlaß müßten Tedeums gesungen werden —
die Schlächterei ist aus!"

„Frohlocke nicht zu früh, mein Schatz," mahnte
Friedrich. „Dieser Krieg hat schon lange nicht mehr
den Charakter einer auf dem Brette der Schlachtfelder
gekämpften Partie — die ganze Nation kämpft mit.
Für eine vernichtete Armee werden zehn neue aus
dem Boden gestampft."

„Wäre denn das gerecht? Es sind doch nur
deutsche Soldaten ins Land gedrungen, nicht das
deutsche Volk — also kann man ihnen nur wieder
französische Soldaten gegenüberstellen."

„Daß Du immer wieder an Gerechtigkeit und
Vernunft appellierst — Du Unvernünftige — einem
Rasenden gegenüber. Frankreich rast vor Schmerz
und Zorn, und vom Standpunkt der Vaterlandsliebe
ist sein Schmerz heilig, sein Zorn gerechtfertigt. Was

sie nun auch verzweifeltes thun — persönliche Ichsucht
ist nicht dabei, sondern höchster Opfermut. Wenn nur
die Zeit schon da wäre, wo die Tugendkraft, die dem
Menschenverbande innewohnt, von der Vernichtungs-
arbeit ab- und der Beglückungsarbeit zugewendet würde!
Aber dieser unselige Krieg hat uns von diesem Ziele
wieder ein gutes Stück zurückgeschleubert."

„Nein, nein — ich hoffe, der Krieg ist jetzt zu
Ende."

„Wenn auch (was ich übrigens bezweifle), es sind
die Saaten zu künftigen Kriegen gestreut — und wäre
es nur die Hassessaat, welche die Ausweisung der
Deutschen enthält. So etwas wirkt weit über das
lebende Geschlecht hinaus."

Der 4. September. Wieder ein Gewaltakt, ein
Leidenschaftsausbruch — und zugleich wieder ein Heilmittel zur Rettung des Vaterlandes: der Kaiser wird
abgesetzt. Frankreich erklärt sich als Republik. Was
Napoleon III. und seine Armee gethan: es gilt nicht.
Fehltritte, Verrat, Feigheit — das Alles haben einige
Personen — der Kaiser und seine Generäle — ver-
brochen; das hat nicht Frankreich gethan, dafür ist es
nicht verantwortlich. Indem der Thron gestürzt ward,
hat man die Blätter, worauf Metz und Sedan verzeichnet stehen, einfach aus dem Buche von Frankreichs
Geschichte herausgerissen. Jetzt erst wird das Land
selber Krieg führen, wenn anders Deutschland es wagt,
die verruchte Invasion fortzusetzen . . .

„Wie aber, wenn Napoleon gesiegt hätte?" fragte
ich, als mir Friedrich obige Mitteilungen gemacht.

„Dann hätten sie seinen Sieg und seinen Ruhm als des Landes Sieg und Ruhm aufgefaßt.“

„Ist das gerecht?“

„Kannst Du Dir diese Frage denn nicht abgewöhnen?“

Meine Hoffnung, daß die Katastrophe von Sedan den Feldzug zu seinem Ende gebracht, mußte ich bald schwinden sehen. Alles um uns geberdete sich kriegerischer als je. Die Luft war mit wildem Groll und heißer Rachgier geladen. Groll gegen den Feind und beinahe ebenso gegen die gestürzte Dynastie. Die Schmähreden, die Pamphlete, die jetzt auf Kaiser und Kaiserin und auf die unglücklichen Feldherren regneten, die Verdächtigungen und Verleumdungen, der Schimpf, der Spott —: es war ekelerregend. Da glaubte die rohe Menge die ganze Niederlage vom Lande auf ein paar Menschen abzuwälzen; und nun diese Menschen zu Boden lagen, bewarf man sie mit Kot und Steinen — und jetzt erst würde das Land es zeigen, daß es unüberwindlich sei.

Die Vorbereitungen zur Verschanzung von Paris werden eifrig fortgesetzt. Die Gebäude in dem Gefechtsbereich der Haupt-Enceinte werden geräumt oder gar eingerissen. Die Umgebung wird zur Einöde. Truppen von Menschen ziehen von draußen mit ihrem Haushalt in die Stadt. O diesen traurigen Züge von Wagen und Packpferden und beladenen Menschen, die da die Trümmer ihrer aufgestörten Herde durch die Straßen wälzen! Das hatte ich schon einmal in Böhmen gesehen, wo das arme Landvolk vor dem siegenden Feinde floh,

und nun mußte ich in der fröhlichen, glänzenden Weltstadt das gleiche Jammerbild erschauen — es waren
dieselben ängstlichen, trüben Mienen, dieselbe Müh-
seligkeit und Hast, dasselbe Weh.

Endlich, Gottlob, wieder einmal eine gute Nachricht: Durch englische Vermittelung angeregt, wird in
Ferrières eine Zusammenkunft zwischen Jules Favre
und Bismarck veranstaltet. Da würde man doch zu
einer Einigung, zu einem Friedensschluß gelangen!

Im Gegenteil! Die Kluft wird jetzt erst recht
offenbar. Schon seit einiger Zeit wird von den deutschen Zeitungen die Besitznahme von Elsaß-Lothringen
befürwortet. Man will das ehemals deutsche Land
sich wieder einverleiben. Das historische Argument
für den Anspruch auf diese Provinzen zeigt sich nur
teilweise haltbar, daneben wird das strategische
Argument vorgebracht: „als Bollwerk bei voraussicht-
lichen, zukünftigen Kriegen unentbehrlich.“ Und bekanntlich sind ja die strategischen Gründe die hoch-
wichtigsten, unumstößlichsten — daneben darf sich
ein ethischer Grund erst in zweiter Linie geltend machen.
— Andererseits: die Kriegspartie war von Frankreich
verloren worden; war es nicht billig, daß dem Gewinner
ein Preis zufiel? Hätten im Falle ihres Erfolges
die Franzosen nicht die Rheinprovinzen sich aneignen
wollen? Wenn der Ausgang eines Krieges nicht für
den einen oder den anderen Teil Gebietserweiterung
zur Folge haben soll, wozu wird dann überhaupt Krieg
geführt?

Unterdessen läßt das siegreiche Heer im Vormarsche

sich nicht abhalten: die Deutschen sind schon vor den Thoren von Paris. Die Abtretung Elsaß-Lothringens wird offiziell verlangt. Dagegen erhebt sich der bekannte Ausspruch: „Keinen Zoll unseres Territoriums — keinen Stein unserer Festungen." — (pas un pouce — pas une pierre).

Ja, ja — tausend Leben — nur keinen Zoll Erde. Das ist der Grundgedanke des patriotischen Geistes. „Man will uns demütigen," riefen die französischen Patrioten, „eher wird sich das erbitterte Paris unter seinen Trümmern begraben."

Fort, fort!. entscheiden wir jetzt. Wozu ohne Notwendigkeit in einer belagerten fremden Stadt verbleiben, wozu unter Leuten leben, die von keinen anderen als Haß- und Rachegedanken erfüllt sind, die uns mit scheelen Blicken und oft mit geballten Fäusten betrachten, wenn sie uns deutsch reden hören? Freilich ohne Schwierigkeiten konnten wir jetzt nicht mehr aus Paris, aus Frankreich hinaus; man hatte überall Gefechtsgebiete zu passieren, der Eisenbahnverkehr war für Privatreisende häufig verschlossen; unseren Neubau im Stiche lassen, war auch nicht angenehm, aber gleichviel: unseres Bleibens war nicht mehr. — Eigentlich waren wir schon viel zu lange dageblieben; die Erregungen die ich in letzter Zeit durchgemacht, hatten mich so stark erschüttert, daß meine Nerven darunter litten. Ich wurde häufig von Schüttelfrost und ein paarmal auch von Weinkrämpfen befallen.

Schon waren unsere Koffer verpackt und Alles zur Abfahrt bereit, als ich wieder einen Anfall bekam, dies-

mal so heftig, daß ich ins Bett gebracht werden mußte.
Der herbeigeholte Arzt erklärte, daß ein Nervenfieber
oder gar eine Gehirnentzündung im Anzug sei und
man vorläufig nicht daran denken dürfe, mich den
Strapazen einer Reise auszusetzen. —

Ich lag lange, lange Wochen darnieder. Nur eine
sehr traumhafte Erinnerung ist mir von dieser ganzen
Zeit geblieben. Und sonderbar: eine süße Erinnerung.
Ich war doch schwer krank und Trauriges und Schauriges trug in dem Orte meines Aufenthaltes — eine
belagerte Stadt — unaufhörlich sich zu, und dennoch,
wenn ich daran zurückdenke: es war eine eigentümlich
freudenvolle Zeit. Freuden, ja, so recht intensive
Freuden, wie Kinder sie zu empfinden pflegen. Die
Gehirnkrankheit, die ich durchgemacht, die fast immer-
während Abwesenheit oder doch nur halbe Anwesen-
heit des Bewußtseins machte, daß alles Denken und
Urteilen, alles Erwägen und Überlegen aus meinem
Kopf geschwunden war und nur ein vager Daseins-
genuß zurückblieb, wie solcher — wie gesagt — von
Kindern, namentlich von zärtlich gewarteten Kindern,
empfunden wird ... An zärtlicher Wartung fehlte es
mir nicht. Der Gatte, besorgt und liebend, unermüd-
lich, war Tag und Nacht um mich. Auch die Kinder
brachte er häufig an mein Lager. Was mein Rudolf
mir alles vorerzählte! Ich verstand es meist nicht,
aber seine liebe Stimme erklang mir wie Musik; und
das Zwitschern unserer kleinen Sylvia, unserer Herzens-
puppe, wie süß belustigte mich erst das. Da gab es
hundert kleine Scherze und Einverständnisse zwischen

Friedrich und mir über das Gebahren unserer Tochter ...
Worin diese Scherze bestanden, das weiß ich auch nicht
mehr; aber ich weiß, daß ich lachte und mich freute
— ganz unbändig. Jeder der gewohnten Späße schien
mir der Gipfel der Witzigkeit und je öfter wiederholt,
desto witziger und köstlicher. Und mit welcher Wonne
ich die gereichten Tränkchen schlürfte: da bekam ich
täglich zur bestimmten Stunde eine Limonade — so
etwas göttertrunkähnliches habe ich während meines
ganzen gesunden Lebens nicht gekostet — und all=
abendlich eine opiumhaltige Arznei, deren sanftein=
schläfernde, in b e w u ß t e n Schlummer wiegende
Wirkung mich mit einem Gefühle seliger Ruhe durch=
rieselte. Dabei wußte ich, daß der geliebte Mann an
meiner Seite war, mich hütend und wahrend als
seines Herzens teuerster Schatz. Der Krieg, der
draußen vor den Thoren wütete, von dem wußte ich
beinahe nichts mehr; und wenn mir doch zuweilen eine
Erinnerung davon aufblitzte, so betrachtete ich das Ding
als etwas so fern liegendes, so mich durchaus nicht
berührendes, als spielte es sich in China oder auf einem
anderen Planeten ab. Meine Welt war hier in diesem
Krankenzimmer — in diesem Rekonvalescentenzimmer
vielmehr, denn ich fühlte mich genesen — dem Glück
entgegen.

Dem Glücke? Nein. Mit der Genesung kam auch
das Verständnis wieder und die Auffassung des gräß=
lichen, das uns umgab. Wir waren in einer belagerten,

hungernben, frierenben, jammererfüllten Stabt. Der
Krieg wütete noch fort.

Inzwischen war ber Winter hereingebrochen, eisig-
talt. Jetzt erfuhr ich erst, was während meiner langen
Bewußtlosigkeit alles vorgefallen. Die Hauptstadt des
„Bruberlandes", Straßburg, bie „wunberschöne", bie
„echt beutsche", die „kernbeutsche Stabt" ist beschossen
worden; ihre Bibliothek zerstört; im Ganzen fielen
193 722 Schüsse — vier ober fünf in ber Minute.
Straßburg ist genommen.

— Das Land gerät in wilbe Berzweiflung —
jene Berzweiflung, welche in Raserei unb Wahnsinn
ausartet. Man schlägt im Nostrabamus nach, um
barin Prophezeiungen ber jetzigen Ereignisse zu finden,
unb neue Seher lassen sich mit Weissagungen vernehmen. Ärger noch: Besessene treten auf: es ist
wie ein Rückfall in mittelalterliche, höllenfeuer-burch-
zuckte Geistesnacht . . .

„Könnte ich zu ben Bebuinen!" rief Gustav
Flaubert. „Könnte ich in das halbbewußte Traum-
land meiner Krankheit zurück!" so klagte ich. Jetzt
war ich wieder gesunb unb mußte all das erfahren
unb erfassen, was Grauenvolles um uns vorging. Da
begannen wieber bie Eintragungen in bie roten Hefte
unb ich finbe folgende Notizen vor:

1. Dezember. Trochu setzt sich auf ben Höhen von
Champigny fest.

2 Dezember. Hartnäckiges Gesecht um Brie unb Champigny.

5. Dezember. Die Kälte wird immer strenger. Ach, bie
zitternben, blutenben, armen Wichte, bie braußen im Schnee ge-

bettet — sterben. Auch hier in der Stadt wird furchtbar an Kälte gelitten. Der Verdienst ist auf Null gesunken. Kein Feuerungsmaterial zu beschaffen. Was gäbe Mancher drum, wenn er nur ein paar Stückchen Holz da hätte — und wäre es der gewisse Thron von Spanien . . .

21. Dezember. Ausfall aus Paris.

25. Dezember. Eine kleine Abteilung preußischer Kavallerie wird aus den Häusern der Ortschaften Troo und Sougé mit Flintenschüssen begrüßt (das ist Patriotenpflicht). General Kraaz befiehlt die Züchtigung dieser Ortschaften (das ist Kommandantenpflicht) und läßt brennen. „Anzünden" lautet das Kommandowort, und die Leute — vermutlich sanfte, gutmütige Bursche — gehorchen (das ist Soldatenpflicht) und legen den Brand an. Die Flammen schlagen zum Himmel und die armen Heimstätten stürzen krachend ein über Mann und Weib und Kind — über fliehende, weinende, brüllende und brennende Menschen und Tiere.

O du fröhliche, o du selige, o du heilige Weihnachtszeit!

*   *
*

Soll Paris nur ausgehungert werden, oder auch beschossen?

Gegen letztere Annahme sträubt sich das Kulturgewissen. Diese „ville-lumière", dieser Anziehungspunkt aller Völker, diese glänzende Stätte, der Künste — mit ihren unersetzlichen Reichtümern und Schätzen bombardieren wie die erste beste Citadelle? Nicht denkbar; die ganze neutrale Presse (so erfuhr ich später) protestiert dagegen. Die Presse der Kriegspartei in Berlin hingegen ermuntert dazu: das sei das einzige Mittel, den Krieg zu Ende zu führen und die Seineſtabt e r o b e r n — welcher Ruhm! Die Proteſte übrigens ſind es gerade, welche gewiſſe Kreiſe in Ver= ſailles beſtimmen, dieſe ſtrategiſche Maßregel — weiter iſt ja eine Beſchießung doch nichts — zu ergreifen. Und ſo geſchah es, daß ich unterm 28. Dezember mit zitternden Zügen niederſchrieb:

„Es iſt da ... Wieder ein dumpfer Schlag ... Eine Pauſe — und wieder —"

Weiter ſchrieb ich nicht. Aber ich erinnere mich genau der Empfindungen jenes Tages. In dem „Es iſt da" lag neben dem Schrecken eine gewiſſe Be= freiung, eine Erleichterung, ein Nachlaſſen der beinah ſchon unerträglich gewordenen Nervenanſpannung. Was man ſo lange teils erwartet und befürchtet, teils für menſchenunmöglich gehalten — es war nun da.

Wir ſaßen beim Gabelfrühſtück (das heißt wir aßen Brot und Käſe — die Lebensmittel waren ſchon karg), Friedrich, Rudolf, der Hofmeiſter und ich, als der erſte Schlag erdröhnte. Wir Alle erhoben betroffen die Köpfe und wechſelten Blicke. Sollte dies? ...

Aber nein — es war vielleicht ein zugefallenes Hausthor oder ſonſt etwas. Nun war ja Alles ſtill. Wir nahmen das vorhin unterbrochene Geſpräch wieder auf, ohne nur des Gedankens zu erwähnen, welchen jener Ton in uns erweckt hatte. Da — nach drei bis vier Minuten — kam es wieder. Friedrich ſprang auf:

„Das iſt die Beſchießung," ſagte er, und eilte ans Fenſter.

Ich folgte ihm. Von der Straße drang ein Ge=

murmel herauf, Gruppen hatten sich gebildet: die Leute
standen und horchten oder wechselten erregte Worte.

Jetzt kam unser Kammerdiener in das Zimmer
gestürzt — zugleich erklang eine neue Salve.

„Oh monsieur et madame — c'est le bombardement!"

Zu der offenen Thür herein drängten nunmehr
sämtliche anderen Diener und Dienerinnen bis herab
zum Küchenjungen. Bei solchen Katastrophen —
Kriegs-, Feuer- oder Wassernot — da fallen alle ge-
sellschaftlichen Schranken, da laufen alle Bedrohten
zusammen. Viel mehr als vor dem Gesetze, mehr noch
als vor dem Tode — der in seinen Bestattungsceere-
monien solche Standesunterschiede kennt — fühlen sich
Alle gleich vor der Gefahr. C'est le bombardement — c'est le bombardement!" Jeder, der zu
uns in das Zimmer herbeigeeilt kam, stieß diesen selben
Ruf aus.

Es war entsetzlich — und bennoch, ich erinnere
mich genau meiner Empfindung: ein gewisses bewun-
bernbes Erschauern, eine Art Genugthuung, etwas so
Gewaltiges zu erleben, mitten brin zu sein in dieser
schicksalsschweren Begebenheit und vor der eigenen
Lebensgefahr dabei nicht zu erbeben. Die Pulse
schlugen mir, ich fühlte etwas wie — wie soll ich's
nennen? — Stolz des Mutes.

*   *   *

Das Ding war übrigens weniger schauervoll, als
es im ersten Augenblick geschienen. Keine brennenden
Gebäude, keine angstschreienden Menschenhaufen, keinen
unaufhörlich die Luft durchschwirrenden Bombenhagel
— sondern immer nur dieses dumpfe, ferne, von langen
und längeren Zwischenräumen getrennte Rollen. Man
fing nach einiger Zeit beinahe an, sich daran zu ge-
wöhnen. Die Pariser wählten als Spaziergangsziel
solche Punkte, von welchen aus man die Kanonenmusik
besser hören konnte. Hier und da fiel ein Geschoß
auf die Straße und platzte, aber wie selten kam Einer
dazu, zufällig in der Nähe zu sein. Zwar fielen
manche tötliche Bomben herab, aber in der Millionen-
stadt hörte man von diesen Fällen nur so vereinzelt,
wie man auch sonst gewohnt ist, unter den Lokalnach-
richten seiner Zeitung verschiedene Unglücksfälle zu
vernehmen, ohne daß es einem besonders nahe ginge:
„Ein Maurer von einem vierstockhohen Gerüst gefallen" oder „eine anständig gekleidete Frauensperson
sich über das Brückengeländer in den Fluß gestürzt"
u. dgl. m. Der eigentliche Kummer, der eigentliche
Schrecken der Bevölkerung, das war nicht das Bombardement: das waren der Hunger, die Kälte, die
Not. Aber eine solche Nachricht von einem unheil-
bringenden Geschoß hat mich tief erschüttert. Dieselbe
kam in Form einer schwarzumrandeten Traueranzeige
ins Haus:

„Herr und Frau N. geben Nachricht von dem Tode ihrer
zwei Kinder François (8 Jahre alt) und Amélie (4 Jahre,)
welche eine durch das Fenster fliegende Bombe erschlagen hat.
Um stille Teilnahme wird gebeten."

„Stille" Teilnahme! Ich stieß einen lauten Schrei
aus, nachdem ich das Blatt überflogen. Ein Gedanke,
ein mit Blitzesschnelle vor meinem inneren Auge er-
scheinendes Bild zeigte mir den ganzen Jammer, der
in dieser schlichten Traueranzeige lag ... ich sah unsere
beiden Kinder, Rudolf und Sylvia — nein, es war
nicht auszudenken!

Die Nachrichten, die man erhält, sind spärlich;
alle Postkommunikation natürlich unterbrochen; nur
durch Brieftauben und Luftballons wird mit der Außenwelt verkehrt. Die Gerüchte, die allenthalben auf-
tauchen, sind der widersprechendsten Art. Man meldet
siegreiche Ausfälle, oder man verbreitet die Kunde,
daß der Feind schon im Begriffe sei, Paris zu erstürmen, um es an allen Ecken anzuzünden und dem
Erdboden gleich zu machen; oder man versichert, daß,
ehe man einen einzigen Deutschen in die Mauern
bringen ließe, die Kommandanten der Forts sich selber
und ganz Paris in die Luft sprengen würden. Es
wird erzählt, daß die sämtliche Bevölkerung des Landes,
namentlich aus dem Süden („le midi se lève") über
die Belagerer im Rücken herfällt, um ihnen den Rückzug abzuschneiden und sie bis auf den letzten Mann
zu vernichten.

Neben den falschen Nachrichten gelangen auch
einige wahre — deren Richtigkeit sich später bestätigte
— bis zu uns. So von einer auf der Straße von
Grand Luce dicht an Le Mans ausgebrochenen Panik,
wobei Greuelthaten sich zutrugen: außer Rand und
Band gekommene Soldaten warfen Verwundete aus

— 289 —

den bereitstehenden Eisenbahnwaggons, um an deren Stelle Platz zu nehmen.

Von Tag zu Tag wird es schwerer, Lebensmittel zu beschaffen. Die Fleischvorräte sind erschöpft: es gibt schon längst keine Rinder und Schafe mehr in den angelegten Viehparks; bald sind auch alle Pferde verzehrt, und es beginnt die Periode, wo die Hunde und Katzen, die Ratten und Mäuse, schließlich auch die Tiere des jardin des plantes, selbst der so beliebte, arme Elephant als Speise dienen müssen. Brot ist beinah nicht mehr zu erlangen. Stunden- und stundenlang müssen die Leute vor den Bäckerläden in der Reihe harren, um ihre kleine Ration zu bekommen, doch die meisten gehen leer aus. Erschöpfung und Krankheiten machen reiche Todesernte. Während, gewöhnlich in der Woche 1100 Menschen starben, weisen die pariser Sterbelisten jetzt wöchentlich 4—5000 auf. Täglich also ungefähr 400 unnatürliche Todesfälle — das heißt also Morde. Wenn auch der Mörder kein Einzelner war, sondern ein unpersönliches Ding, nämlich der Krieg, so sind es darum nicht minder Morde. Wen traf die Verantwortung? Etwa jene parlamentarischen Großsprecher, welche in ihren Hetzreden mit stolzem Pathos erklärten — wie dies Girardin in der Sitzung vom 15. Juli gethan — daß sie „die Verantwortung eines Krieges vor der Geschichte auf sich nähmen"? Können denn eines Menschen Schultern stark genug sein, solche Verbrechenslast zu tragen? Gewiß nicht. Es fällt auch Nie-

B. v. Suttner, Die Waffen nieder! II.   19

:nandem ein, die Prahler nachträglich beim Wort zu nehmen.

Eines Tages, es war um den 20. Januar herum, kam Friedrich, von einem Gang durch die Stadt heimgekehrt, mit erregter Miene in mein Zimmer.

„Nimm Dein Eintragebuch zur Hand, meine eifrige Geschichtsschreiberin!" rief er mir zu. „Heute giebt es einen wichtigen Posten." Und er warf sich in einen Sessel.

„Welches meiner Bücher?" fragte ich. „Das Friedensprotokoll?"

Friedrich schüttelte den Kopf:

„O, mit dem ist's wohl für lange Zeit vorbei Der Krieg, der jetzt gefochten wird, ist zu gewaltiger Natur, um nicht kriegerisch fortzuwirken. Auf der Seite der Besiegten hat er einen solchen Vorrat von Haß- und Rachesaaten ausgestreut, daß daraus eine künftige Kampfernte hervorwachsen muß; und andererseits hat er für den Sieger solche großartige umwälzende Erfolge zu stande gebracht, daß dort eine gleich große Saat von kriegerischem Stolze aufgehen wird."

„Was ist denn so Bedeutendes geschehen?"

„König Wilhelm wurde in Versailles zum deutschen Kaiser ausgerufen. Es gibt jetzt ein Deutschland — ein einiges Reich — und ein mächtiges Reich. Das giebt einen neuen Abschnitt in der sogenannten Weltgeschichte. Und Du kannst Dir denken, wie aus dem neuen, aus Waffenarbeit hervorgegangenen Reiche diese Arbeit hoch in Ehren gehalten sein wird. Die beiden

vorgeschrittensten Kulturländer des Festlandes sind es
also hinfort, welche den Kriegsgeist pflegen werden
— das eine, um den erhaltenen Schlag zurückzugeben:
das andere um die errungene Machtstellung zu be=
wahren; hier aus Haß, dort aus Liebe; hier aus Ver=
geltungssucht, dort aus Dankbarkeit — gleichviel:
klappe Dein Friedensprotokoll nur zu — auf lange
Zeit hinaus stehen wir unter dem blutigen und eisernen
Zeichen des Mars.?

„Deutscher Kaiser!" rief ich — „das ist wahrlich
großartig." Und ich ließ mir die Einzelheiten dieses
Ereignisses erzählen.

„Ich kann doch nicht umhin, Friedrich," sagte ich,
„mich über diese Nachricht zu freuen. So ist die
ganze Schlachtarbeit doch nicht verloren gewesen, wenn
daraus ein neues großes Reich hervorgegangen."

„Vom französischen Standpunkt aber doppelt ver=
loren ... Und wir beide hätten wohl das Recht
diesen Krieg nicht einseitig — von der deutschen Seite
— zu betrachten. Nicht nur als Menschen, sogar nach
engerem, nationalem Begriffe hätten wir das Recht,
die Erfolge unserer Feinde und Unterwerfer von 1866
zu beklagen. Und dennoch, ich gebe mit Dir zu, daß
die erreichte Vereinigung des zerstückelten Deutschlands
eine s chö ne Sache ist; daß diese Bereitwilligkeit der
übrigen deutschen Fürsten, dem greisen Sieger die Kaiser=
krone zu reichen, etwas Begeisterndes, Bewunderns=
wertes hat. Es ist nur schade, daß eine solche Ver=
einigung nicht aus friedlichem, sondern aus kriegerischem
Werke hervorgegangen ist. Wie also, wenn Napoleon III.

die Herausforderung des 19. Juli nicht abgesendet
hätte, wäre da in den Deutschen nicht genug Vaterlandsliebe, nicht genug Volkskraft, nicht genug Einig-
keit gelegen, um aus sich heraus dasjenige zu bilden.
worauf sie jetzt ihren Nationalstolz setzen werden: „Ein
einig Volk von Brüdern?“ — Jetzt werden sie jubeln
— des Dichters Wunsch ist erfüllt. Daß sie vor kurzen
vier Jahren einander in den Haaren gelegen, daß es
für Hannoveraner, Sachsen, Frankfurter, Nassauer und
so weiter keinen ärgeren Haßbegriff gab als „Preußen“
— das wird zum Glück vergessen sein. Dafür aber
der Deutschenhaß, hier zu Lande, wie wird der nunmehr gedeihen!“

Mir schauderte.

„Das bloße Wort Haß “ begann ich —

„Ist Dir verhaßt? Du hast recht. So lange
dieses Gefühl nicht recht- und ehrlos gemacht wird,
so lange gibt es keine menschliche Menschheit. Der
Religionshaß ist überwunden, aber der Völkerhaß
bildet noch einen Teil der bürgerlichen Erziehung.
Und doch gibt es nur ein veredelndes, ein beglückendes
Gefühl hienieden — das ist die Liebe. Nicht wahr
Martha, davon wissen wir etwas zu erzählen?“

Ich lehnte meinen Kopf an seine Schulter und
blickte zu ihm auf, während er mir zärtlich das Haar
aus der Stirne strich.

„Wir wissen,“ fuhr er fort, „wie süß es ist,
wenn im Herzen so viel Liebe wohnt — füreinander,
für unsere Kleinen, für alle Brüder der großen
Menschenfamilie, denen man so gern, so gern das

drohende Leib erſparen wollte .. Aber ſie wollen
nicht."

„Nein, mein Friedrich — ſo umfaſſend iſt mein
Herz doch nicht. Die Haſſenden alle kann ich nicht
lieben."

„Aber doch bemitleiden?"

In dieſer Weiſe plauderten wir lange weiter. Ich
weiß es noch heute ſo genau, weil ich damals öfters
— neben den kriegeriſchen Ereigniſſen — auch Bruch-
ſtücke unſerer daran geknüpften Geſpräche in die roten
Hefte eintrug. An jenem Tage haben wir auch wieder
einmal von der Zukunft geſprochen: jetzt würde Paris
kapitulieren müſſen, der Krieg hatte ein Ende — und
dann konnten wir wieder mit gutem Gewiſſen glücklich
ſein. Da überſchauten wir die Gewährleiſtungen
unſeres Glücks. In den acht Jahren unſerer Ehe
nicht ein hartes, nicht ein unfreundliches Wort — ſo
viel mit einander durchgelitten und durchgenoſſen — ſo
war unſere Liebe, unſer Einsſein derart beſeſtigt, daß
eine Abnahme nicht mehr zu fürchten war. Im Gegenteile: — nur ſtets inniger würden wir uns aneinander
ſchließen — jedes neue gemeinſchaftliche Erlebnis gäbe
zugleich ein neues Band ab. Wenn wir erſt ein paar
weißhaarige alte Leutchen geworden — mit welcher
Freude konnten wir da auf die ungetrübte Vergangenheit zurückblicken, welch' goldig-milder Lebensabend lag
dann noch vor uns!... Dieſes Bild von dem glücklichen alten Pärchen, das wir einſt abgeben ſollten,
hatte ich mir ſo oft und lebhaft vorgeſtellt, daß es ſich
mir ganz deutlich eingeprägt und ſogar im Traum ſich

wiederholte, wie etwas wirklich Geschehenes. Mit verschiedenen Einzelheiten: Friedrich mit einem Sammt-
käppchen und einer Gartenscheere . . . ich weiß selber
nicht warum, denn niemals hatte er Lust zur Gärtnerei
gezeigt, und von einem Hauskäppchen war schon gar
nie die Rede gewesen; — ich mit einem sehr kokett
gesteckten schwarzen Spitzentuche auf dem silberweißen
Haar, und als Umgebung eine vor der untergehenden
Sommersonne warm erleuchtete Parkpartie; dazu
lächelnd getauschte freundliche Blicke und Worte wie:
„Weißt Du noch? . . . Erinnerst Du Dich, damals
als —"

*   *   *

Viele der vorangehenden Blätter habe ich mit
Schaudern und mit Überwindung geschrieben. Nicht
ohne inneres Entsetzen vermochte ich die Auftritte zu
schildern, die ich auf meiner Fahrt nach Böhmen und
während der Cholerawoche in Grumitz mitgemacht.
Ich habe es gethan, um einer Pflichtmahnung zu gehorchen. Ein geliebter Mund hat mir einst den feierlichen Befehl erteilt: „Falls ich früher sterbe, mußt
Du meine Aufgabe übernehmen, für das Friedenswerk
zu wirken." — Wäre mir dieses bindende Geheiß nicht
geworden, nimmer hätte ich es über mich gebracht, die
Schmerzenswunden meiner Erinnerungen so schonungs-
los aufzureißen.

Jetzt bin ich aber bei einem Erlebnis angelangt,
das ich berichten, nicht aber schildern will — nicht
kann.

Nein ich kann nicht, kann nicht!

Ich habe es versucht: zehn halbgeschriebene, zerrissene Blätter liegen auf dem Boden neben meinem Schreibtisch — ein Herzkrampf befiel mich — die Gedanken stockten oder kreisten wild in meinem Hirn — — ich mußte die Feder wegwerfen und weinen, bitter, heftig, kläglich weinen, wie ein Kind.

Jetzt, einige Stunden später, nehme ich meine Aufgabe wieder vor. Aber auf die Beschreibung der Einzelheiten nachstehenden Geschehnisses, auf Mitteilung dessen, was ich dabei empfunden — muß ich verzichten.

Die Thatsache genügt:

Friedrich — mein Einziger! — ward — infolge eines bei ihm gefundenen berliner Briefes der Spionage verdächtigt . . . von einer fanatischen Rotte umringt „à mort — à mort le Prussien!" — vor ein Patriotentribunal geschleppt — — am 1. Februar 1871 — — — — — — — standrechtlich erschossen.

Epilog.

1889.

Als ich zum erstenmale wieder zu Bewußtsein gelangte, war der Friede geschlossen — die Kommune überstanden. Monatelang hatte ich — von meiner treuen Frau Anna gepflegt — in einer Krankheit dahingelebt, ohne zu wissen, daß ich lebe. Und was es für eine Krankheit war — ich weiß es heute noch nicht. Meine Umgebung nannte es zartsinnig: Typhus; ich glaube aber, daß es einfach — Wahnsinn war.

So ganz dunkel erinnerte ich mich, daß die letzte Zeit mit Vorstellungen von knatternden Schüssen und lobernden Bränden gefüllt war; vermutlich vermengte sich da mit meinem Phantasien die in meiner Gegenwart besprochenen Ereignisse der Wirklichkeit, nämlich die Kämpfe zwischen Versaillern und Kommunarden, die Brandlegung der Petroleusen. —

Daß — als ich meine Vernunft wieder erlangte und mit dieser auch das Verständnis meines tiefen Unglücks: daß ich da mir kein Leid angethan oder daß der Schmerz mich nicht tötete, das lag wohl an dem Besitze meiner Kinder. Durch diese konnte, für diese mußte ich leben. Noch vor meiner Krankheit — an dem Tage selber, an dem das schreckliche über mich hereingebrochen — hat mich Rudolf am Leben er=

halten. Ich war laut jammernd auf die Knie gesunken, indem ich wiederholte: „Sterben — sterben! ...
Ich muß sterben!" Da umfaßten mich zwei Arme
und ein bittendes, schmerzhaft-ernstes, wunderliebes
Knabengesicht sah mich an:

„Mutter!"

Bis dahin hatte mich mein Kleiner nie anders als
„Mama" genannt. Daß er in diesem Augenblick —
zum erstenmale — das Wort „Mutter" gebraucht, das
sagte mir in zwei Silben: „Du bist nicht allein —
du hast einen Sohn, der deinen Schmerz teilt —
der dich über alles liebt und ehrt, der Niemand hat
auf dieser Welt, als dich — verlaß dein Kind nicht,
Mutter!"

Ich preßte das teure Wesen an mein Herz; —
und ihm zu zeigen daß ich verstanden hatte, stammelte
auch ich:

„Mein Sohn, mein Sohn!"

Zugleich erinnerte ich mich meines Mädchens —
seines Mädchens, und mein Entschluß, zu leben,
war gefaßt.

Aber der Schmerz war zu unerträglich: ich ver-
fiel in geistige Nacht. Und nicht nur dieses eine mal.
Im Lauf der Jahre — in immer längeren Zwischenräumen — blieb ich Rückfällen von Tiefsinn unter-
worfen, von welchen mir dann in genesenem Zustande
gar keine Erinnerung blieb. Jetzt, seit mehreren Jahren,
bin ich schon ganz frei davon. Frei von der bewußt-
losen Schwermut heißt das, nicht aber von bewußten
Anfällen bittersten Seelenschmerzes. Achtzehn Jahre

sind seit dem 1. Februar 1871 vergangen, aber der
tiefe Groll und die tiefe Trauer, welche die Tragödie
jenes Tages mir eingeflößt — die kann keine Zeit —
und lebte ich hundert Jahre — verwischen. Wenn
auch in letzter Zeit die Tage immer häufiger sich einstellen, da ich, von den Begebenheiten der Gegenwart
eingenommen, an das vergangene Unglück nicht denke,
da ich sogar die Freude meiner Kinder so lebhaft mit-
empfinde, daß mich selber noch etwas wie Lebensfreude
durchwallt, so vergeht doch keine Nacht — keine —
in der mich mein Elend nicht erfaßte. Das ist etwas
ganz eigentümliches, das ich schwer beschreiben kann,
und das nur solche verstehen werden, welche ähnliches
an sich erfahren haben. Es deutet wie auf ein Doppel-
leben der Seele. Wenn auch das e i n e Bewußtsein,
im wachen Zustande, von den Dingen der Außenwelt
so eingenommen sein kann, daß es zeitweilig vergißt,
so gibt es in der Tiefe meiner Persönlichkeit noch ein
zweites Bewußtsein, welches jene schreckliche Erinnerung
immer mit dem gleichen treuen Schmerz bewahrt; und
dieses Ich — wenn das andere eingeschlafen — macht
sich dann geltend, rüttelt das andere gleichsam auf, um
ihm sein Leid mitzuteilen. Allnächtlich — es dürfte
immer um dieselbe Stunde sein — erwache ich mit
einem unsäglichen Wehgefühl . . . Das Herz krampft
sich zusammen und mir ist, als sollte ich bitter weinen,
kläglich schluchzen. Das dauert so einige Sekunden,
ohne daß das aufgeweckte Ich noch weiß, warum jenes
andere unglückliche gar so unglücklich ist . . . Das
nächste Stadium ist dann ein weltumfassendes Mitleid,

ein voll schmerzlichsten Erbarmen geseufztes: „O ihr
armen, armen Menschen!" Da nun sehe ich unter
hageldichten Mordgeschossen aufschreiende Gestalten zusammenbrechen — und jetzt erst erinnere ich mich, daß
auch mein Liebstes so zusammenbrach . . .

Aber im Traume, sonderbar: da weiß ich nie
etwas von meinem Verlust. Da geschieht es häufig,
daß ich mit Friedrich spreche und verkehre, als wäre
er noch am Leben. Ganze Auftritte aus der Vergangenheit — aber keine trüben — spielen sich dabei ab: das
Wiedersehen nach Schleswig-Holstein; die Scherze an
Sylvias Wiege; unsere Fußtouren in den schweizer
Bergen; unsere Studienstunden über geliebten Büchern
und hier und da jenes gewisse Bild im Abendsonnen-
schein, wo mein weißhaariger Mann mit seiner Gartenscheere die Rosenzweige stutzt — — „Nicht wahr,"
lächelt er mir zu, „wir sind ein glückliches altes
Paar?" — — —

Meine Trauerkleider habe ich niemals abgelegt —
selbst am Hochzeitstage meines Sohnes nicht. Wer
einen solchen Mann geliebt, besessen und verloren
— so verloren — dessen Liebe muß auch „stärker
sein als der Tod", dessen Rachegroll kann nimmer
erkalten.

Aber wen trifft dieser Zorn? An wem sollte ich
Rache üben? Die Menschen, welche die That vollbracht, trifft nicht die Schuld. Der allein Schuldige
ist der Geist des Krieges und diesem nur könnte
mein — allzuschwaches — Verfolgungswerk gelten.

Mein Sohn Rudolf stimmt mit meinen Gesinnungen

überein — was ihn aber nicht hindert, natürlich, all-jährlich die Waffenübungen mitzumachen und was ihn nicht hindern kann, wenn morgen bei über unserer Häuptern schwebende europäische Riesenkrieg ausbricht, an die Grenze zu marschieren. Und dann werde ich es vielleicht noch einmal sehen müssen, wie mein Teuerstes auf der Welt dem Moloch hingeopfert — wie ein liebgesegneter Herb, an welchem meinem Alter Ruhe und Friede winkt, in Trümmer geschlagen wird.

Werde ich das noch erleben müssen und dann unwiederbringlich dem Wahnsinn verfallen, oder werde ich den Triumph der Gerechtigkeit und Menschlichkeit noch sehen, der jetzt, gerade jetzt in weitverzweigten Bündnissen und in allen Schichten der Völker so sehn-suchtskräftig nach Bethätigung ringt?

Die roten Hefte — mein Tagebuch — weisen keine weiteren Eintragungen auf. Unter das Datum 1. Februar 1871 habe ich ein großes Kreuz gemacht, und damit schloß auch meine Lebensgeschichte ab. Nur das sogenannte Protokoll — ein blaues Heft — welches Friedrich mit mir angelegt und in das wir die Phasen der Friedensidee aufgezeichnet haben, ist seither mit einigen Notizen bereichert worden.

In den ersten Jahren, welche dem deutsch-fran-zösischen Krieg folgten, hätte ich — abgesehen von meinem geisteskranken Zustande — kaum Gelegenheit gehabt, eine Friedenskundgebung zu verzeichnen. Die zwei einflußreichsten Nationen des Festlandes schwelgten in Kriegsgedanken: die eine im stolzen Rückblick auf die errungenen Siege, die andere in sehnender Er-

wartung einer bevorstehenden Revanche. Allmählich
legte sich der Wogengang dieser Gefühle. Diesseits
des Rheins wurden die Standbilder der Germania
etwas weniger angejubelt und jenseits diejenigen der
Stadt Straßburg mit weniger Trauerfloren geschmückt.
Da, nach zehn Jahren, konnte die Stimme der Friedens=
jünger wieder gehört werden. Bluntschli, der große
Völkerrechts=Gelehrte — derselbe, mit welchem mein
Verlorener sich in Verbindung gesetzt — war es, der
bei verschiedenen Würdenträgern und Regierungen sich
deren Ansicht über den Völkerfrieden einholte. Damals
fiel des schweigsamen „Schlachtendenkers" bekannter
Ausspruch: „Der ewige Frieden ist ein Traum — und
nicht einmal ein schöner Traum."

„Je nun: wenn Luther den Pabst gefragt hätte,
was er von einem Abfall von Rom hält, die Antwort
würde da auch nicht reformationsfreundlich ausgefallen
sein," schrieb ich damals neben Moltkes Worte in
das blaue Heft.

Heute gibt es fast Niemand mehr, der diesen Traum
nicht träumte oder der dessen Schönheit nicht zugeben
wollte. Und auch Wache gibt es — ganz helle Wache,
— welche die Menschheit aus dem langen Schlaf der
Barbarei erwecken wollen und thatkräftig, zielbewußt
sich zusammenschaaren, um die weiße Fahne auf=
zupflanzen. Ihr Schlachtruf ist: „Krieg dem Kriege"
ihr Losungswort — das einzige Wort, welches noch
im stande wäre, das dem Ruin entgegenrüstende Eu=
ropa zu erlösen — heißt: „Die Waffen nieder!" Aller=
orts — in England und Frankreich, in Italien, in

den nordischen Ländern, in Deutschland, in der Schweiz, in Amerika — haben sich Vereinigungen gebildet, deren Zweck es ist, durch den Zwang der öffentlichen Meinung, durch den gebieterischen Druck des Volkswillens die Regierungen zu bewegen, ihre zukünftigen Streitigkeiten einem — durch sie selber vertretenen — internationalen Schiedsgericht zu übermitteln und so ein für allemal an Stelle der rohen Gewalt das Recht einzusetzen. Daß dies kein Traum, keine „Schwärmerei" ist, beweisen die Thatsachen: Alabama, die Karolineninseln und mehrere andere „Fragen" wurden auf diese Art schon beigelegt. Und nicht nur Leute ohne Macht und Stellung — wie einst der arme Grobschmied — sind es nunmehr, welche sich zu diesem Friedenswerk zusammenthun, nein: Parlamentsmitglieder, Bischöfe, Gelehrte, Senatoren, Minister stehen auf den Listen. Dazu noch jene Partei, deren Anhänger schon nach Millionen zählen, die Partei der Arbeiter, des Volkes, auf deren Programm unter den wichtigsten Forderungen der „Völkerfrieden" obenansteht. — Mir ist das alles bekannt (die Mehrzahl der Leute erfährt es nicht), weil ich mit jenen Persönlichkeiten im Verkehr geblieben bin, mit welchen Friedrich im Hinblick auf sein edles Ziel Verbindungen angeknüpft hatte. Was ich durch diese über die Erfolge und Pläne der Friedensgesellschaften erfahren, das ward getreulich in das „Protokoll" eingetragen.

Die letzte dieser Eintragungen ist folgender Brief, den auf eine diesbezügliche Anfrage der Präsident der in London ihren Hauptsitz habende Liga an mich geschrieben hat:

International Arbitration and Peace
Association. London 41, Outer Temple
July 1889.

Madame,

You have honoured me by inquiring as to the actual position of the great question to which you have devoted your life. Here is my answer: At no time, perhaps, in the history of the world, has the cause of peace and goodwill ben more hopeful. It seems that, at last, the long night of death and destruction will pass away: and we who are on the mountain top of humanity, think that we see the first streaks of the dawn of the king-dom of Heaven upon earth. It may seem strange, that we should say this at a moment, when the world has never seen so many armed men and such frightful engines of destruction ready for their accursed work: — but when things are at their worst, they begin to mend. Indeed, the very ruin which these armies are bringing in their train, produces universal consternation and soon the oppressed Peoples must rise and with one voice say to their rulers: „Save us, and save our children from de famine which awaits us, if these things continue; — Save Civilisation and all the triumphs which the efforts of wise and great men have accom-plished in its name; save the world from a return to barbarism, rapine and terror!"

„What indications", do you ask, „are there of such a dawn of a better day?" Well, let me ask in reply is not the recent meeting at Paris of the Representa-tives of one hundred Societies for de declaration of international concord, for the substitution of a state of law and justice for that of force and wrong, an event unparalleled in history? Have we not seen men of

many nations assembled on this occasion and elabora-
ting with enthusiasm and unanimity, practical schemes
for this great end? Have we not seen, for the first
time in history, a Congress of Representatives of the
parliaments of free nations declaring in favour of
treaties being signed by all civilised States, whereby
they shall bind themselves to defer their differences
to the arbitrament of ebuity, pronounced by an autho-
rised tribunal instead of a resort to wholesale murder.

Moreover, these representatives have pledged themselves to meet every yeau in some city of Europe, in
order to considor every case of misunderstanding or
conflict, and to exercise their influence upon Govern-
ments in the cause oft just and pacific settlements.
Surely, the most hoqeless pessimist must admit that
these are signs of a future, when war shall be regarded
as the most foolish and most criminal blot upon man's
record?

Dear Madam accept the expression of my profound
esteem.

Yours truly
Hodgson Pratt.*)

*) Gnädige Frau. Sie haben mich mit einer Anfrage
über die gegenwärtige Lage der großen Sache beehrt, der Sie
Ihr Leben geweiht haben. Hier ist meine Antwort: Zu keiner
Zeit in der Weltgeschichte stand die Sache des Friedens so
hoffnungsvoll wie heute. Es will scheinen, daß nun endlich die
lange Nacht des Totschlags und der Zerstörung aufhören soll,
und wir, die wir auf der Bergeshöhe der Menschheit stehen,
glauben, daß wir die ersten Strahlen des Himmelreichs auf
Erden sehen. Es mag sonderbar klingen, daß wir dies zu
einer Zeit sagen, da die Welt wie nie zuvor mit bewaffneten
Männern angefüllt ist und mit Schreckensmaschinen, die zu ihrem
fluchwürdigen Werke bereit stehen; — aber wenn die Dinge zum
schlimmsten gelangt sind, beginnen sie, sich zum bessern zu wenden.
In der That, der Ruin, den diese Riesenheere nach sich ziehen,

Die interparlamentarische Konferenz, auf welche Hodgson Pratt anspielt — die erste derartige Versammlung, welche die Geschichte aufweist — ward von Jules Simon präsidiert. Hier ein Bruchstück aus seiner Eröffnungsrede:

Ich bin glücklich, in diesen Räumen die autorisierten Vertreter der Friedensfreunde verschiedener Nationen gegenwärtig zu sehen. Eine gewisse Anzahl hat sich eingefunden. Ich wollte, es wäre eine Menge, oder ich wollte auch, die Zahl wäre kleiner, aber es wäre dies, statt eines freiwilligen — ein offizieller diplomatischer Kongreß. Aber was wir nicht mit Gesetzeskraft verfügen können, dazu können wir doch wirksam beitragen. Als Vertreter der verschiedenen Staaten können wir von der größten Gewalt, die es gibt — nämlich die Gewalt, die uns von unsern Wählern übertragen ist — den vortrefflichsten Gebrauch machen.

bringt allgemeine Konsternation hervor: und bald müssen die bedrückten Völker sich erheben und mit einer Stimme ihren Lenkern zurufen: „Rettet uns und rettet unsere Kinder vor der Hungersnot, die uns droht, wenn die Dinge so fortgehen; — Rettet die Civilisation und alle Errungenschaften, welche in ihren Namen von großen und weisen Männern vollbracht worden sind; rettet die Welt vor einem Rückfall in Barbarei, Raub und Schrecken.

„Welche Anzeichen gibt es, fragen Sie, daß solche bessere Zeiten herankommen?" Nun denn, frage ich als Erwiderung, ist nicht die eben in Paris stattgehabte Begegnung der Delegierten von mehr als hundert Gesellschaften behufs Erklärung internationaler Eintracht und Einsetzung eines Zustandes der Gerechtigkeit und Gesetzlichkeit an Stelle des Gewaltzustandes ist dies nicht ein in der Geschichte noch nie dagewesenes Ereignis? Haben wir da nicht Männer aus allen Nationen versammelt gesehen, die mit Begeisterung und Einstimmigkeit praktische Vorschläge zu dem großen Ziele durchgearbeitet haben? Haben wir nicht auch — zum erstenmale in der Geschichte — einen Kongreß

Sie sollen es wissen, meine Herren, die Majorität
unseres Landes ist friedensfreundlich. Lassen Sie mich denn in
Übereinstimmung mit den Franzosen Sie Alle aus tiefstem
Herzensgrunde willkommen heißen ꝛc. ꝛc.

Die bei dieser Konferenz anwesenden Mitglieder
der dänischen, spanischen und italienischen Parlamente
haben beschlossen, im Verlauf der nächsten Sessionen
ihren betreffenden Regierungen den Antrag auf Einsetzung internationaler Schiedsgerichte vorzubringen.
Die nächste interparlamentarische Konferenz soll im
Juli 1890 in London zusammentreten.

Auch ein Fürstenmanifest findet sich in dem blauen
Heft — datiert März 1888 — ein Manifest, aus
welchem endlich — mit altem Herkommen brechend —

von Parlamentsmitgliedern verschiedener Staaten gesehen, welche
sich zu Gunsten von Verträgen erklärten, denen sich alle zivi-
lisierten Staaten anzuschließen hatten und durch welche sie sich
verbindlich machten, die Schlichtung ihrer Streitigkeiten dem
Schiedsspruch eines autorisierten Tribunals zu überantworten,
statt ihre Zuflucht zu Massenmord zu nehmen.

Überdies: Diese Parlamentarier haben sich verpflichtet,
alljährlich in irgend einer europäischen Stadt zusammenzutreten,
um jeden zu Mißverständnissen oder Konflikten Anlaß gebenden
Fall zu untersuchen, und ihren Einfluß auf die Regierungen zu
gunsten von gerechten und friedlichen Lösungen geltend zu machen.
Das sind doch — dies muß der ärgste Pessimist auch zugeben
— Anzeichen einer Zukunft, in welcher der Krieg als die ver-
brecherischste Thorheit betrachtet werden wird, welche die Mensch-
heitsgeschichte aufzuweisen hat.

Genehmigen Sie, gnädige Frau, die Versicherung meiner
tiefsten Verehrung.

Ihr ergebener
Hodgson Pratt.

statt des kriegerischen, ein friedlicher Geist hervorleuchtete
Aber der Edle, der jene Worte an sein Volk erlassen,
der Sterbende, der mit dem Aufwand seiner letzten
Kraft nach dem Szepter griff, das er handhaben wollte.
als wär's einen Palmenzweig — der blieb machtlos
an das Schmerzenslager gefesselt, und nach kurzer
Frist war Alles vorbei . . .

Ob sein Nachfolger — der begeisterungsglühende,
der großes wollende — sich für das Friedensideal
begeistern wird?? Nicht ist's unmöglich.

*   *   *

„Mutter, willst Du übermorgen Deine Trauer=
kleidung nicht ablegen?"

Mit diesen Worten trat heute morgen Rudolf
in mein Zimmer. Für übermorgen nämlich —
30. Juli 1889 — ist die Taufe seines erstgebornen
Sohnes angesetzt.

„Nein, mein Kind," antwortete ich.

„Aber bedenke, an einem solchen Freudenfeste wirst
Du doch nicht traurig sein — warum also das äußere
Zeichen der Trauer beibehalten?"

„Und Du wirst doch nicht abergläubisch sein und
fürchten, das schwarze Kleid der Großmutter könne
dem Enkel Unglück bringen?"

„Das wohl nicht — aber es stimmt nicht zu der
umgebenden Fröhlichkeit. Hast Du denn einen Eid
geschworen?"

„Nein — es ist nur ein gefaßter Vorsatz. Aber

ein Vorsatz, der an ein solches Andenken sich knüpft —
Du weißt, was ich meine — der nimmt die Unver-
brüchlichkeit eines Eides an."

Mein Sohn neigte das Haupt und beharrte nicht
weiter.

„Ich habe Dich in Deiner Beschäftigung gestört...
Du schreibst?"

„Ja — meine Lebensgeschichte. Ich bin gottlob
zu Ende. Das war das letzte Kapitel. —"

„Wie willst Du den Schluß Deiner Geschichte
geben? Du lebst ja noch — und sollst noch viele
Jahre, viele glückliche Jahre unter uns verbringen,
Mutter! mit der Geburt meines kleinen Friedrich,
den ich dazu erziehen werde, die Großmama anzubeten,
beginnt ja wieder ein neues Kapitel für Dich."

„Du bist ein gutes Kind, mein Rudolf. Ich
müßte undankbar sein, wenn ich an Dir nicht Stolz
und Freude hätte . . . und ebenso stolze Freude macht
mir meine — seine holde Sylvia: ja, ich gehe einem
gesegneten Alter entgegen. Ein milder Abend — aber
die Geschichte des Tages ist doch aus, wenn die Sonne
untergegangen, nicht wahr?"

Er antwortete nur mit einem stummen, mitleids-
vollen Blick.

„Ja, das Wort ‚Ende' unter meiner Biographie
ist berechtigt. Als ich den Entschluß faßte, dieselbe zu
schreiben, beschloß ich zugleich, beim 1. Februar 1871
abzubrechen. Nur, wenn Du mir auch noch durch den
Krieg entrissen worden wärest, was ja so leicht hätte
geschehen können — zum Glück warst Du zur Zeit

des bosnischen Feldzuges noch nicht wehrpflichtigen
Alters — nur dann hätte ich mein Buch noch ver=
längern müssen. Doch so wie es ist, war es schon
schmerzlich genug zu schreiben."

„Und wohl auch — zu lesen . . ." bemerkte
Rudolf, in der Handschrift blätternd.

„Das hoffe ich. Wenn dieser Schmerz nur in
einigen Herzen thatkräftigen Abscheu gegen die Quelle
des hier geschilderten Unglücks weckt, so werde ich nicht
vergebens mich gequält haben."

„Hast Du aber auch alle Seiten der Frage be=
leuchtet, alle Argumente erschöpft, den Wurzelkomplex
des Kriegsgeistes analisiert, die wissenschaftlichen Grund=
lagen genügend aufgebaut? Hast Du —"

„Mein Lieber, wo denkst Du hin? Ich habe ja
nur sagen können, was sich in meinem Leben — in
meinen beschränkten Erfahrungs= und Empfindungs=
kreisen abgespielt. Alle Seiten der Frage beleuchtet?
Gewiß nicht! Was weiß ich z. B. — ich, die reiche,
hochgestellte — von den Leiden, die der Krieg über
die Massen des Volkes verhängt? Was kenne ich von
den Plagen und bösen Einflüssen des Kasernen=
lebens? Und die wissenschaftlichen Grundlagen? Wie
komme ich dazu, in ökonomisch=sozialen Fragen bewan=
dert zu sein, und diese sind es — so viel weiß ich
nur — welche schließlich alle Umbildungen bestimmen
. . . Keine Geschichte des vergangenen und zukünftigen
Völkerrechts stellen diese Blätter dar — eine Lebens=
geschichte nur."

„Fürchteſt Du nicht eins? Man merkt die Abſicht und —"

„Verſtimmt wird man doch nur durch eine durch-
ſchaute Abſicht, die der Urheber ſchlau zu verbergen
meinte. Die Meinige aber liegt unverhohlen zu Tage
— iſt ſie doch mit drei Worten ſchon auf dem Titel-
blatt verkündet."

* * *

Die Taufe hat nun geſtern ſtattgefunden. Dieſe
Feier geſtaltete ſich zu einer doppelt glückverheißenden,
denn meine Tochter Sylvia und ihres kleinen Neffen
Taufpate — den wir ſchon lange heimlich im Herzen
trugen —: Graf Anton Telnitzky — haben ſich bei
dieſer Gelegenheit verlobt.

So bin ich durch meine Kinder rings von glücklichen Verhältniſſen umgeben. Rudolf, ſeit ſechs Jahren
in den Beſitz des Dotzkiſchen Majorats gelangt und
ſeit vier Jahren mit der ihm von Kindheit an be-
ſtimmt geweſenen Beatrix, geborenen Griesbach —
dem wunderlieblichſten Geſchöpf, das man ſich vor-
ſtellen kann — verheiratet, ſieht nun durch die Geburt
eines Erben ſeinen ſehnlichſten Wunſch erfüllt. Kurz:
beneidenswerte, glänzende Loſe.

Ein im Gartenſaal eingenommenes Diner ver-
ſammelte die Taufgäſte. Die Glasthüren ſtanden offen
und die Luft des herrlichen Sommernachmittags ſtrömte
roſenduftend herein.

Neben mir, an unſerer Tafelrunde, ſaß Gräfin
Lori Griesbach, Beatrixens Mutter. Dieſelbe iſt nun-

mehr Witwe. Ihr Mann fiel in der bosnischen Expedition. Sie hat sich den Verlust nicht stark zu
Herzen genommen. Keinesfalls trägt sie ewige Trauer.
Im Gegenteile: diesmal ist sie mit granatrotem Brocat
und brillantenem Geschmeide angethan. Sie ist gerade
so oberflächlich geblieben, wie sie es in ihrer Jugend
war. Toilettenfragen, ein paar französische und englische Moderomane, Gesellschaftsklatsch: das genügt noch
immer, ihren Horizont zu füllen. Selbst das Kokettieren
hat sie nicht ganz gelassen. Auf junge Leute hat sie
es zwar nicht mehr abgesehen, aber ältere, hohen Rang
oder hohes Amt bekleidende Persönlichkeiten sind vor
ihren Eroberungsgelüsten nicht sicher. Gegenwärtig
scheint mir, hat sie Minister Allerdings aufs Korn
genommen. Dieser hat übrigens seinen Namen gewechselt: wir nennen ihn jetzt, eines neu angenommenen
Ausdrucks halber „Minister Andererseits."

„Ich muß Dir ein Geständnis machen," sagte mir
Lori, nachdem ich mit ihr auf des Täuflings Gesund-
heit angestoßen. „Bei dieser feierlichen Gelegenheit,
da wir unseren beiderseitigen Enkel getauft haben, muß
ich Dir gegenüber mein Gewissen entlasten. Ich war
ganz ernstlich in Deinen Mann verliebt."

„Das hast Du mir schon öfters gestanden, liebe
Lori."

„Er blieb aber stets ganz gleichgültig."

„Auch das ist mir bekannt."

„Du hattest doch einen goldtreuen Mann, Martha!
Dasselbe kann ich von dem meinigen nicht behaupten.
Aber nichts destoweniger: es hat mir sehr leid gethan

um Griesbach. Nun — er starb eines glorreichen Todes, das ist mein Trost ... Freilich ist das eine langweilige Existenz als Witwe. Besonders wenn man älter wird ... so lange man Freier und Kourmacher hat, ist die Witwenschaft nicht ohne ... aber jetzt, ich versichere Dich, es wird einem in der Einsamkeit ganz melancholisch ... Bei Dir ist das etwas Anderes: Du lebst bei Deinem Sohn — aber ich verlange mir gar nicht, bei der Beatrix zu bleiben ... Sie verlangt es sich übrigens auch nicht: Schwiegermutter im Haus, das thut nicht gut; denn man will doch im Hause die Herrin sein ... Zwar ärgert man sich mit den Dienstboten, das ist schon wahr; aber wenigstens kann man über sie befehlen. Du darfst es mir glauben: ich wäre gar nicht abgeneigt, noch einmal zu heiraten. Natürlich eine Vernunftheirat mit irgend einem gesetzten —"

„Minister oder so etwas —" unterbrach ich lächelnd.

„O Du Schlau — Du durchblickst mich schon wieder! Du — schau dorthin: bemerkst Du denn nicht, wie der Toni Delnitzky in Deine Sylvia hineinredet? Das ist ja kompromettant."

„Laß gut sein. Die Beiden sind auf dem Wege von der Kirche hierher einig geworden. Sylvia hat es mir anvertraut — morgen wird der junge Mann bei mir um ihre Hand anhalten."

„Was Du nicht sagst? Nun, dann kann man ja gratulieren! Soll zwar mitunter ein leichter Vogel gewesen sein, der schöne Toni .. aber das sind sie ja Alle — das geht schon nicht anders und wenn man bedenkt, welche prächtige Partie er ist" . . .

„Das hat meine Sylvia nicht bedacht: sie liebt ihn."

Nun, desto besser — das ist eine schöne Zugabe in die Ehe."

„Zugabe? Es ist das Um und Auf."

Einer der Gäste, ein k. u. k. Oberst a. D., klopfte an sein Glas und: „oh weh — ein Toast!" dachten wohl die meisten, in dem sie ihre Sondergespräche unterbrachen und sich seufzend anschickten, dem Redner zu lauschen. Es war aber auch zum seufzen; dreimal blieb der Unglückliche stecken und die Wahl seiner vorgebrachten Wünsche war nicht minder unglücklich. Der Täufling wurde gepriesen, in einer Zeit geboren worden zu sein, in der das Vaterland bald Söhne brauchen werde . . . „Möge er einst ruhmreich wie sein mütterlicher Urgroßvater, wie sein väterlicher Großvater das Schwert führen . . . möge er selbst viele Söhne zeugen, die ihrerseits den Vater und den Vätern Ehre machen, und wie so viele der auf den Feldern der Ehre gebliebenen Väter . . . Väter — für die Ehre des Landes ihrer Väter — ihrer Väter und Vatersväter siegen oder — kurz: Friedrich Dotzky lebe hoch!"

Die Gläser klirrten, aber die Rede hatte nicht gezündet. Daß dieses kaum ins Dasein getretene Leben jetzt schon auf die Totenliste kommender Schlachten gesetzt wurde, machte keinen freundlichen Eindruck.

Um dieses düstere Bild zu verscheuchen, fühlte sich einer der Anwesenden veranlaßt, die tröstliche Bemerkung vorzubringen, daß die gegenwärtigen Kon-

junkturen einen längeren Frieden verbürgten, daß der
Dreibund —

Damit war das allgemeine Gespräch wieder glücklich auf das politische Gebiet gebracht und Minister
Andererseits ergriff das Wort.

„In der That (Lori Griesbach hing an seinem
Munde), es liegt zu Tage: die Wehrtüchtigkeit, welche
wir erreicht haben, ist etwas Großartiges und dürfte
alle Friedensbrecher abschrecken. Das Landsturmgesetz,
welches alle tauglichen Staatsbürger vom 19. bis 42.,
die einstigen Offiziere sogar bis zum 60. — Lebens-
jahre zum Kriegsdienst verpflichtet, erlaubt uns, beim
ersten Aufgebot allein 4 800 000 Soldaten aufzustellen.
Andererseits läßt sich nicht leugnen, daß das wachsende
Mehrerforderniß, welches von der Heeresverwaltung
in Anspruch genommen wird, schwer auf der Bevölkerung lastet, und daß die zur ausgiebigen Schlagfertig-
keit des Reiches erforderlichen Maßnahmen im um-
gekehrten Verhältnis zur Frage der Regelung der
Finanzlage stehen; es ist aber andererseits erhebend,
mit welchem opferfreudigen Patriotismus die Volksvertreter stets und allerorts die von dem Kriegsministerium geforderte Mehrbelastung bewilligen; sie erkennen die von allen einsichtigen Politikern zugegebene,
durch die Wehrhaftigkeitsentfaltung der Nachbarstaaten
und durch die politische Situation bedingte Notwendigkeit, alle anderen Rücksichten dem eisernen Zwang der
militärischen Kräftigung unterzuordnen.“

„Der leibhaftige Leitartikel!“ bemerkte Jemand
halblaut.

„Andererseits" fuhr aber fort:

„Umsomehr, als dadurch ja eine Bürgschaft ge=
schaffen wird für die Erhaltung des Friedens. Denn,
indem wir in traditionellem Patriotismus zur Siche=
rung der Grenzen es der unausgesetzten Steigerung
der Wehrkraft unserer Nachbarstaaten gleichthun, er=
füllen wir eine erhabene Pflicht und hoffen, etwa
drohende Gefahren auch fernerhin zu bannen. So
erhebe ich denn dieses Glas auf dasjenige Prinzip,
welches, wie ich weiß, unserer Baronin Martha so
sehr am Herzen liegt — ein Prinzip, das auch die
Signatarmächte der mitteleuropäischen Friedensliga
hochhalten, und ich fordere Sie auf, mit mir an=
zustoßen: Es lebe der Frieden! Möge seine Wohlthat
uns noch recht lange erhalten bleiben!"

„Darauf trinke ich nicht," sagte ich. „Der be=
waffnete Friede ist keine Wohlthat ... und nicht
lange soll uns der Krieg verhütet bleiben, sondern
immer. Wenn man sich auf die Meerfahrt macht,
soll die Zusicherung nicht genügen, daß recht lange
das Schiff an keiner Klippe zerschelle. Daß die ganze
Fahrt glücklich überstanden werde, darnach wird der
ehrliche Kapitän trachten."

Doktor Bresser, noch immer unser bester Haus=
freund, kam mir zu Hilfe:

„In der That, Excellenz, können Sie an den ehr=
lichen, aufrichtigen Friedenswillen Jener glauben, die
mit Leidenschaft, mit Begeisterung — Soldaten sind?
Die alles, was den Krieg gefährdet — nämlich
Abrüstung, Staatenbund, Schiedsgericht — nicht nennen

hören wollen? Könnte denn die Freude an Arsenalen
und Festungen und Manövern und dergleichen bestehen,
wenn diese Dinge wirklich nur als das betrachtet würden,
wofür man sie ausgiebt: als Vogelscheuchen? Also, damit man sie niemals brauche, der ganze Kostenauf-
wand ihrer Herstellung! Die Völker müssen ihr ganzes
Geld hergeben, um an den Grenzen Befestigungen zu
machen, in der Absicht, sich über die Grenzen hin Kuß-
händchen zuzuwerfen? Zu einer bloßen Friedens-
Aufrechterhaltungs-Gendarmerie läßt sich das Militär
nicht herabdrücken — der oberste Kriegsherr wird doch
nicht einem Heer von ewigen Kriegsvermeidern vor-
stehen sollen? Hinter dieser Maske — der „si vis
pacem"-Maske — blinzeln die einverständlichen
Blicke, und die jedes Kriegsbudget bewilligenden Ab-
geordneten blinzeln mit."

„Die Volksvertreter?" unterbrach der Minister.
„Man kann den Opfermut doch nur loben, dessen diese
in ernsten Zeiten niemals ermangeln und welcher in
der einhelligen Votierung der entsprechenden Gesetze
erhebenden Ausdruck findet."

„Verzeihen Sie, Exzellenz, diesen einhelligen Stimm-
abgebern wollte ich einem nach dem andern zurufen:
Dein Ja wird jener Mutter ihr einziges Kind rauben;
— beines bohrt jenem armen Wicht die Augen aus;
— beines schießt eine unersetzliche Bücherei in Brand;
— beines zerstampft das Hirn eines Dichters, der
beines Landes Ruhm gewesen wäre . . . Aber ihr
habt bieses „Ja" votiert, um nur ja nicht feige zu
scheinen — als ob man gerade nur für sich die Assen-

tierung fürchten müßte. — Seid ihr denn nicht da, um des Volkes Willen zur Geltung zu bringen? Und das Volk will die produktive Arbeit, will die Entlastung, will den Frieden . . ."

„Ich hoffe, lieber Doktor," bemerkte der Oberst bitter, „daß Sie niemals Abgeordneter werden; das ganze Haus würde Sie auspfeifen."

„Mich dem auszusetzen, würde schon beweisen, daß ich nicht feige bin. Gegen den Strom zu schwimmen erfordert die stählerne Kraft."

„Wenn aber der Ernstfall einträte und man stände unvorbereitet da?"

„Man bereite einen Rechtszustand vor, der den Eintritt des „Ernstfalles" unmöglich mache. Denn was dieser Fall sein wird, Herr Oberst, von dem kann heutzutage kein Mensch einen klaren Begriff fassen. Bei der Furchtbarkeit der gegenwärtig erreichten und noch immer steigenden Waffentechnik, bei der Massenhaftigkeit der Streitkräfte wird der nächste Krieg wahrlich kein „ernster", sondern ein — es giebt gar kein Wort dafür — ein Riesenjammer=Fall sein . . . Hilfe und Verpflegung unmöglich . . . Die Sanitäts= vorkehrungen und Proviantvorkehrungen werden den Anforderungen gegenüber als die reine Ironie sich erweisen; der nächste Krieg, von welchem die Leute so geläufig und gleichmütig reden, der wird nicht Gewinn für die Einen und Verlust für die Anderen bedeuten, sondern Untergang für Alle. Wer hier unter uns stimmt für diesen Ernstfall?"

„Ich allerdings nicht," sagte der Minister; „Sie

auch nicht, lieber Doktor — aber die Menschen im Allgemeinen ... Auch unsere Regierung nicht, dafür kann ich gutstehen — aber die anderen Staaten." ...

„Mit welchem Rechte halten Sie andere Leute für schlechter und unvernünftiger als sich und mich? Da will ich Ihnen ein kleines Märchen erzählen:

Vor der geschlossenen Pforte eines schönen Gartens, gar sehnsüchtig hineinschauend, stand ein Haufen Menschen, tausendundeiner an der Zahl. Der Pförtner hatte den Auftrag, die Leute hereinzulassen, falls die Mehrzahl unter ihnen den Einlaß wünschte. — Er rief den Einen herbei: „Sag' — aber aufrichtig — möchtest Du herein?" — O ja, ich schon, aber die andern Tausend sicher nicht." Diese Antwort schrieb der kluge Pförtner in sein Notizbuch. Dann rief er einen Zweiten. Der sagte dasselbe. Wieder trug der Kluge unter die Rubrik „ja" die Ziffer 1, unter die Rubrik „nein" die Ziffer 1000 ein. Das ging so bis zum letzten Mann. Dann addierte er die Zahlen. Das Ergebnis war: 1001 „ja", über eine Million „nein". So blieb das Thor verschlossen, denn das „nein" hatte eine erdrückende Majorität. Und das kam daher, weil Jeder, statt nur für sich, auch für die Anderen antworten zu müssen glaubte."

„Allerdings," sprach der Minister nachdenklich, und wieder schlug Lori Griesbach bewundernde Augen zu ihm auf — „es wäre allerdings eine schöne Sache, wenn die einstimmige Votierung einer Entwaffnungsvorlage stattfinden würde; — aber andererseits, welche Regierung wird es wagen, den Anfang zu machen?

Allerdings gibt es nichts Wünschenswerteres als Eintracht: aber andererseits: wie kann man, so lange
menschliche Leidenschaften, Sonderinteressen u. s. w.
bestehen, dauernde Eintracht für möglich halten?"

„Erlauben Sie," nahm jetzt mein Sohn Rudolf
das Wort. „Vierzig Millionen Einwohner eines Staates
bilden ein Ganzes. Warum also nicht mehrere hundert Millionen? Soll das mathematisch und logisch
beweisbar sein: so lange menschliche Leidenschaften,
Sonderinteressen u. s. w. bestehen, können wohl
40 Millionen Leute darauf verzichten, sich untereinander zu bekriegen — drei Staaten sogar, wie
gegenwärtig der Dreibund, können sich verbünden und
eine „Friedensliga" bilden — aber fünf Staaten
können dies nicht, dürfen dies nicht? Wahrlich, wahrlich: unsere heutige Welt gibt sich für ungeheuer klug
aus und belächelt die Wilden — und doch: in manchen
Dingen können auch wir nicht bis fünf zählen."

Einige Stimmen erhoben sich: „Was? Wild? —
Das uns — mit unserer überfeinerten Kultur? Am
Ende des neunzehnten Jahrhunderts?"

Rudolf stand auf:

„Ja, wild — ich nehme das Wort nicht zurück.
Und so lange wir uns an die Vergangenheit klammern,
werden wir Wilde bleiben. Aber schon stehen wir an
der Pforte einer neuen Zeit — die Blicke sind nach
vorwärts gerichtet, Alles drängt mächtig zu anderer,
zu höherer Gestaltung . . . Die Wildheit mit ihren
Götzen und ihren Waffen — schon schleuderten sie Viele
von sich. Wenn wir der Barbarei auch noch näher

sind als die Meisten glauben, so sind wir vielleicht auch
der Veredlung näher als Viele hoffen. Schon lebt
vielleicht der Fürst oder der Staatsmann,
der die in aller künftigen Geschichte als die ruhm-
reichste, leuchtendste der Thaten geltende That vollbringen wird, der die allgemeine Abrüstung durchsetzt.
Schon stürzt jener Wahn zusammen, kraft dessen der
Staatsegoismus einen so täuschenden Anschein von
Berechtigung hat — der Wahn, daß der Schaden des
Einen den Nutzen des Anderen befördere ... Schon
dämmert die Erkenntnis, daß die Gerechtigkeit als
Grundlage alles sozialen Lebens dienen soll ... und
aus solcher Erkenntnis wird die Menschlichkeit hervor-
blühen, die Edelmenschlichkeit, wie Friedrich Tilling zu
sagen pflegte ... Mutter, hier dieses Glas trinke ich
dem Andenken Deines ewig unvergessenen Geliebten und
Betrauerten, dem auch ich Alles verdanke, was ich
denke und was ich bin. Und aus diesem Glase" —
er warf es an die Wand, wo es zerschellte — „wird
kein anderer Trunk mehr gemacht und heute — zu
des Neugeborenen Tauffest wird kein anderer Toast
mehr gesprochen, als dieser: es lebe die Zukunft! Ihre
Aufgaben zu vollbringen, dazu wollen wir uns stählen
— nicht: unserer Vatersväter — wie die alte Phrase
lautet — wollen wir trachten, uns würdig zu zeigen
— nein: unserer Enkelsöhne! ... Mutter — was
ist Dir?" unterbrach er sich. „Du weinst? ... Was
siehst Du dort?"

Mein Blick war nach der offenen Glasthür gerichtet. Die Strahlen der untergehenden Sonne um-

woben einen Rosenstock mit zittergoldigem Dunst und davon sich abhebend — in lebenswahrer Deutlichkeit — mein Traumbild: Ich sehe die Gartenscheere flimmern — das weiße Haupthaar glänzen . . . „Nicht wahr" — lächelt er zu mir herüber — „wir sind ein glückliches altes Paar?"

Weh' mir! — — —

Ende.

Gedruckt von E. Pierson's Verlag (R. Linde) in Dresden.

www.ingramcontent.com/pod-product-compliance
Lightning Source LLC
Chambersburg PA
CBHW060523030726
47498CB00004B/1051